일륜
新무협 판타지 소설

보법무적 3
일륜 新무협 판타지 소설

초판 1쇄 찍은 날 § 2007년 4월 17일
초판 1쇄 펴낸 날 § 2007년 4월 27일

지은이 § 일륜
펴낸이 § 서경석

편집장 § 문혜영
편집책임 § 서지현
편집 § 심재영·김동화

펴낸곳 § 도서출판 청어람
등록번호 § 제1081-1-89호
등록일자 § 1999. 5. 31
어람번호 § 제2-1177호

주소 § 경기도 부천시 원미구 심곡1동 350-1 남성B/D 3F (우) 420-011
전화 § 032-656-4452 팩스 § 032-656-4453
http://www.chungeoram.com
E-mail § eoram99@chollian.net

ⓒ 일륜, 2007

ISBN 978-89-251-0591-8 04810
ISBN 978-89-251-0588-8 (세트)

[좌충우돌]

3

일륜 新무협 판타지 소설

봅봅무적

FANTASTIC
ORIENTAL HEROES

步法無敵

"정말로 제가 안 넘어지고 잘 걸을 수 있나요?" "그럼! 이건 비밀이라 잘 말해주지 않지만, 네게만
특별히 알려주마. 우리 문파의 특기가, 잘 걷기다." "안 넘어지고, 똑바로요?"
"흐흐흐. 당연하지!" "갈게요, 가겠어요!"
십이 세 소년 등천화와 오십 년 만에 세상에 나온 사부의 만남. 그리고 십 년이 흘러 세상에 나온 엉뚱한 청년의 강호 행보!
그의 십보는 무림인들에게 악몽이 되었다! 어느 누구도 붙잡지 못할 거대한 광풍이 되었기에!

도서출판 청어람

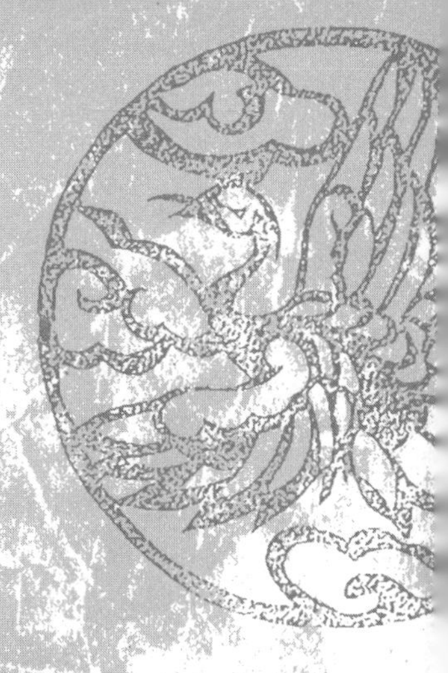

목차

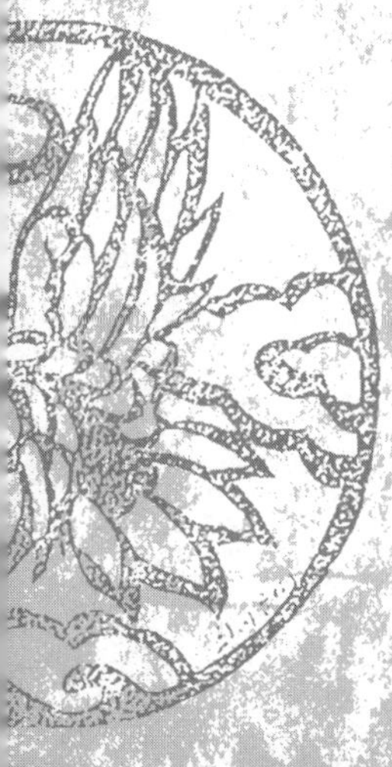

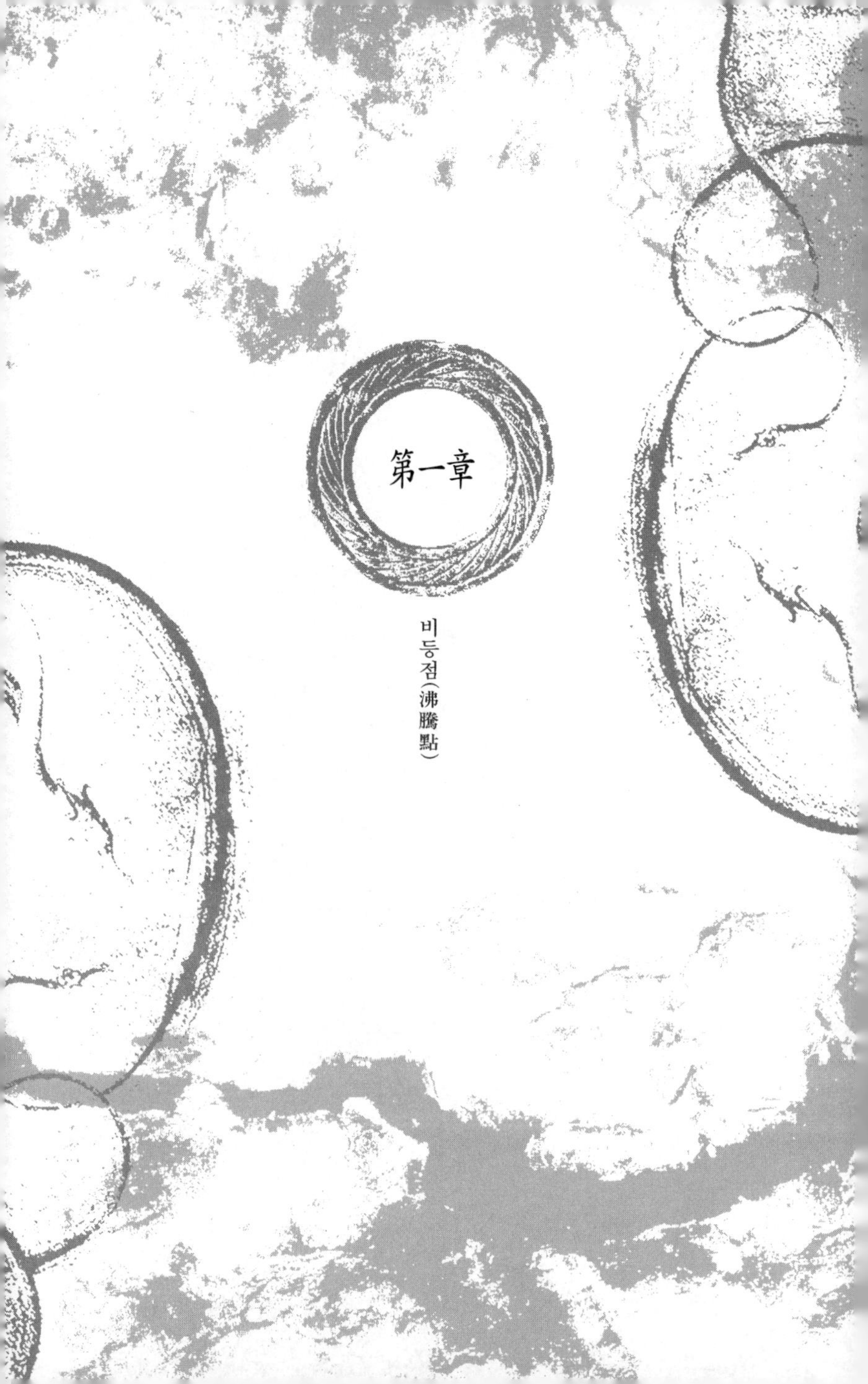
第一章
비등점(沸騰點)

진정한 마(魔)는 육체를 죽이는 것이 아니라, 희망을 죽인다.

*　　　*　　　*

거대한 솥에 물을 들이부은 후 마른 나뭇가지를 아궁이 속에 넣어 불을 붙이면 솥과 물은 서서히 가열되며 데워진다.

물이 비등점에 다다르길 기다리는 것이다.

계속해서 나뭇가지를 아궁이에 넣는다. 혹여 중간에 불씨가 약해지기라도 하면 그간의 노력이 물거품이 되기 때문에 계속해서 지켜봐야 한다.

이것은 단순히 하나의 현상이 아니다.

하나의 단체를 가리키는 말이다.

마교.

강호인들에겐 언제나 공포의 대상이 되어왔던 그들의 얘기이다.

수많은 고수들의 도전은 아궁이를 달구는 장작에 불과했고, 정도의 정점에 선 천추성의 몇십 년에 걸친 공격 또한 그들에겐 일개 장작에 불과했다.

아직 물이 끓지 않은 것이다, 물이.

세상은 마교가 약해졌다고 한다. 모르는 소리다. 마교는 약해진 것이 아니라, 비등점에 도달할 순간을 기다리고 있었다.

외부의 도전으로 얻어지는 힘과 내부의 잠재된 힘이 끊임없이 부딪치면, 어느 순간 터지게 마련이다. 그때가 바로 물이 끓는 비등점인 것이다.

한 번 도달하긴 어렵지만 도달하기만 하면 계속해서 이어지는 상태가. 그것을 유지하는 데에는 아주 작은 불씨만으로도 가능한 상태가.

손을 거두며 거친 숨을 내뱉는 장주극의 뒤로 여덟 명의 흑포인들이 차례로 바닥에 몸을 뉘었다. 한 명에 한 번씩, 모두 여덟 번 손을 썼다.

짝짝짝.

"축하드립니다, 수라대주님!"

금환마제는 쓰러진 여덟 명을 치우라는 명령을 내리고 장주극의 옆으로 다가갔다. 하지만 장주극의 표정은 썩 좋아 보이지 않았다.

"이번에도 마음에 들지 않으십니까?"

"내 손에 맞지 않을 자를 데려오라고 했잖느냐, 금환마제."

"그런 자라면, 환영마군의 직속 호위대인 환영비마대 외엔 없습니다."

"데려와."

금환마제는 순간적으로 낯빛을 굳혔다.

장주극은 자신의 상황을 몰라도 너무 몰랐다.

할 줄 아는 거라곤 고집 부리고 응석 부리는 것밖에 할 줄 모르는 철없는 놈.

장주극에 대한 마교 내에서의 평가였다.

장차 마교의 소교주가 될 혈통을 지녔으나, 그건 어디까지나 마교주 장찬익의 허락이 떨어져야 가능한 일이다.

'어쩐다……'

장주극의 무공은 크게 성장했다.

마교 총단으로 돌아온 지 불과 사십여 일 만에 금환마제가 데려올 수 있는 최고의 보법과 신법을 지닌 여덟 명이 저 상태가 된 것이다.

금환마제는 장주극의 현재 상태가 되도록이면 숨겨져야

한다고 생각하기에 외부로 알리지 못해 안달인 장주극을 이해하지 못했다.

그러나 어쩌겠는가, 장주극의 명령인 것을.

"환영마군께 청을 넣겠습니다."

"청? 지금 청이라고 했나?"

장주극의 표정이 차가워졌다.

"내 명령이다! 나, 장주극의 명령이야! 내 명령은 아버님을 제외하고는 허락을 구할 필요 없어! 그냥 데려와. 그러면 된다."

장주극은 화를 꾹꾹 눌러 참는 것 같더니, 다시 홱 돌아섰다.

"내가 누구냐! 앞으로 마교를 책임질 장주극이야!"

"……."

그렇다. 금환마제의 눈앞에 있는 사람은 장주극이 분명했다. 마교를 책임질 사람이란 말에는 완전 동의할 수 없지만, 사실인 것은 맞았다.

"오, 옳으신 말씀이십니다. 제가 잠시 정신을 빼놓았습니다. 죄송합니다. 곧 환영비마대에서 가장 빠른 자들을 데려오겠습니다."

금환마제의 대답에 장주극은 그제야 표정을 풀었다.

그가 화난 이유는 환영마군 때문이 아니었다. 그런 것이야 얼마든지 모른 척하고 지내면 된다.

그러나 수라진경과 역천의혈경을 익히면 익힐수록 머릿속

의 등천화가 점점 흐릿해지고 있었다. 차라리 기억을 하지 못해 흐릿한 것이라면 다행이지만, 등천화의 동작이 모두 기억이 났다.

문제는, 등천화의 움직임 하나하나를 기억하면서도 상상 속인데도 때릴 수가 없다는 것이다. 전부 기억이 나는데 오히려 모호해진 것이다.

모순된 생각이지만 진실이었다.

수라멸을 사용할 수 있게 된 지금도 등천화를 때릴 수 있다는 확신이 들지 않았다. 수라진경만으로는 부족하다는 판단을 내렸고, 역천의혈경과 함께 익히기 시작했다.

욕심이 앞서면 헝클어지게 마련.

이기고 싶다는 생각만 가득한 그에게 성취가 따라줄 리 만무했다. 당연히 늦어지는 성취에 불안감이 증폭했고, 결국 찾은 방법이 등천화를 대신해 줄 신법과 보법의 고수를 물색하는 것이었다.

겨우 환영비마대 따위가 아니라, 등천화처럼 저 위에서 자신을 내려다볼 보법의 고수가 필요한 것이다!

쿠앙— 쩌저쩡—!

"……!"

밖으로 나온 금환마제의 귀에 빌써 몇 번째 계속해서 들리는 벽 갈라지는 소리였다.

“수라대주는 아직도 폐관장에 틀어박혀 무공 수련에 열중하고 있느냐?”

구조백은 장주극을 어느 때부터인지 도련님이라 부르지 않았다. 모든 면에서 더 뛰어난 자신이 왜 그렇게 불러야 한단 말인가.

“……?”

곧바로 반응이 있어야 할 조신이 아직까지 아무런 대답을 하지 않았다. 그러고 보니 조신이 들어와 이제껏 한마디도 하지 않은 것이 생각났다.

“…예.”

“질문한 지가 언제인데 이제야 대답을 하는 거지? 조 총관, 보고할 일이 있느냐?”

조신이 다시 침묵으로 답했다.

구조백이 돌아섰다.

며칠 지나면 그만둘 거라 여겼던 판단이 틀렸다?

그것 때문이었던가? 아니었다.

구조백과 시선을 마주친 조신이 고개를 들지 못했다.

“도련님께서… 신법과 보법에 관련된 무공을 익히고 계십니다.”

“신법과 보법? 그런 하찮은 것들을 뭐 하러? 하는 짓 하고는…….”

구조백은 혀를 차다가 여전히 고개를 조아리고 있는 조신의 행동이 눈에 거슬렸다.

"뭐냐, 조신. 할 말 있으면 어서 해."

"…그, 그것이……."

"자네가 웬일이지? 마제육가의 조 총관을 망설이게 하는 일이 생겼다는 말인가?"

흥미로운 듯이 쳐다보는 구조백의 시선은 부담백배였다. 조신은 정말이지 보고하고 싶지 않았다. 그 이후의 일을 감당할 자신이 없기 때문이다.

"두, 둘째 공자님에 대한 것입니다."

"의걸이? 이런, 또 말썽을 피운 건가? 그놈들만 죽이고 돌아오라고 했더니. 쩝. 지금 어디 있느냐?"

조신은 바싹 마른 혀를 입 안에서 이리저리 놀렸다.

혀에 느껴지는 감촉이 무척 까칠했다.

"지금 어디 있느냐고……."

"두, 둘째 공자님이… 돌아가셨습니다."

"……."

구조백은 일순 몸의 모든 기능이 정지되면서 피가 머릿속을 빠져나가는 것 같았다.

아니다, 잘못 들었을 것이다.

"의걸이가 어디 있다고?"

"과, 광몽이… 시, 시신을… 수습해서… 지금 총단으로 오는 길이랍니다."

"……."

구조백은 말을 끝낸 조신을 계속해서 쳐다봤다.

다른 말이 나올 것이다.

멀쩡하던 동생이 왜 죽는단 말인가?

더구나 그의 동생을 죽일 만한 자는 그곳에 없었다.

조신은 구조백의 눈을 피해 고개를 떨어뜨렸다.

숨 막힐 듯한 긴장감이 방 안을 휘감는다.

"내, 내가 잘못 들은 거지? 지금… 의, 의걸이가 죽었다고 한 거냐, 조신?"

망설이면 조신에게 다가올 무게는 더욱 커질 것이다.

"예."

"아니야!"

"사실입니다."

"그럴 리가 없어! 백안마군과 함께 있다고 했다. 그분이 어떤 분이신데 의걸이가 죽도록 내버려 뒀을까. 다시 알아봐."

"백안마군께선 따로 계셨다고……."

"다시 알아보라고!"

쾅!

방 안이 폭발할 것처럼 부풀었다가 벽이며, 꽃이며, 집기를 일제히 가루로 만들며 가라앉았다.

조신의 등은 이미 땀으로 흥건했다.

코 옆에 난 점을 긁는 손이 떨렸다.

이 정도의 화는 화도 아니었다.

곧 본격적인 마제육가의 분노가 강호를 들끓게 만들 것이기 때문이다.

"다, 다시 알아보겠습니다."

방을 빠져나가려는 조신의 귀에 음산한 목소리가 들렸다.

"누구냐, 대체 누가 의걸이를 죽일 수 있지?"

구의걸의 죽음을 인정하는 질문이었다.

조신은 놀란 눈으로 뒤를 돌아봤다.

"알아본 바에 의하면 유령신보라는 자라고 합니다."

"유령신보?"

이 중얼거림을 끝으로 구조백은 입을 열지 않았다.

겨우 숨통이 트인 조신은 조심스럽게 방을 나섰다.

정적.

구조백 혼자만의 시간이 안겨온다.

동생의 무공은 약하지 않았다, 마교 내에서도 동생을 다치게 할 사람은 거의 없다고 봐도 무방할 정도로.

구조백, 냉정해야 한다.

허공에 초점을 맞추며 입을 열었다.

"허무, 들었느냐?"

"…예."

차분하기보다는 무감정하다는 표현이 맞을 것 같은 음성이 들리더니 이십대 후반의 청년이 은발을 날리며 나타났다.

"의걸이가 죽은 장소, 수법, 인원, 또… 모두 다! 알아보고
그놈을 산 채로 데려와라."

유령신보를 가리키는 말이었다.

"존명."

허무라 불린 청년은 이내 사라졌다.

구조백은 허무가 떠나자 넓은 대전이 텅 빈 것 같은 기분에
가만히 있을 수가 없었다.

구조백의 거처에서 빠른 걸음으로 일 다경이 좀 안 되게 걸
으면 도착하는 모옥.

화려함은 없으나 정갈함이 묻어 있었다.

고아한 향이 모옥 전체를 감싸고 있어, 방문하는 사람의 마
음을 끌어당기는 듯했다.

차(茶) 향.

그것 하나만으로도 구조백은 마음이 약간 누그러지는 것
을 느꼈다.

끼이걱—

"누가 왔나요?"

방 안에서 옥음이 들렸다.

구조백이 대답을 하지 않자 방문이 열렸다.

붉은 머리칼을 양쪽으로 늘어뜨린 투명한 피부를 지닌 여
인이 모습을 드러냈다.

‘아!’

자주 보는 얼굴이건만, 볼 때마다 구조백의 심장을 ‘쿵’ 하고 때리는 여인.

마화혈주 채운하.

소수천녀공을 구성 이상 성취해야 만들어지는 모습이었다. 채운하는 구조백을 보고는 천천히 일어나 밖으로 나왔다.

“구 사형, 무슨 일이세요?”

별말도 아닌데, 구조백의 신경은 이미 그녀의 입술을 향해 빠져들었다.

“의논할 일이 있어서 왔다.”

구조백의 담담한 척하는 말투.

채운하는 잠시 시선을 주었다가 이내 고개를 절레절레 흔들었다.

“사형, 그건 의논이라고 하는 게 아니에요. 위로라고 해야죠. 소식 들었어요.”

채운하의 손이 자연스럽게 구조백의 목 뒤를 쓰다듬으며 안았다. 따스한 손길. 그녀의 말이 옳았다. 이 느낌을 원했다. 찾아오길 잘한 것이다.

“제가 해드릴 거라고는 고작 이런 것밖엔 없네요.”

그녀는 구조백의 목을 쓸어주다가 서서히 그의 귀로 입술을 가져갔다.

“사형, 냉정을 찾으세요. 동생은 또 있잖아요. 아끼셨던 것 알아요. 슬퍼하세요. 하나, 생각을 조금만 크게 가져 보세요. 교에는 하루에 작게는 몇십 명이, 크게는 몇백 명이 죽어요. 동생은 그중 한 명인 거예요. 마제육가는 사형이 계시잖아요. 동생은 큰 선물을 주고 간 거예요.”

“지금 내 동생을 그것들과 비교하는 거냐?”

구조백의 입에서 성난 목소리가 흘러나왔다.

채운하는 좀 더 부드럽게 그를 쓰다듬었다.

“비교가 아니라, 슬퍼하지 말라는 거예요. 그런 모습은 운하가 싫어해요. 난, 말 잘 듣는 사람을 좋아한다는 거 알잖아요. 그렇게 해줄 거죠, 사형?”

“…….”

채운하의 목소리는 구조백을 옴짝달싹 못하게 만들었다.

그 어떤 말이라도 그녀가 속삭이면 환상이 아니라 현실이 되고 만다. 지금까지 그가 그렇게 해주었다.

구조백은 어느새 속으로 되뇌고 있었다. 구의걸이 죽은 건 아무것도 아니라고, 예전에는 사랑하는 동생이었지만 이미 죽은 사람에게 더 이상 신경 쓰지 말라고.

채운하를 만나면 언제나 이런 식의 대화였다.

그러나 싫지 않았다.

‘좀 더…….’

구조백은 이 순간, 자신의 귀를 간질이는 그녀의 입술이 멀어지는 것만이 두려웠다.

“유령신보라고 하더라.”

“알아요. 최근에 알려진 자예요. 보법의 고수이고 장용 지부 사건의 주역이라고 하네요.”

그녀의 입술이 멀어지고 있다.

“장용 지부 따위 모른다.”

우울한 구조백의 목소리에 채운하는 다시 입술을 귀에 갖다 댔다. 그의 등에 밀착된 그녀의 가슴을 통해 심장 뛰는 소리가 전해졌다.

“또 그러신다. 그건 중요해요. 소문 한 번 나지 않은 자가 갑자기 등장했어요. 틀림없이 숨겨진 신분이 따로 있을 거예요.”

“숨겨진 신분? 천추성주의 숨겨진 아들이라도 된다더냐? 그래도 상관없다.”

“호호호. 사형도 참. 새로 영입한 자가 아닐까 싶어요. 좀 더 자세히 알아보라고 했으니 곧 새로운 소식이 올 거예요. 오는 대로 알려 드릴게요.”

“그래…….”

소식이 오면 제일 먼저 알려 드릴게요. 저는 당신을 위해 존재하는 가녀린 여자일 뿐이랍니다.

채운하는 그렇게 말하고 있었다.

이성적인 여자지만 구조백에게는 같이 있는 것만으로도 가슴이 들끓게 만드는 활화산과 같은 여자였다.

조금씩 구의걸의 죽음에 대한 생각보다 손을 뻗어 채운하를 안고 싶다는 충동이 앞섰다. 애써 참고 있는 그의 귀에 채운하가 다시 불을 질렀다.

"더 이상 물이 끓길 기다리기 지겨워요. 때가 되면 알아서 명령을 내리겠다고 하시는 교주님만 믿고 있기엔 하루하루가 너무 길어요. 물이 끓지 않으면 끓도록 만들겠어요."

"……!"

이럴 때의 채운하는 독을 품고 있는 독사와 다르지 않았다. 투정처럼 하는 말속에 구조백의 도움이 필요하다는 걸 알리고 있었다.

"도와줄 일은?"

"호호호."

채운하는 도톰한 입술에 주름을 만들며 구조백을 은근한 눈길로 바라봤다.

"다른 건 제가 다 할 수 있어요. 사형이 도와줄 일이라고는… 음… 따뜻한 손길?"

구조백은 채운하의 그윽한 눈과 붉은 입술을 바라보다가 천천히 다가갔다.

채운하가 사르륵 눈을 감는다.

벌써 몇 년째 원하기만 하면 가질 수 있는 그녀의 입술이었으나, 오늘은 유독 더 멀게만 느껴졌다. 저 입술을 가질 시기만 스스로 정하지 않았어도 좋았을 것을.

구조백은 그녀의 바로 앞에서 홱 돌아섰다.

"사매 덕분에 화가 가라앉았다. 고맙다."

"우리 사이에 그런 말은 싫어요."

채운하는 가볍게 눈웃음치며 눈을 떴다. 이제야 그녀가 알던 구조백으로 돌아온 것이다.

채운하와 구조백의 눈빛이 얽혀들었다.

언뜻 보면 유혹하는 쪽이 채운하처럼 보이지만, 실제로는 정반대였다. 구조백의 끊임없는 구애로 그나마 여기까지 오게 된 것이다.

그러나 그녀는 언제든 구조백을 떠날 수 있는 여인이었다. 언제든 보듬을 수 있게 곁에 두고 싶지만 그럴 수 없기에 좋았다.

"참, 사형께 소개해 주고 싶은 사람이 있어요."

"사람?"

"보법 하나만 놓고 보자면 백마라 해도 쉽게 잡히지 않을 사람예요. 호호호."

"만저유?"

"수라대주가 깜짝 놀라지 않을까요?"

"수라대주!"

구조백은 자신의 생각을 앞서 가는 여인을 응시했다.

놀라움이나 두려움이 아닌 사랑스러운 눈길.

저 지혜를 가질 수 있는 사람은 오로지 자신 외에는 없다.

그렇게 만들고 말 것이다.

채운하는 자신을 안고 싶은 마음을 어금니 꽉 깨물며 참아내는 구조백을 사랑스럽게 쳐다봤다.

'구조백, 그렇게 우물쭈물하다간 다 뺏겨. 그들이 나오기 전에 가질 수 있는 건 뭐든지 가지는 것이 좋아. 그들이 나오면 아무것도 가질 수가 없을 테니까.'

그녀가 이해할 수 없는 것 중 한 가지였다.

사람들은 왜 보이는 것만 믿으려고 하는가?

보이지 않으면 없는 것이라 여기고 싶은 것일까?

왜 그런 멍청한 생각들을 하는지 그녀의 머리로는 도저히 이해할 수가 없었다.

보이지 않는 곳, 암흑이라고 해도 무방한 곳이리라.

그곳에 있는 사람들은 보이는 것에 대해서는 조금도 신경쓰지 않았다. 보이는 것을 얻거나 죽이는 것은 손바닥 뒤집는 것보다 쉽다는 걸 알기 때문이다.

그녀는 자신이 암흑 출신이란 것이 자랑스러웠다.

암흑의 출신들은 곧 나온다.

그 시기는 이곳 마교에서 결정이 되기 때문에 그녀가 이곳에 있는 것이다.

*　　　*　　　*

낭왕으로 산다는 것은!

앉을 의자 하나, 몸을 뉠 침상 하나, 그리고 언제든 떠날 수 있는 길 하나만 있으면 된다. 갈피독은 그렇게 살아왔다. 고독하고 사내의 냄새가 물씬 풍기는 그런 삶을 살아온 것이다.

등천화와 함께 밤늦게 천추성에 도착했을 때.

거대한 천추성의 정문이 위엄 가득한 눈으로 갈피독을 맞이해 주었다.

정문에 불과한 것이 주는 위압감은 상상을 초월했다.

컸다. 가슴을 묵직하게 차 오르게 하는 무언가가 느껴졌다. 저렇게 거대한 정문이 곧 자신을 향해 허리를 굽히리라. 우쭐한 표정으로 위사들의 시선을 가볍게 무시하며 안으로 들어섰다.

이상한 일은 여기서부터 일어났다.

정문으로 몇 발을 지나가도 아무도 인사를 건넬 줄 몰랐다. 옆을 돌아보니 멍한 표정으로 등천화가 따라오고 있었다. 뒤를 돌아봤다.

이곳의 위사들은 왜 저렇게 건방진 거냐!

불같이 화를 내려다 발상을 전환시켰다.

등천화와 같은 고수를 무시한다?

강호의 그 어떤 집단에서도 있을 수 없는 일이었다.

위사들이 인사를 건넬 수도 없는 존재라면?

갈피독은 여기에 생각이 이르자 흐뭇한 웃음이 절로 나왔다. 하지만 그의 즐거운 상상은 여기까지였다. 정문을 지키고 있는 위사 한 명이 등천화를 불렀기 때문이다.

기억하기로 분명히 '이제 오냐?' 라고 물었다.

갈피독은 망치로 뒤통수를 얻어맞은 표정을 지었다.

저 정문위사는 미쳤다. 싸가지를 밥 말아 먹고 사는 사람이라도 저런 말은 할 수 없는 것이다.

화가 난 그는 위사의 머리를 터뜨려 버리려 했으나, 그의 행동을 너무나 우습게 만들어 버리는 말이 등천화의 입에서 흘러나왔다.

그 '형편없는 위사 따위' 에게 얌전하게 고개 숙이며 '안휘성에 다녀왔습니다' 라고 대답한 것이다.

크악!

갈피독은 뒷골을 부여잡고 어질어질한 정신을 붙잡아야 했다. 더욱 황당한 광경이 기다리고 있는 것도 모르고 등천화를 쫓아간 것이다.

등천화와 함께 도착한 곳.

위사들이 근무를 끝내고 들어와 쉬는 작은 골방이었다. 작디작은 방문이 열렸을 때, 갈피독은 자신도 모르게 습기가 눈을 감싸는 걸 느껴야 했다.

그의 나이 오십이 넘는 동안 이렇게 허접하면서도 미치도록 궁색한 공간에 들어선 적은 단연코 한 번도 없었다.

노숙도 이보다는 나았다.

등천화가 끙끙대며 그 골방에 쓰러져 자는 모습만 아니었어도 벌써 천추성은 뒤집어졌으리라.

쪽팔림에 혀 깨물고 자살하고 싶은 충동을 누르게 해준 것은 쓰러진 등천화의 신음 소리였다. 여자가 아닌 사내와 그것도 좁아터진 골방에서 함께 보내게 될 줄이야.

생긴 것답지 않게 민감한 그는 밤새도록 눈을 끔뻑거리며 어둠에 잠긴 천추성의 고요를 감상해야 했다.

"끄아암……."

갈피독은 지난밤의 일을 떠올리며 검어진 눈 밑을 긁적이며 하품을 해댔다. 자신의 불만을 대화로 해결해 보기 위해 언제 아팠냐는 듯이 아침 일찍 일어나 수련 중인 등천화를 기다리고 있었다.

벌써 두 시진째다.

정확한 보폭으로 한 발 앞으로 갔다가 뒤로 물러서는 희한한 보법 수련이 계속되고 있었다.

처음에는 지겹지 않았다. 아니, 놀라웠다.

그러나 한 발 떼는 데 땀 한 바가지와 식사 한 끼 먹을 시간 동안 움직이는 모습을 지켜보자니 지겨웠다.

두 번째부터는 하품이 나왔고, 지금은 스스로의 인내력을 칭찬하며 지켜보고 있었다.

땀에 흠뻑 젖은 등천화의 뒷모습은 예술이었다.

군살 하나 없는 완벽한 뒷모습이란 게 어떤 건지 제대로 재현해 주었기 때문이다.

"나도 저것보다는 낫겠다."

질투였다. 긴장과 함께 살아온 그이기에 나이만 오십일 뿐 실제로는 이십대의 몸매를 소유하고 있었지만, 등천화의 몸처럼 되긴 힘들었다.

긴장을 풀기 위한 변명이었다.

보법은 신법과 달라서 굉장히 섬세한 동작들로 구성되어진다. 세세한 동작이 섬광처럼 빠르게 연결되어 하나의 흐름을 완성하는 까닭이다.

'쿵. 저런 식으로 지옥팔보를 펼쳤다가는 죽기 십상일 거다. 왜 미쳤다고 저런 식의 수련을 해야 하는 거지? 저 녀석이니까 가능한 거야, 저 녀석이니까. 어이구, 내가 왜 저런 녀석에게 져서는……'

등천화는 같은 동작을 여섯 번, 즉 제자리에서 세 번 왕복하고서야 처음으로 호흡을 가다듬었다.

"후우……."

"후우……."

갈피독은 자신도 모르게 그 호흡을 따라서 숨을 내쉬며 등천화가 보법 수련을 하며 만든 자국을 쳐다봤다.

발자국은 앞에 두 개, 뒤에 두 개가 전부였다.

이곳에서 뭐 했냐고 누군가가 물어본다면 참으로 대답하

기 난감한 자국이 아닐 수 없었다.

"이젠 좀 괜찮으냐?"

투덜거림이 가득한 한마디에 등천화는 밤새 술 퍼먹고 속 쓰리던 술꾼이 해장국 한 사발 들이켜고 난 후의 표정으로 '씨익' 웃었다.

"많이 좋아졌어요."

"그러서? 왜 안 웃나 했다."

"아침부터 안 좋은 일 있으세요? 왜 그렇게 피곤한 얼굴이세요?"

"흐흐흐. 안 좋은 일은 어제부터 쭉 있었다. 그리고 피곤한 건 잠을 제대로 못 자서 그렇고. 아! 생각난 김에 안내해라."

갈피독은 등천화가 걱정돼서 밤새 그렇다는 말은 하지 않았다. 그러다 갑자기 어제 정문에서 겪었던 일이 떠올라 소리를 지른 것이다.

"어디를 가자구요?"

"어디긴 어디야! 천추성주를 만나러 가야지!"

"에? 왜요?"

"나, 갈피독이야! 낭왕 갈피독이 왔으면 응당 천추성주도 알고 있어야지! 그래야 어제 같은 일은 다시는 안 겪을 게 아니냐."

"어제 같은 일이오?"

등천화는 어제 무슨 일이 있었는지 생각하다가 이내 고개를 갸우뚱하게 기울였다.

"뭐, 뭐냐, 그 표정은?"

"어제 무슨 일이 있었나 생각해 봤거든요?"

"떠올랐느냐!"

"엄… 무슨 일이 있었죠?"

"뭐?"

"정문을 통과해서 사백육십칠 걸음을 걸은 것밖에는 없는
데……."

갈피독은 그 말에 인상을 와락 구겼다.

몇 걸음 걸은 것 따위보다 몇만 배는 중요한 일을 기억하지
못하는 등천화가 얄미웠다.

"아참! 무슨 일인지는 몰라도 오늘은 안 돼요. 나중에 종
일건님께 부탁해 볼게요."

"누구?"

"보셨잖아요. 덩치 크고 믿음직스럽게 생기신 분이요. 백
보신권을 사용하시는… 엄… 그리고 보니 모두들 무사히 돌
아왔는지 알아보지도 않았네… 미안해서 어쩌지? 근무 끝나
고 알아봐야겠다."

"근무?"

"예."

"무슨 근무?"

반문은 했지만 갈피독은 자신도 모르게 희한한 단어가 떠

올랐다.

근무란 어느 한곳에 적을 두고 일정한 직무에 종사한다는 뜻이라는 것 정도는 그 역시 알고 있었다.

'에이, 아니겠지. 설마 그런 황당한 일이… 일이…….'

갈피독은 혹시라도 자신이 예상하는 대답이 등천화의 입에서 나오면 어쩌나 싶어 다시 물었다.

"너, 근무지가 어디지?"

아니다, 아닐 것이다. 위사는…….

"정문이요."

"거기서 뭐 해? 혹시…….."

"정문위사예요."

"컥! 이, 이런 썅!"

"저…….."

등천화와 한 조가 돼서 근무를 서게 된 사람은 마윤이 아니라, 성을 떠나기 전에 함께 근무를 서며 못살게 굴던 고참 위사였다.

그는 갈피독의 눈치를 보면서 조용히 입을 뗐다.

"닥쳐! 한마디만 더 해, 아주 그 입을 네 눈 옆에다 제대로 박아줄 테니까!"

갈피독의 살기 어린 목소리에 고참 위사는 몸이 뻣뻣하게 경직되며 곧장 시선을 다른 곳으로 돌렸다.

갈피독은 벌써 반 시진 동안 정문 앞을 안절부절못하는 걸음으로 서성이고 있었다.

그 모습을 뻔히 보면서도 등천화는 이렇다 할 말 한마디 건네지 않았다.

이유가 거창했다.

근무 중에는 말을 하지 않는 것이 원칙이란다.

"그러니까! 그렇단 말이지? 내 예상이 맞았단 말이지? 이거 미치고 환장할 노릇이구만. 내가 왜 저런 녀석에게… 으으으으!"

이를 악물고 끓어오르는 화를 억지로 내리기를 반복했다. 이럴 때 누구 하나 걸리면 결과는 굳이 예상하지 않아도 뻔하리라.

이때, 갈피독의 시선을 돌리는 외침이 터졌다.

"누구냐!"

정문 안쪽을 향해 서 있던 고참 위사의 눈이 누군가를 보고 있었다.

'응?

갈피독의 시선이 곧장 그쪽으로 향한 것은 말할 필요도 없었다.

그곳에는 잘생긴 미청년이 여유롭게 걸어나오고 있었다. 손에는 멋스러운 부채를 살랑이며, 고급 비단을 재단해 만든 옷이 흔들리며 눈부시게 번쩍거렸다.

“수고들 하네.”

낭랑한 목소리는 너무도 자연스럽게 들렸다.

고참 위사는 한눈에 목소리의 주인공이 범상치 않은 신분을 지녔다는 것을 파악했다.

“어딜 가는 길이십니까?”

“잠시 산책을 한다는 것이 정문까지 나오고 말았지 뭔가. 하하하.”

가벼운 웃음과 함께 청년은 밖으로 나서려 했다.

고참 위사는 이미 미청년의 신분을 가늠하고 있기에 가로막지 않고, 곧장 허리를 구십 도로 접으며 인사를 건넸다.

“알겠습니다!”

“수고하게.”

청년이 자연스럽게 한 걸음 더 움직이려 할 때였다.

“성명과 어디로 가는지 행선지를 말씀해 주십시오.”

등을 돌리고 있던 등천화가 막아섰다.

미청년은 기분이 상하지만 참는다는 듯이 등천화를 흘겨보며 다시 한 걸음을 내디뎠다.

“대답하지 않으면 나갈 수 없습니다.”

등천화가 다시 가로막았다.

미청년은 그 모습에 한 가지를 깨달았다. 창을 비스듬히 내리고 가로막는 등천화가 조금 전까지만 해도 돌아서 있었다는 것을.

기막히게 빠른 몸놀림이 아닐 수 없었다. 신경을 쓰지 않았다고 해도 어찌 됐든 빠른 것은 틀림없었다.

"놀랍군. 자네 같은 자가 왜 정문에서 위사를 하고 있는 거지?"

미청년의 이 말 한마디는 한 사람에게 엄청난 공감대를 형성하게 해주었다.

"내 말이!"

"……?"

갑자기 끼어든 목소리에 미청년은 시선을 갈피독에게 돌렸다.

걸걸한 목소리의 갈피독이 눈으로는 등천화를, 손가락으로는 미청년을 가리키고 있었다.

한 장소에서 놀라운 경험을 두 번 하게 됐다.

갈피독이 목소리를 내고서야 정문 밖에 있었다는 것을 알았기 때문이다.

"당신은 또 누구지?"

"다, 당신? 이것… 끄으음. 일단 급한 불부터 끄자. 조금 전에 저 녀석보고 왜 위사를 서냐고 했지? 내 말이 바로 그거야. 저 녀석이 미치지 않고서야 어떻게 위사로 근무를 서냐고! 네가 뭘 좀 아는 것 같은데, 저 녀석 좀 설득 좀 해봐."

"해봐? 지금 내게 하대를 한 건가?"

"한 건가? 쿵. 이것 봐라, 네 눈에는 위아래도 안 보이냐?

내가 아무리 동안이라지만 너보다 어려 보이냐?”

갈피독의 어이없다는 듯한 투덜거림은 미청년의 눈빛이 서서히 변하도록 만들었다. 그 미세한 변화는 고수가 아니면 알 수 없는 무형의 기운으로 변하며 갈피독의 입을 막았다.

“오호, 눈빛이 제법이잖아?”

갈피독은 입맛을 다셨다.

“아직 대답을 하지 않았다. 내게 하대를 한 건가?”

“또 반말지거리… 그래, 했다, 했어! 그렇게 눈 부릅뜨고 쳐다보면 어쩔 건데? 어린 녀석이 보자 보자 하니까.”

등천화로 인해 화병이 일 지경인데 거기에 더해서 미청년의 건방짐까지 더해지자 폭발 일보 직전까지 가게 됐다.

“당신, 소속이 어디지?”

미청년은 분위기 파악도 못하고 또다시 하대를 하며 대답을 촉구했다.

“쿵. 이젠 대놓고 말을 까는구만. 소속? 여기 온 지 얼마나 됐다고 그런 걸 갖겠냐. 그런 것 없다.”

“……!”

은연중에 기를 뿜어낼 정도의 고수가 천추성에서 소속이 없다고 한다. 미청년은 자신이 잘못 들었다고 여기며 눈을 동그랗게 떴다. 이럴 때는 앳된 청년의 모습이 그대로 드러났다.

“그럼 정문에서 뭘 하는 거지?”

"뭐라는 거야? 내가 정문에서 뭘 하든 네가 무슨 상관인데? 가만. 이거 생각할수록 열받네."

갈피독은 자신을 꺾은 유령신보가 일개 정문위사의 신분이란 사실만으로도 정신적인 충격을 받은 상태였다. 이런 상태에서 또다시 정신을 안전한 곳에 맡기고 나다니는 미청년까지 보게 되자 돌아버리기 직전의 상태가 되고 말았다.

그러나 눈앞의 미청년이 천추성주 풍우신장의 막내 제자 문지혁이란 사실을 모르기에 할 수 있는 생각이었다. 물론 문지혁의 신분이 어찌 됐든 상관은 없지만.

"이……."

"사부님!"

"쿨럭쿨럭……."

소리를 지르려던 갈피독은 비장함이 엿보이는 문지혁의 갑작스런 외침에 사레에 걸리고 말았다.

기침을 몇 번 하고서야 문지혁을 지원해 줄 자가 온 줄 알고 재빨리 주위를 둘러봤다. 젊지만 실력은 만만치 않다는 것을 느끼고 있었기에 한 명이 더 늘어나면 곤란했기 때문이다.

그러나 사람은 안 보이고 어깨를 늘어뜨린 문지혁만이 제자리에 서 있었다. 이런 행동은 갈피독에겐 회심의 미소를 짓게 했지만, 한 사람에겐 신경이 무지하게 거슬렸다.

'엄… 밖으로 나갈지, 다시 안으로 들어갈지 빨리 결정하면 좋겠는데……. 헛갈리게 만드는 사람이네?'

문지혁의 서 있는 위치가 좀 그랬다.

등천화의 입장에서는 구분을 확실히 해줬으면 하는 소망이 들게끔 하는 묘한 위치였다. 참으로 난감했다.

"엄… 저기… 들어가실 건가요?"

"……."

문지혁은 질문을 듣지 못한 사람처럼 멍하니 섰다가 다시 갈피독을 향해 돌아섰다.

"그럼 밖으로 나갈 생각이신가요?"

등천화는 재빨리 물었다.

"하아……."

문지혁은 대답 대신 한숨을 내쉬며 안쪽을 향해 다시 돌아섰다. 이 모습을 바라보던 갈피독은 은근히 기대를 하기 시작했다.

'참지 마, 너의 그 무시무시한 보법을 보여줘, 보여줘!'

갈피독의 마음속으로 외친 목소리라도 들은 것일까?

등천화는 심각한 목소리로 문지혁을 불렀다.

"저기요!"

第二章
흐름의 중심에 서다

步法無敵

'옳거니!'

갈피독은 눈을 반짝였다.

등천화의 입에서 저런 말이 나왔다는 것은 정말로 화가 났다는 증거였다. 곧 이상한 회오리를 만들어서 문지혁의 몸을 성벽 어디엔가 처박아 버리리라.

갈피독은 그 광경을 기대하며 두 사람을 주시했다.

"왜 자꾸 부르나, 위사?"

'캬하! 알아서 불을 붙이는구나.'

갈피독은 키득거릴 준비를 하며 이어질 등천화의 눈부신 보법을 감상하려 했다.

"결정을 아직 못하셨나요?"

상식적으로 건넬 수 없는 질문이었다. 당연히 화를 낼 줄 알았던 갈피독은 뜨악한 표정으로 등천화를 쳐다봤다.

답답한 표정으로 가슴이라도 치고 싶었으나 이어진 문지혁의 대답에 그조차도 할 수 없었다.

"위사답지 않은 안목이군. 잘 봤네. 난, 아직 결정을 못했다네."

'큭!'

갈피독은 기겁을 하고 말았다.

허무하기 이를 데 없는 두 사람의 대화.

이어지지 않아야 한다. 여기서 말로 끝나면 재미없잖은가! 하지만 아무리 등천화에게 눈짓을 줘도 순진한 목소리는 뾰족해지지 않았다.

"엄… 그랬군요. 한데 어쩌죠? 근무 중이라 더 이상 말을 건넬 수 없으니 결정해 주세요. 어떻게 하실 건가요?"

"……!"

문지혁은 등천화를 묘한 눈으로 쳐다봤다.

선택을 강요하는 저 눈.

마치 자신의 처지를 다 알고 있는 듯 허허롭기까지 해 보였다.

"조금만 시간을 주겠는가, 위사?"

숙명의 대결을 앞두고 마지막 유언을 남기기라도 하는 것 같은 목소리였다.

"근무 시간이……."

등천화는 난처한 표정을 지으며 함께 근무를 서고 있는 위사를 돌아봤다. 기묘한 대화에 집중하고 있던 고참 위사는 정신을 퍼뜩 차리며 대답해 주었다.

"어, 얼마 안 남았지… 네요."

갈피독의 시선 때문에 함부로 등천화에게 반말을 할 수도 없는 그였다.

위사의 대답에 문지혁은 이채를 발했다. 위사들끼리도 서로 존중하는 모습이 그의 눈에는 너무도 아름답게 보였기 때문이다.

그때였다.

등천화가 정문 안쪽으로 보며 손을 흔들었다.

"아, 마 선배, 어서 와요."

등천화의 반가운 목소리에 웃으며 다가오던 마윤의 얼굴이 급격히 굳으며 쪼르르 달려왔다.

"드, 등 위사님… 어, 언제 오셨… 하하, 하하하. 제가 일부러 조를 바꾼 것이 아니라… 하하, 그, 그게 그러니까……."

문지혁은 행동은 더디면서 말로는 무척 빨리 달려온 것처럼 떠드는 마윤의 보습이 신기했다.

'역시 서로를 위해주는 모습. 천추성의 정문이나 지키는 사람들이라고 생각했던 내가 부끄럽구나. 아름답다.'

분명히 등천화가 '선배'라고 불렀음에도 불구하고, 마 선배란 자도 '등 위사님'이라 응대를 하는 것이다.

이런 모습을 아름답게 보는 그와 달리, 갈피독은 어깨를 쫙 펴며 뿌듯한 웃음을 지었다. 위사들 역시 등천화를 인정하고 있다는, 등천화는 역시 뭔가 다른 녀석이란 것이 기분 좋았기 때문이다.

"푸하! 좋아, 좋아! 그렇지, 그냥 평범하게 위사나 할 녀석이 아니지, 암!"

갈피독은 언제 불만중년인이었냐는 듯이 호탕하게 마구 웃었다.

그동안 등천화와 마윤이 어색한 교대를 했다.

"이젠 괜찮네요. 저는 등천화라고 합니다. 근무가 끝났으니 대화를 해도 돼요."

등천화와 함께 근무를 섰던 다른 위사는 알아서 혼자 움직였고, 엉뚱한 대화가 다시 이어졌다.

"난 문지혁이네. 다들 '문 공자님'이라고 부르니 자네도 그렇게 부르게."

문지혁의 하대는 아주 자연스러웠다.

"일건보다 높은 신분이세요?"

"일건… 아! 사당의 일군들? 하하하. 그들과 나를 비교하면 곤란하지. 나는… 하여간 그들보다는 꽤나 높다고 할 수 있네."

"그러시구나. 한데, 왜 그렇게 결정을 못 내리세요? 들어가든지 나가든지 하면 되잖아요?"

'또 내 마음을 꿰뚫어 보는구나!'

문지혁은 헛바람을 삼켰다.

고민하고 있는 문제에 부딪치든 도망치든 하라는 통렬한 충고가 아닐 수 없었다.

얼굴이 부끄러움으로 인해 붉어졌다.

'뭐야? 왜 얼굴이 빨개져?'

문지혁의 반응에 갈피독은 어이없는 표정을 지었다.

두 사람은 방금 만났고 나눈 얘기도 별로 없었다. 저런 식의 대화가 가능한 이유를 전혀 짐작할 수 없었다. 마치 오랜 지기를 만난 것 같지 않은가?

적어도 갈피독이 보기엔 그렇게 보였다.

자신의 고민을 쉽게 꺼내는 문지혁도 그렇고, 그런 고민을 자신의 일처럼 받아들여 대답하는 등천화도 그랬다.

"사부님… 그러니까 내게 무공을 전수해 주신… 사부님을 아는가?"

"당연히 알죠."

등천화는 고개를 끄덕였다.

내부분 제자에게 무공을 전해주는 사람을 사부님이라고 부른다는 것쯤은 알고 있기 때문이다.

"나도 그런 분이 계셨거든요."

쐐기를 박는 한마디였다.

천추성주 풍우신장의 이름이 거론될 줄 알았던 문지혁은 순간적으로 자신이 바보가 된 느낌이 들었다.

"그런… 분?"

"사부님을 말하는 거 아닌가요?"

"사부님… 그렇지, 사부님에 관한 말이지. 맞아, 사부님에 관한 말이야. 하하하!"

확인하지 않는 편이 나았다.

문지혁은 머쓱함을 웃음으로 감추고는 말을 이었다.

"사부님… 그러니까 자네가 말하는 사부님과는 다른 사부님이시지. 어쨌든 그분께서 힘든 과제를 주셨어."

"그렇구나……."

인정을 했으면 어떤 과제인지, 왜 고민을 하는지에 대해서 물어야 했다. 하지만 등천화는 그럴 생각이 없는 것 같았다. 어쩔 수 없이 문지혁이 다시 말을 이어야 했다.

"과제가 뭔지 아는가? 바로 사형들… 내게는 다섯 분이나 계시네. 그분들과 견줄 수 있는 실력을 갖추라고 하신 걸세."

"……."

등천화는 고민스러운 표정을 지었다.

문지혁의 사형이란 사람들이 얼마나 강한지를 모르니 할 말이 없어진 까닭이다.

"어려운 문제네요."

"맞아, 정말 어려운 문제지. 답답한 마음에 천추성을 한 바퀴 돌다가 이곳까지 온 걸세."

"예에……."

등천화의 깊이 공감하는 모습에 갈피독은 도저히 궁금해서 그냥 지나칠 수 없었다.

"이봐, 지금 저 애송이가 하는 말이 무슨 뜻인지 알고서 맞장구치는 거냐?"

"그럼요."

"뭔데?"

갈피독은 정말로 궁금했다.

문지혁의 신분이 뭔지는 잘 몰라도 대단히 귀한 몸일 확률이 높았다. 이런저런 상황을 등천화가 이해했다면 어제오늘 그가 느꼈던 '맹탕 등천화' 가 아니라 조금은 기대해 볼 만한 유령신보일지도 몰랐다.

"사부님을 실망시키지 않으려고 사형들보다 강해질 방법을 강구하는 거잖아요."

"……."

물어본 갈피독이 잘못한 것이다.

어떤 대답이 나올지 뻔히 알면서 왜 그랬을까?

길피독이 입맛을 다시며 고개를 내지으려고 할 때, 문지혁의 신형이 자리에서 사라져 등천화의 곁으로 다가왔다.

"바로 그거야! 사부님께서는 무리한 과제를 주셨지만, 나

는 최선을 다해 이루고 싶어. 그분을 위한 일이라면 목숨도 아깝지 않거든!'

등천화의 손을 꼭 잡은 문지혁의 눈은 곧이라도 감동의 눈물을 흘릴 것처럼 반짝반짝 빛이 났다. 자신을 알아주는 등천화란 존재가 너무도 반가운 것이다.

그러나 그 모습을 지켜보는 갈피독의 입장은 난감하기 이를 데 없었다.

갈피독은 몸에 소름이 돋는 걸 느끼며 부르르 떨었다. 전율스러웠다. 이해할 수 없는 말을 나누다가 느닷없이 손을 잡고 감격을 하다니!

'뭐… 뭐냐, 이것들!'

이젠 그만 했으면 싶은데 등천화의 목소리가 다시 이어졌다.

"사부님을 위해서라면 당연하죠."

등천화는 문지혁의 말에 깊게 호응하며 웃음을 가득 담았다. 보고 싶은 한 사람의 얼굴이 떠오르면서 자연스럽게 일어난 표정이었다.

'사부님… 나도 사부님이 보고 싶다. 히히.'

문지혁과의 대화로 한동안 잊고 있었던 국진력의 모습을 떠올릴 수 있어 행복했다.

"천화야, 세상으로 나가게 되면 이 사부의 복수를 대신 해다오."

"엄… 복수요?"

"문석명, 추일, 만공. 이들의 후예를 찾아서 십보문의 입구를 막고 있는 진법으로 가둬라. 그들도 이 사부의 오십 년 세월을 알아야 할 게 아니냐?"

"그렇게 할게요."

국진력이 말한 세 사람은 십보문의 배신자들이었다.

반드시 벌을 받아야 하는 자들이라고, 그들 때문에 십보문에서 오십 년을 보냈노라고, 그들 이후로 제자들을 믿지 못한 칠대 사조께서 기관진식까지 만들게 됐다고 얼마나 들었는지 귀에 못이 박힐 정도였다.

다른 건 몰라도 유언은 지켜야 했다.

문석명, 추일, 만공이란 사람들에게 십보를 배우지 못하고 나간 것이 얼마나 어리석은 일인지는 알려주어야 했다.

'걱정 마세요, 사부님. 그들은 나쁜 사람들이니, 제가 혼내줄게요.'

국진력이 앞니 빠진 얼굴로 웃는 것 같았다.

머릿속이 그리운 시간으로 떠나자 머리가 '띵' 하며 현기증이 일었다. 좋은 것은 혼란스럽게 만든다. 그래도… 좋은 것은 좋은 것이다.

"종 일건 그 자식은 운도 좋군."

아침 일찍 표종후가 혁련궁을 찾아와 종명기의 복귀 소식을 전해줬다.

혁련궁은 한마디 한 것만으로는 마음에 들지 않는지 다시 한 번 말을 반복했다.

"겨우 위사 한 명 데려가서 살아 돌아왔다는 말입니까? 정말 운이 좋은 자식이네요."

더욱 그를 불쾌하게 만든 것은, 종명기가 세외삼천의 애송이들과 가교일까지 구해서 무사히 돌아왔다는 말 때문이었다.

'어떻게 그런 일이 있을 수가 있지? 백마 중 한 명인 백안마군도 그 자리에 있었다고 하던데. 백마에 대한 소문이 과장된 것인가?'

"유령신보가 또 활약을 펼쳤다고 하더군."

표종후는 혁련광의 불만스러운 모습을 보다가 때가 됐다는 듯이 슬쩍 말을 건넸다.

"마교 장용 지부를 쓸었다고 할 때는 반신반의했는데, 이젠 그 소문을 믿어야겠어."

'유령신보?'

표종후의 넌지시 건네는 대답과 무관하게 머릿속을 퍼뜩하며 지나가는 생각이 있었다. 종명기와 함께 돌아온 자들은 모두 다섯이라고 했다. 종명기와 가교일, 그리고 세외삼천의 애송이들……

‘그럼 유령신보는? 설마 그들 중 한 명이 유령신보?’

생각이 엉켜 버렸다.

세외삼천의 애송이들이야 알아서 돌아갈 자들이니 굳이 알아둘 필요 없었지만 유령신보는 달랐다. 몇 달 동안 소문은 무성한데 얼굴을 드러낸 적이 없었기 때문이다.

“아! 그리고 진 당주가 청양 지부에서 죽었네.”

“예? 진 당주가 말입니까?”

“그래서 더 이상한 거야. 진 당주는 죽었는데 종 일건은 멀쩡하게 돌아왔다? 뭔가 있는 것 같지 않아?”

“그야 종 일건이 도착하기 전에 죽었을 수도 있잖습니까? 종 일건과 함께 나갔다는 위사를 만나보면 어찌 된 일인지 확실해지겠지요.”

“위사?”

심각한 분위기와 전혀 어울리지 않는 대답에 표종후의 고개가 갸웃거렸다.

계창수는 아침 일찍 집무실에 들렀다가 곧장 의약전으로 향했다. 그동안 천추성의 갑작스런 변화 때문에 이리 뛰고 저리 뛰느라 정신없다가, 종명기가 사람들을 무사히 데리고 귀환했다는 보고를 받았다.

의약전으로 들어가자마자 가교일을 지키고 있는 종명기를 발견했다.

“잘 돌아왔다. 또 나가라고 할까 봐 아주 징그럽지? 클클클.”

계창수는 종명기의 어깨를 두드려 주며 그 마음을 다 안다는 듯이 웃음을 건넸다.

“아닙니다.”

“아니긴, 얼굴에 그렇게 적혀 있구만.”

“그렇지 않습니다.”

종명기는 당황한 표정으로 대답했다.

“알았네, 어차피 안 믿을 테니까 마음대로 생각하게.”

“윽!”

종명기가 다시 뭐라고 말을 하려 하자 계창수가 이번에는 심각한 표정으로 말을 이었다.

“이번엔 우리도 실수를 했어. 설마 백안마군이 직접 나설 줄 누가 알았겠는가? 자네에겐 미안하지만, 거의 포기하고 있었던 것이 사실이네. 결과적으로는 아주 훌륭한 인재들을 얻었지만. 클클클. 가 일곤을 구해온 것만 해도 대단한 일이지. 암! 그래, 그 녀석은?”

“등 소형제 말씀입니까?”

“네가 데리고 간 녀석이 그 녀석 외에 또 있느냐?”

“그, 그런 뜻이 아니라, 등 소형제가 먼저 도착한 줄 알았기 때문입니다.”

“뭐라? 그 녀석이 돌아왔다고? 난 유령신보가 돌아왔다는 보고를 받은 적은 없는데?"

계창수가 고개를 갸웃거리자, 종명기가 호탕하게 웃음을 터뜨렸다.

"하하하. 계 원로님, 등 소형제의 신분은……."

"아! 위사! 그 녀석 위사였어, 위사! 내 정신 좀 보게. 우헤헤헤!"

계창수는 자신이 생각해도 우스운지 기괴한 웃음소리를 냈다. 지난 며칠 동안 거의 웃음이라고는 지어본 일이 없다가 등천화 때문에 처음으로 웃게 된 것이다.

천추성의 변화는 생각보다 빨리 찾아왔다.

원로원을 제외하고 가장 핵심이랄 수 있는 나후전과 은하전의 주인이 완전히 정해졌기 때문이다. 원래대로라면 천추성주 풍우신장의 대제자인 사공원이 나후전주가 됐어야 했지만, 본인이 극구 사양하는 바람에 둘째 제자인 각용성이 그 자리에 앉게 됐다.

이 일로 인해 원로들은 실망을 금치 못했다.

원로들은 풍우신장의 독문무공인 십이천강추를 대성할 수 있는 기재는 대공자 사공원 외에는 없다고 생각하기 때문이다.

그러니 계창수만은 다른 원로들과 생각이 달랐다. 풍우신장의 제자들은 하나같이 천고의 기재들이었다. 그런 인재들을 두고 왜 안 된다는 생각부터 한단 말인가.

"너무 대공자만 찾지 맙시다!"

오늘 아침 원로원의 회의에서 그가 주장한 내용이다.

유령신보를 보내 청양 지부에 남아 있는 일군들을 구해오
자는 그의 주장이 성공한 후였다. 삼상에 속하지 못한 원로들
은 볼 것도 없이 그를 밀어주었다.

힘이란 분산돼야 흐르게 되는 것이지, 멈춰 있어서는 썩게
마련이다. 어느 한곳에 힘을 싣지 말고 공평하게 나누어 실어
주어야 한다.

계창수는 이런 취지로 회의를 주도했다.

그러나 공평하게 힘이 흐르도록 해야 한다면 한 가지 방법
외엔 없었다. 바로 천추성주의 제자들끼리 경쟁하도록 만드
는 것이다.

그의 복잡한 생각을 멈추게 해준 사람이 등천화였다.

"녀석이 왔다면 정문에 있겠구나."

"아마도 그럴 것입니다. 등 소형제가 좀 고지식한 면이 있
어서 맡은 것은 확실히 합니다. 근무가 있다면 지금쯤은 정문
에 있을 확률이 높습니다."

"클클클. 가봐야겠다. 그 녀석 만날 생각을 하니 절로 웃게
되는구나. 참, 네게도 좋은 소식이 있을 것이니 기대하거라."

"예?"

"그곳에서 살아남은 건 누가 뭐래도 실력이야."

"그게 무슨……."

의아한 눈으로 바라보는 종명기를 뒤로하고 계창수는 콧노래까지 흥얼거리며 의약전을 나섰다.

"너, 내가 누군지 알지?"

갈피독의 협박에 가까운 질문에 등천화는 예의 순진한 웃음만 지어 보였다. 그 웃음이 눈을 부라린다고 굳어질 것 같았으면 벌써 실천했으리라.

"내가 왜 그 녀석을 도와줘야 하는데? 내가 듣기에는 그 어린 녀석의 사부란 작자가 내린 명령은 간단해. 강해져라! 그걸 해결하고 싶으면 폐관수련을 해야지, 엉뚱하게 산책이나 하는 허술한 녀석을 왜 도와줘야 하느냐고, 엉?"

등천화는 문지혁의 말을 처음부터 끝까지 집중해서 들어주었을 뿐만 아니라, 갈피독이 천추성에서 어떻게 살아가야 할지에 대해서도 결정을 내려 버린 것이다.

"엄… 제가 십 년 만에 집으로 돌아갔을 때 가족들이 저를 몰라보더라구요. 형들처럼 밥벌이를 하라고 하시는데 뭘 할 줄 알아야죠. 그때 종 대협… 그 덩치 크고 백보신권이란 무공을 사용하는 분이요."

"알아. 그게 내가……."

"문 공자는 할 줄 아는 게 없나 봐요. 이렇게 넓은 곳에 혼자인 것 같으면 얼마나 외롭겠어요. 이어졌다고 생각했던 길이 끊겼으니 충분히 이해가 가요. 저는 안 된다니까 갈 대협을 소개한 것뿐이에요."

당당했다. 갈피독은 한 번 이긴 걸로 주군 행세를 하는 등천화의 저 오만함을 무너뜨리고 싶었다.

'이 녀석, 아무것도 모르는 척하지만 낭인의 율법에 대해 낭왕인 나보다 잘 아는 거 아니야?'

본인의 결정은 전혀 고려하지 않는 저 독단적인 결정을 받아들이기엔 갈피독의 자존심이 너무 강했다.

그러나 문지혁은 누가 등천화와 말이 통하는 놈 아니랄까 봐 갈피독이 거절을 하기 위해 입 한 번 벙긋거릴 시간도 주지 않고 엄청난 속도로 내성을 향해 날아가 버렸다.

이왕 이렇게 된 일. 지금부터가 중요했다.

도둑질은 한 번 하기가 힘들지 그다음은 어렵지 않다. 등천화의 버릇을 지금 잡지 못하면 언제까지 질질 끌려 다닐지 모른다.

갈피독은 속으로 무수한 생각을 했지만, 정작 입으로는 아무 말도 나오지 않았다.

등천화는 다음 말을 기다리다가 눈에 힘만 주고 말할 생각을 하지 않는 갈피독에게 한마디 건넸다.

"잘 생각하셨어요."

씨익.

순진한 웃음과 함께 흘러나온 악마와 같은 한마디.

갈피독은 일순 광분하고 말았다.

"으아! 내, 내가 낭왕이란 것을 알면서도 잘도… 네 마음대로… 으아아아아!"

"이상하네? 만나는 사람마다 싸우자고 하셨으면서 이번엔 싫어요? 좋은 일도 하고 싸우기도 하면 좋지 않나? 싫으시면… 엄… 어쩌죠?"

"그, 그걸 왜 내게 물어! 당장 가서 농담이었다고 말해! 너, 내가 밖으로 나가면 어떤 대접을 받는 줄 알아? 애당초 네가 위사 나부랭이인 줄 알았으면 이곳으로 오지도 않았어! 으아, 낭왕 체면에 이게 뭐냐!"

두 사람이 대화를 나누는 곳은 위사들이 머무는 숙소 앞이었다. 갈피독의 고래고래 지르는 고함 때문에 창문으로 위사들이 한둘씩 고개를 내밀었다.

"아, 조용히 좀 해! 여기 너희만 사냐!"

"저치, 누구냐? 누군데 이곳에서 떠드는 거야!"

번뜩!

갈피독의 눈에 살기가 어렸다. 시선을 들었다. 창문에 얼굴을 내민 위사들이 보였다. 안 그래도 열받은 그에게 모두 딱 길리고 말았다.

"으흐흐흐. 그렇단 말이지. 이젠 저런 개미만도 못한 놈들까지 나를 우습게 여긴단 말이지? 니들 다 죽었어. 으아아!"

갈피독의 몸에서 순식간에 푸른 섬광이 일렁이더니 그대로 위사들이 묵고 있는 건물로 날아갔다.

그 동작이 얼마나 전광석화 같았는지, 등천화는 '어어' 하다가 말릴 기회를 놓치고 말았다.

갈피독은 지옥파라수의 푸른 섬광이 곧 위사들의 숙소를 무너뜨릴 것을 전혀 의심하지 않았다.

그러나 그의 기대는 어디선가 날아온 하얀 섬광에 의해 산산이 부서지고 말았다.

쿠쾅!

"누님! 누님!"

문지혁은 그동안의 걱정을 훌훌 털어버린 표정으로 꽃향기 가득한 문을 활짝 열어젖혔다.

그곳에는 각양각색의 꽃들이 웃고 있었다.

하늘을 비추고 있는 연못 건너편.

비녀들의 시중을 받고 있던 푸른 경장 차림의 미인이 문지혁을 향해 시선을 돌렸다. 그 눈짓에 따라 비녀들은 일제히 동작을 멈췄다.

"지혁아, 왜 그렇게 서두르니?"

"하하하. 누님, 너무 기분이 좋아요."

"다 큰 애가 무슨."

"수련할 상대를 찾았어요."

“수련 상대?”

여인은 의아한 표정을 지었다.

문지혁의 수줍은 성격을 누구보다 잘 아는 그녀로서는 쉽게 믿어지지 않는 말이었기 때문이다.

“서두르지 말고 차근차근 말해봐.”

“어떻게 하면 사형들처럼 강해질 수 있는지 고민하면서 걷다 보니 정문까지 갔지 뭐예요? 그런데… 하하하. 거기서 사람을 만난 거예요!”

두서없는 말에 여인은 아미를 살짝 찌푸리며 낮은 한숨을 내쉬었다.

“흐음, 네가 그렇게 신이 난 걸 보면 강한 사람은 맞는 것 같구나. 그래, 만났다는 사람이 누구니?”

“갈피독이란 분이에요.”

“갈피독? 그 사람의 별호가 뭔데?”

“별호는… 아직 모르고요. 하여간 둘 다 평범하지 않은 사람들이었어요. 아! 갈피독이란 사람은 낭왕이라고 했어요.”

“낭왕?”

“예.”

“고수라…….”

문지혁의 입에서 저런 말이 나올 정도라면 정말로 실력이 있는 자였다. 여인은 누구보다 문지혁의 실력을 잘 알고 있었기 때문이다.

"낭왕이란 자는 들어본 적이 없으니 외부에서 온 것 같고. 다른 사람은 또 누군데?"

"아! 갈 대협을 소개해 준 사람이요? 위사요."

문지혁의 대답에 여인은 자신이 잘못 들은 듯 다시 물었다.

"뭐? 지금 뭐라고 했니?"

"위사요, 정문에서 창 들고 서 있는. 이렇게 비스듬히……."

"……."

여인은 철없는 열여덟 살 청년이 한 말을 너무 주의 깊게 들은 탓에 실망이 더 커지고 말았다.

"지혁아, 지금 위사가 소개한 사람을 만났다고 좋아했던 거니? 네 사형들이 어떤 사람들인데 고작 위사가 소개해 준 사람으로 강해지겠다고 하는 거니? 다른 사람도 아니고, 네 일인데 모른 척할 순 없지. 시간을 두고 같이 생각해 보자."

그녀라면 방법을 생각해 줄 것이다.

그러나 그런 말을 문지혁이 어떻게 받아들일까. 혼자서 하고 싶었다. 무공도 높이고, 자신의 우상처럼 수많은 천추성의 무인들이 우러러보는 그런 사람이 되고 싶었다.

당연히 천추성주 풍우신장의 외동딸이자 천추제일미 풍우산산의 도움으로 무공이 높아졌다는 소리는 듣고 싶지 않았다.

"누님, 제가 알아서 할게요. 이제 저도 내일모레면 약관이에요."

"혼자서? 뭘? 겨우 위사가 소개해 준 사람을 수련 상대로 결정하고선 무슨 할 말이 있다고. 여러 소리 말고 아버님이 마련해 주신 잠룡각에서 조금만 기다려."

풍우산산은 진심이었다.

동생이 없는 그녀에게 하나에서부터 열까지 모든 일을 상의하는 문지혁은 친동생이나 다름없었다. 게다가 이미 문지혁의 고민을 해결할 방도까지 마련해 놓은 참이었다.

"옥상아를 시켜서 조사해 보니 의외로 너를 도와줄 고수들이 있더구나."

문지혁은 가타부타 대답을 하지 않고 그대로 그녀의 거처를 나왔다.

문지혁이 풀 죽은 모습으로 자신의 거처로 돌아가고 난 뒤, 풍우산산은 자신의 호위인 옥상아를 불렀다.

잠시 후, 반쪽 얼굴을 머리칼이 가리고 있어 신비하게 보이는 한 여인이 검 한 자루를 허리에 차고서 들어왔다.

무기를 소지한 채 풍우산산의 곁에 앉을 수 있는 유일한 여인이었다.

"옥상아입니다."

"왔어?"

"예. 아가씨의 명령대로 한 바퀴 돌고 왔습니다."

풍우산산의 흥미를 자극시킬 일을 가져왔다는 말의 다른 표현이었다.

"재미난 일은?"

풍우산산은 초롱초롱한 눈으로 옥상아를 응시했다.

"얼마 전에 천건당 소속의 종명기란 일군이 원로원으로부터 유령신보란 자와 함께 청양 지부로 가서 사람을 구하라는 임무를 맡았습니다."

"에이, 그런 거 말고."

"지금부터 재미있어집니다, 아가씨. 청양 지부로 떠날 때 분명히 종 일건은 위사 한 명만 데리고 갔습니다. 하나 그가 돌아올 때는 세외삼천이란 곳에서 온 세 고수와 가 일곤이 전부였습니다."

풍우산산은 옥상아의 말을 곰곰이 곱씹어보고는 손을 흔들었다.

"가만. 그럼 그 위사… 아니, 유령신보란 자는 안 나간거야?"

"역시 아가씨세요. 저도 그 점이 이상해서 조사를 해봤습니다."

"그랬더니?"

"놀랍게도 종명기가 데리고 나갔던 위사는 오늘 근무를 섰다고 합니다."

"응? 그게 무슨 소리야? 그럼, 유령신보는?"

“아무리 기록을 살펴봐도 유령신보란 자에 대한 기록은 어디에도 없었습니다. 제 생각입니다만, 종명기가 데려갔다는 위사가 혹시 유령신보가 아닐까 합니다.”

“위사가 신분을 감춘 고수?”

풍우산산은 옥상아의 보고를 들으면서 문득 문지혁의 말이 떠올랐다.

‘혹시 지혁이가 말하던 위사… 에이, 그렇게 공교로운 일이 어디 있어. 오늘은 이상하게도 두 번이나 위사에 대한 얘기를 듣네?

풍우산산은 자신의 엉뚱한 생각에 ‘픽’ 하고 웃고 말았다. 그 모습에 옥상아는 긴장한 눈이 되어 급히 고개를 조아렸다.

“하명하실 일이라도 있으십니까?”

“아니, 아니… 그냥 그 위사란 자의 얼굴을 한 번 보고 싶다는 생각이 들어서.”

“그런 미천한 자를 어찌…….”

“모르겠어. 지혁이 마음에 든 자가 위사에, 네가 유령신보의 정체가 위사일지 모른다고 하잖아. 묘하지 않니? 다른 건 몰라도 무공에 대해서는 지혁이의 안목이 상당한데 말이야.”

풍우산산은 여운을 남기는 눈으로 옥상아를 쳐다봤다.

옥상아 역시 무공이라면 밥 먹는 것보다 좋아하는 여인이었다.

“산책이나 해볼까?”

“어디로 가시겠습니까?”

“정문으로. 호호호.”

“저, 정문…….”

갈피독은 자신의 수법을 막아낸 자의 등장에 피부에 소름이 돋았다. 직접 손으로 가격하는 공격이 아니지만 충돌로 인해 손으로 전해지는 감각이 위험한 자라고 경고하고 있었다.

지옥파라수를 찢는 고수의 출현이었다.

아무리 전력을 기울이지 않았다고 해도 저렇게 허공에서 아무렇지도 않게 막을 수 있는 공격이 아니었다.

그러나 갈피독의 놀람은 공격을 막은 계창수에 비하면 새발의 피였다.

‘허걱! 순간적으로 내공을 칠성까지 올리지 않았으면 큰 낭패를 당할 뻔했어. 저자, 누구지?’

계창수는 뒷짐 진 채로 바닥에 내려서며 손바닥을 주억거렸다. 아직도 여운이 남아 있었다. 하지만 땅에서 펼친 공격을 허공에서 막았으니 계창수가 이긴 한 수였다.

“…….”

“…….”

계창수와 갈피독은 한 치도 양보하지 않고 서로를 노려봤다.

"고명한 한 수를 지니신 분은 누구신가?"

갈피독의 비아냥거림이 계창수의 얼굴에 꽂혔다.

이에 질세라 계창수는 이를 드러내며 가소롭다는 듯이 웃었다.

"클클클. 네가 엄마 젖 빨고 있을 때부터 강호에서 이름을 떨치던 어르신이다."

계창수는 불편한 심기를 여과없이 드러내는 것을 잊지 않았다.

지금이야 원로원에 몸담고 있지만 계창수 역시 젊었을 때는 불의를 못 참는 성격 때문에 마찰이 끊인 날이 없을 정도로 열혈이었다.

"오호, 어떤 이름이기에 그리도 자신만만하지?"

"어린놈이 어른을 대하는 법을 모르는구나. 먼저 읊어봐라. 내 이름을 듣고서 졸도하지 않을 녀석인가부터 알아야겠다."

"으, 읊어? 으으… 뒷골 땡겨……."

갈피독은 혈압이 급상승하는 것을 느끼고 손으로 자신의 뒷목을 눌렀다. 그리고는 최대한 강한 목소리로 소리쳤다.

"어디… 내 이름을 듣고도 멀쩡히 서 있나 보자. 이 몸이 바로 닝왕 갈피독이시다!"

'낭왕… 낭… 와앙?'

계창수는 어디선가 들어본 별호라고 생각하다가 낭인들의

제왕을 그렇게 부른다는 것을 떠올리고 깜짝 놀란 표정을 지었다.

세외삼천의 주인들과 비교해도 전혀 손색이 없는 별호였다. 아니, 오히려 세외에서는 그의 이름이 세외삼천보다 더욱 알려져 있었다.

계창수가 최대한 태연하게 대답을 하려는 순간, 갈피독의 뒤에 있던 등천화가 인사를 건네는 모습이 그의 눈에 들어왔다.

'웅? 저 녀석과 같이… 둘이 아는 사이?'

계창수는 천추성에서 함부로 날뛰다가는 낭왕이라도 온전치 못한다는 경고를 해주려던 생각을 바꿔 먹게 됐다.

등천화와 아는 사이라면 굳이 박하게 굴 필요가 없잖은가? 적당히 구슬리고 나머지는 등천화에게 맡기면 될 테니까 말이다.

"허허허. 이런! 내 살아생전에 낭왕을 보게 될 줄은 꿈에도 몰랐구려. 공동파의 쓸모없는 늙은이, 계창수라고 하오. 웬 무공이 그리도 날카롭소? 지금도 손이 따끔거리는구려. 허허허."

'계, 계창수!'

공동파의 수석장로 계창수.

강호에서 그 이름을 모르는 이는 거의 없었다.

그의 현천신장과 대주천복마검(大周天伏魔劍)은 강호일절

로 손꼽히는 절기 중 두 가지였다. 하나 그가 사용하기 전에는 누구도 공동파의 절기를 강호일절이라 손꼽지 않았다.

그런 자의 손을 다치게 했다면 결코 손해 보는 싸움은 하지 않은 것이다.

짐짓 지옥파라수 때문에 다쳤다는 듯이 손을 어루만지는 계창수의 모습에 갈피독은 은근히 뿌듯해짐을 느꼈다.

"푸하! 계 대협의 높은 위명은 귀가 따갑게 듣고 있었습니다. 후배의 머리가 잠시 돌았나 봅니다. 이 녀석이 이상한 말을 해서 홧김에……."

'역시 두 사람은 친분이 있었어.'

계창수는 자신의 판단이 정확했음에 뿌듯해졌다.

"아! 다 이해하오. 낭인들의 지존이 왔다는 것도 모른 것은 내 불찰이오. 자네도 그렇지, 어떻게 갈 대협을 이런 곳에 모실 생각을 했나? 곧 머물 곳을 마련하도록 조치를 취하겠으니 잠시만 기다려 주시오."

"풉풉풉. 뭐, 그렇게까지 하지 않으셔도 되지만… 사실 제게도 입장이란 것이 있지 않겠습니까? 푸하!"

갈피독은 정중함 그 자체라 해도 과언이 아닌 계창수를 본받으라는 눈으로 등천화를 흘겨봤다. 물론 그런 눈을 등천화가 주의 깊게 볼 리는 없었다.

"당연하오. 암! 낭왕이라면 충분히 그러고도 남는 이름이오이다. 허허허."

참으로 다루기 쉬운 성격의 소유자였다.

계창수는 웃으면서 이렇게 단순한 자가 어떻게 낭왕이 됐는지 살짝 의심이 들 뻔했다.

"험험. 한데, 저 녀석과는 무슨 관계인지…. 녀석이 무슨 잘못을 한 것 같소만?"

"잘못이라니요. 가당치도 않습니다. 좀 황당한 짓을 하긴 했지만, 그건 어디까지나 개인적인 일이니 신경 쓰지 않으셔도 됩니다."

손까지 마구 젓는 갈피독의 모습이 인상적이었다.

"황당한 짓?"

갈피독은 대답하지 않고 등천화를 돌아봤고, 호기심이 인 계창수는 등천화에게 대답을 재촉했다.

"낭왕의 말이 무슨 뜻이냐?"

"딱한 사람이 있어서 돕자고 한 걸 말하나 봐요."

"……?"

계창수의 눈치가 아무리 뛰어나도 이런 식의 단답형 대답으로는 아무것도 판단할 수 없었다.

"녀석아, 그렇게 대답하면 노부가 어찌 알아들어. 좀 자세히 말해봐. 딱한 사람이 누군데?"

"문 공자요."

"문 공자?"

계창수가 알고 있는 문 공자는 풍우신장의 막내 제자 문지혁뿐이었다. 강호에서 부르듯이 성에 '공자' 란 호칭을 함부로 붙이는 건 천추성에선 용납이 되질 않았다.

"문씨 성을 지닌 청년인 모양이구나. 앞으로는 문 공자보다는 문 소협이라고 불러라."

"엄… 다들 그렇게 부른다고 하던데……."

"다들?"

문득 계창수는 말도 안 되는 상상을 해버렸다, 등천호가 정말로 풍우신장의 막내 제자를 만났을지도 모른다는 상상을.

"혹시 문지혁 공자님?"

"어? 알고 계시네요? 맞아요, 그 사람이 자기를 문 공자라고 부르라고 했어요."

"아… 그럼 딱한 사람이… 문 공자님?"

계창수는 잠시 할 말을 잃고서 멍하니 등천화를 쳐다봤다. 저 표정. 문지혁의 정체를 모르고 있었다. 그렇지 않고서야 어떻게 천추성주의 막내 제자를 불쌍하다고 표현하겠는가?

"자네, 문 공자님이 누군지 모르지?"

"예? 지금 말씀드렸잖아요, 안다고."

"아니, 문 공자님의 신분 말이야."

"알죠. 일건보다 높잖아요."

"크하! 합. 합. 합."

계창수만의 특이한 웃음소리가 옆에서 둘의 대화에 집중하고 있던 갈피독의 신경을 자극했다. 웃음에서 풍겨 나오는 느낌이 별로였다.

'그 애송이를 꼬박꼬박 공자님이라고 부르는 게 왠지 수상한데?'

아니나 다를까, 계창수의 설명이 이어졌다.

"네가 몰라서 그런 말을 한 것 같은데, 놀라지 마라. 네가 만난 문 공자님은 천추성주님의 막내 제자이시다."

"예에……."

등천화는 계창수의 충격적인 말을 듣고도 여전히 대수롭지 않다는 표정이었다. 반면에, 갈피독의 표정은 크게 달라졌다.

좋게 말하면 의미심장해 보인다고 할 수 있고, 나쁘게 말하면 사심이 얼굴 구석구석까지 그대로 드러났다고 할 수 있었다.

"잠깐! 그러니까 지금 그 말씀은 문지혁이란 애송이가 천추성주님의 제자다, 이 말인가요?"

"그렇소, 낭왕. 정말 대단한 인연이구려. 천추성에 온 지 하루밖에 안 지났는데 흐름의 중심에 서다니. 허허! 정말 감탄했소이다."

'흐, 흐름의 중심!'

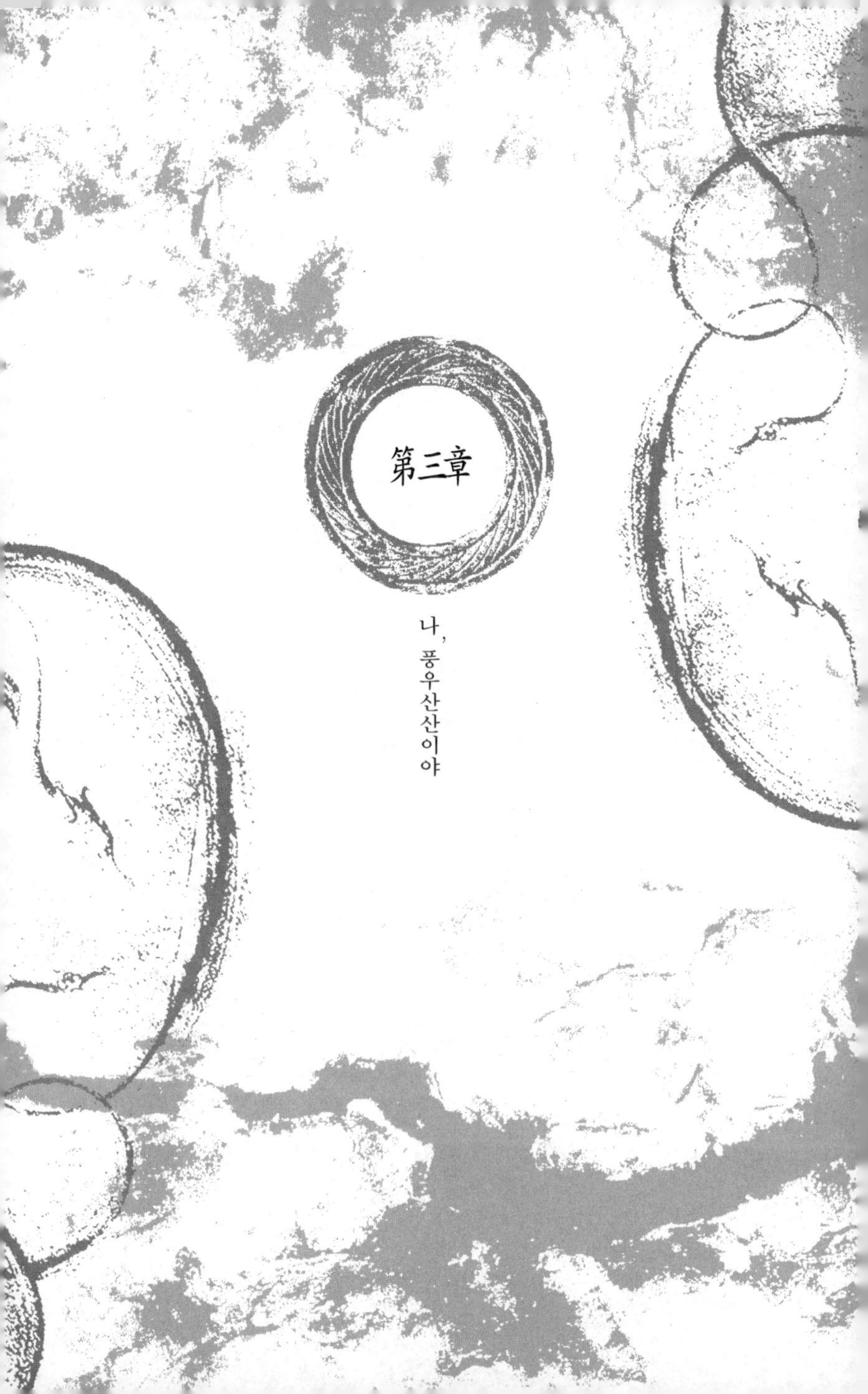
第三章
나,
풍우산산이야

步法
無敵

갈피독은 흐름의 중심에 서 있다는 말을 듣고 입이 쩍 벌어졌다. 놀리는 말일지도 모르기에 웃음을 참아보려고 했으나, 계창수의 진심 어린 눈을 보고는 참을 수가 없었다. 등천화의 어깨를 두드리며 파안대소를 터뜨렸다.

"파하하! 암, 그렇지! 너 정도 되는 녀석이 그렇게 쉽게 수련 상대가 되어주라고 할 리가 없지! 어차피 해야 할 일이니 흔쾌히 하도록 하마."

갈피독은 언제 화를 냈느냐는 듯이 활짝 웃었다.

흐름의 중심에 서 있다는 말이 자신과 무척 잘 어울린다고 생각했다.

　　물고기가 미끼를 내리자마자 덥석 물어버리면 낚시꾼의 입장에선 더할 나위 없이 좋은 일이었다. 기뻐하는 갈피독을 보며 계창수의 입가에 미소가 번졌다.

　　"계 원로님, 가 일곤은 어때요?"

　　"아! 자네가 먼저 왔다고 했지. 부상이 심해. 사문으로 돌아갈지도 모르겠네."

　　"창 소저는요?"

　　"창 소저?"

　　"예 소협과 옥 소저가 데려왔을 텐데……."

　　"세외삼천에서 왔다는 사람들을 말하는군. 그들까지 신경 쓸 여유가 없었네."

　　"어디로 가면 만날 수 있죠?"

　　"의약전에 가면 알려줄 걸세. 참! 그건 그렇고, 낭왕과 어떻게 함께 있는 건가?"

　　계창수의 관심에 갈피독의 얼굴이 다시 밝아진 것은 두말할 필요 없었다. 등천화를 도와준 것이 어디 한두 번인가. 당연히 좋은 말로 소개할 것을 믿어 의심치 않았다.

　　"엄… 저를 따라오던데요?"

　　"컵!"

　　갈피독은 뒤통수 맞은 표정이 됐다.

　　대답을 들은 계창수 역시 할 말을 잃었다.

　　등천화는 두 사람 다 아무 말을 하지 않자 심드렁한 표정을 지으며 돌아섰다.

"계 원로님, 먼저 가볼게요."

"야! 야! 그냥 가면 어떡해! 어이, 이봐! 야!"

갈피독은 등천화를 향해 고래고래 소리 지르며 따라서 움직였다. 마치 맛있는 것 사달라며 보채는 아이처럼 졸라대는 모습이었다.

그 모습에서 계창수는 갈피독이 어떻게 따라왔는지 알 것 같았다.

'저 두 사람, 관계가 뭐지?

천추성에서 계창수 역시 괴짜로 통하고는 있지만, 그의 눈앞에서 벌어진 광경은 희귀할 정도로 엉뚱했다.

다음날 오후.

등천화는 여전히 목숨 걸고 보법 수련에 여념이 없었다. 인간의 몸에서 나올 수 있는 땀이 어느 정도인지 시험이라도 하듯 끊임없이 땀을 흘리며 한 발씩 움직였다.

"역시 그 보법이 그냥 나오는 게 아니었어. 저 꾸준한 수련! 보기 좋아!"

갈피독이 뭐라고 하든 등천화는 여전히 보법 수련에 몰두했다. 그것을 바랐던가? 갈피독은 조용히 자리를 벗어났다. 간다고 하면 그냥 보내줬겠지만, 갈피독의 개인적인 입장으로서는 비겁하게 여겨진 까닭이다.

계창수가 보낸 사람이 밖에서 기다리고 있다가 반갑게 인사를 건넸다. 그를 따라간 곳은 천추성에 귀빈이 왔을 때만 개방하는 천빈전, 지빈전, 인빈전 중 중간 급인 지빈전이었다.

바닥에는 대리석이 깔려 있었고, 내부는 마음을 가라앉혀 주는 장식물로 가득했다.

"오오! 이런 곳이!"

바닥을 만져 보고 벽을 두드려 보고 탁자와 침상에 앉는 동작을 반복했다.

등천화만 만나지 않았어도 마교에서 극빈의 예우를 받으며 화려하게 지내고 있었으리라.

"좋아! 당장 이곳으로 옮긴다!"

갈피독이 지빈전의 화려함에 취해 있을 때, 등천화는 보법에 대한 이해를 위해 몸과 주위 공간을 일체화시키고 있었다.

강호에 나오기 전까지 등천화가 겪은 실전이라고는 사부인 국진력과의 대결이 전부였다. 그것도 대부분은 보법 대결이었으니 실전이란 말은 어울리지 않았다.

'음자삼차파' 라는 수법을 지니게 된 것은 따지고 보면 십보문의 입구를 막고 있는 기관진식 덕분이라고 볼 수 있었다. 그곳을 나가기 위해 만들어낸 수법이기 때문이다.

그러나 그것은 우연한 일이 아니었다.

등천화가 어릴 때부터 외부에서 몸으로 들어오는 기운을 '길'이라 정의한 그때부터라고 해야 옳았다.

받아들이는 데 익숙하기에 십 년 동안 기관진식과 일종의 대화를 나눈 결과물인 것이다.

어떻게 하면 저곳을 나갈 수 있지?

스스로에게 질문을 계속해서 던졌고, 몸은 정신을 따라가기 위해 알아서 진화됐다.

등천화가 움직이면서 생기는 힘을 일정한 통로를 거쳐 단전에 쌓이게 했고, 쌓인 힘을 한순간에 모두 쏟아낼 수 있도록 몸을 만들어주었다.

백안마군과의 싸움도 이런 힘 때문에 가능했던 것이고, 보법을 펼치면 펼칠수록 몸에 힘이 나는 것 같은 현상도 이 때문이었다.

문제는 구의걸을 만나고서부터 생겼다.

구의걸의 호신강기를 머리로 들이받으며 충격을 받은 것 때문인지, 창희소의 죽음에 대한 묘한 가슴 아림이 집중력을 흩뜨려서인지 자꾸 머리가 띵했다.

'그 사람이 만든 길은 정말 이상해. 때리고 싶고 막 부수고 싶게 만들었어.'

능천화는 이런 느낌이 '마기(魔氣)'에 대항하기 위한 사인적인 충동이란 것을 알지 못했다.

구의걸의 얼굴을 들이받기 전에 엄청난 충격이 이마를 강

타했고, 그걸 이기기 위해 몸에 쌓아두었던 힘이 이마에 집중
됐다. 하나 이미 뇌는 충격으로 인해 흔들려 버린 후였다.

그 순간, 중심이 흔들리면 똑바로 걸을 수 없다는 강박관념
이 재차 들이받게 만들었다. 중심잡기와 똑바로 걷기를 생명
처럼 여긴 덕분에 이길 수 있었다.

'몸은 이전과 비슷한데… 자꾸만 머리가 아파.'

십보문에 있을 때는 몸이 아프면 몇 날 며칠이고 보법을 펼
치며 달렸다. 그러면 몸이 알아서 자연적으로 나았다. 하지만
며칠째 수련을 하고 있는데도 영 나을 기미가 보이지 않았다.

오늘은 여기까지 하기로 했다.

"어? 갈 대협이 어딜 가셨지?"

응당 뒤를 돌아보면 있어야 할 사람이 안 보인다.

은근히 허전했다.

"쿵. 왜! 내가 안 보이니까, 보고 싶기라도 한 거냐?"

갈피독의 목소리가 꽤 먼 거리에서 들려왔다.

허공을 벽처럼 밟으며 다가오는 모습이 정말 보기 좋았다.

"어디 갔다 오세요?"

"흐흐흐. 네가 수련을 끝내면 데려갈 곳을 먼저 가보고 오
는 길이다."

"예?"

"일단 따라와."

갈피독은 호응이 좋은 등천화를 데리고 곧장 지빈전으로

향했다.

일 다경도 지나지 않아 두 사람은 지빈전 앞에 도착할 수 있었다. 두 사람의 보법으로 일 다경은 상당히 먼 거리였다.

갈피독은 지빈전에 도착하자마자 등천화를 끌고 다니며 일일이 내부를 안내해 주었다. 일 다경 정도는 참을 만했던지 등천화는 말 한마디 없이 움직였다.

“안 가세요?”

“왜? 이곳이 마음에 안 들어?”

“예. 좋기는 한데, 여긴 안 되겠어요.”

“그래, 너도 좋… 뭐? 지금 뭐라고… 아, 왜!”

갈피독은 깜짝 놀라 눈을 부릅뜨며 양손을 쥐락펴락하며 인상을 썼다.

“저는 그냥 위사들과 함께 지낼래요.”

등천화는 말을 끝내자마자 돌아섰다.

“어? 가, 가긴 어딜 가! 차라리 잘됐잖아, 이 기회에 위사 같은 건 때려치우고 다른 자리 하나 달라고 해.”

“엄… 안 돼요.”

등천화는 고개를 절레절레 흔들었다.

“왜! 너 정도면 여기 핵심 중에 핵심이 될 수 있어.”

“저는 그런 것보다 얼굴이 되고 싶어요.”

“어, 얼굴… 너! 내가 이곳이 마음에 든다니까 말도 안 되는 소리를 하는 거지? 얼굴? 쿵. 그런 얼굴은 세상에 수도 없이 널렸으니까, 굳이 네가 하지 않아도 돼!"

갈피독의 눈이 끝이라도 불길을 쏟아낼 것처럼 이글거렸다. 이 정도면 한 번쯤은 다시 생각해 보겠다는 말을 들을 줄 알았건만 등천화의 시선은 무덤덤하게 돌아갔다.

급해진 갈피독이 다시 소리쳤다.

"야! 난 너 때문에 사랑까지 포기하고 따라왔어!"

"사랑이요?"

"그래, 사랑! 너만 아니었으면 난 지금쯤 마교에 가서 옥랑과 깨를 팍팍 쏟으며 살고 있었을 거다. 커흑. 한데, 뭐? 겨우 두 명이 누우면 딱 맞을 방으로 다시 가겠다고? 아, 못 가! 난 못 가!"

이 정도로 불쌍한 티를 냈으니 아무리 눈치없는 녀석이라도 양보를 하리라… 는 생각은 지나친 그만의 사치였다.

"엄… 그럼 여기서 지내세요. 저는 갈게요."

"거기 서!"

등천화의 말이 끝나기 무섭게 갈피독은 재빨리 몸을 날려 길을 막았다. 그리고는 등천화를 향해 따지듯이 고래고래 소리를 질렀다.

"너 없는 곳에 내가 왜 있어!"

"……."

등천화는 잠시 대처할 말을 찾지 못해 눈만 끔뻑였다. 저렇게 진실되게 말을 하는 사람에게 뭐라고 해야 하지? 답을 찾는 등천화의 침묵에 갈피독은 한 번 더 설득할 욕심을 냈다.

"좋다, 백 번 양보하마. 하지만 이것 하나는 알아둬. 난! 너 때문에 목숨까지 걸었어. 그런 내게 이럴 수 있냐? 또! 그 이상한 꼬맹이를 도와주자고 했을 때, 군말없이 도와주기로 했다. 그런 내게 이러면 안 되지!"

"……."

"아! 도대체 이곳이 왜 싫은데? 납득할 만한 이유를 말해 봐!"

어떻게 해서든 이곳에 머물고 싶은 갈피독은 절실한 표정까지 드러내며 동의를 구했다. 그러자 드디어 등천화가 입을 열었다.

"솔직하게요?"

"당연하지! 솔직하게!"

"엄……."

"……."

"여긴… 정문에서 너무 멀어요. 같이 근무 선 사람은 일찍 자는데, 저는 늦게 자야 하잖아요."

"……."

갈피독은 순간적으로 눈앞이 하얘지며 현기증이 일었다.

"그, 그게 이유의 선부라는 말… 으윽!"

보법으로 지옥팔보의 후반부 신법을 따라잡는 놈이 거리가 멀어서 싫다? 갈피독은 더 이상 할 말이 없었다.

등천화와 갈피독이 새로 마련된 거처에서 옥신각신하고 있을 때, 혁련궁은 위사들이 머무는 숙소를 찾아왔다.

"종 일건과 함께 나갔던 위사는 돌아왔느냐?"

위사들을 죽 훑어보는데, 유난히 그의 시선을 피하는 한 사람을 발견했다. 그의 성질이 고약하다는 소문이 위사들 사이에 파다하다는 걸 모르고 일부러 눈을 피했다고 여긴 것이다.

"너."

"예, 예?"

위사는 어깨를 움찔하며 마른침을 삼켰다.

오전에 등천화와 함께 근무를 섰던 고참 위사였다.

"알고 있구나?"

"그, 그것이… 아침에 함께 근무를 섰습니다."

"근무? 종 일건과 나갔던 위사와?"

"예."

"그가 언제 돌아왔다고 하더냐?"

"그건 잘 모르겠고… 아침 일찍부터 근무를 서겠다며 기다리고 있었습니다."

"아침 일찍?"

아직 유령신보란 놈은 만나보지 못했지만, 그자까지 살아 있으면 이번 출정에서 아무도 죽지 않았다는 뜻이 된다.

가교일이야 이미 죽은 거나 다름없는 자였고, 종명기만 죽

어주면 혁련궁의 위상이 조금은 더 올라갔을 게 아닌가 말이
다.

　혁련궁은 자신을 누군가가 지켜보고 있다는 것도 모르고
여전히 불만 가득한 표정을 풀지 않고 있었다.

　'저자는 혁련궁이잖아? 혹시 나와 같은 생각으로 이곳에
왔나?

　반쯤 가린 얼굴이 매력적인 옥상아였다. 풍우산산을 궁금
하게 만든 위사에 대해 조사를 하려고 왔다가 혁련궁을 발견
하고 잠시 지켜보는 중이었다.

　위사들은 혁련궁이 가자, 우르르 숙소로 들어갔다.

　옥상아는 순식간에 몸을 날려 그들의 숙소 위로 소리 하나
내지 않고 떨어져 내렸다.

　"이번엔 혁련 일곤이 왔네?"

　"혁련 일곤이 대수야? 난 진즉부터 등 위사가 보통 신분이
아닐 줄 알았어. 아까 생각 안 나? 낭왕이란 자… 가 아니라
그분이 여길 부수려고 하는데도 등 위사는 눈 하나 깜짝하지
않더라니까!"

　"맞아. 계 원로님께서 나서지 않았으면 어찌 됐을지 지금
생각해도 오싹해. 으으……."

　위사들의 이어신 얘기는 갈피독과 계창수가 손속을 겨뤘
던 일에 대해서 오고 갔다.

　'등 위사는 이곳에 없는 모양이구나.'

옥상아는 등천화에 대해서 자세히 알고 싶었으나, 위사들은 더 이상 말을 꺼내지 않았다.

"낭왕의 몸에서 나온 빛은 말로만 듣던 강기(罡氣)가 분명해. 계 원로님께서 현천신장을 사용해서 막은 것만 봐도 알 수 있잖아."

"어허, 그거 봤어? 계 원로님의 등이 벽에 닿았잖아."

"벽에? 에이, 설마."

"설마? 하! 내가 삼층 창가에서 내다보다가 이젠 죽었구나 싶어서 눈을 뜨니까, 계 원로님의 등이 내 눈을 가리고 있었다니까?"

'강기? 훗.'

옥상아는 속으로 코웃음 쳤다.

강기를 모르기에 강기에 대해 감히 이러쿵저러쿵 할 수 있지, 실제 강기가 펼쳐지는 광경을 봤으면 저런 말을 할 수 없었다.

위사들이기에 가능한 대화였다. 하지만 위사들의 말 중에 계창수가 현천신장을 사용하고서도 벽에 등이 닿았다는 말은 호기심을 일으키게 해주었다. 그의 현천신장이 얼마나 위력적인지 그녀도 잘 알고 있기 때문이다.

'저들 말대로라면 계 원로님께서 낭왕이란 자와 싸우셨다는 것 같은데… 그나저나 유령신보에 관한 얘기는 없고 온통 낭왕에 대한 얘기만 하는군.'

옥상아는 위사 한 명을 잡아다 적당히 알아내 볼까도 했지
만, 그랬다가는 풍우산산에 관한 말이 나올까 봐 그만두었다.

"훗. 나도 우습군."

옥상아의 입에서 갑자기 쓴웃음이 터졌다.

언제부터 위사들의 일까지 신경 쓰게 됐는가?

풍우산산이 태어났을 때, 옥상아의 나이 다섯 살이었다. 그
때부터 호위를 맡게 됐으니 벌써 이십 년 전의 일이었다. 풍
우산산의 주위에는 언제나 고수들이 있었기에 특별히 옥상아
가 할 일은 없었다. 친구처럼, 언니처럼 그렇게 지내면 됐다.

옥상아의 무공에 대한 자질은 뛰어났다. 단지 그냥 뛰어난
정도가 아니라, 풍우신장의 제자들과 비교해도 가히 떨어지
지 않는 수준에 올라 있었다.

이 말을 해준 사람이 풍우신장의 장자이자 십 년 전 무수한
소문을 낳고 사라진 풍우건중의 입에서 나온 말이니 확실했
다. 그의 말이기에.

'안타까운 분. 가끔, 아주 가끔씩이라도 좋으니 얼굴이라
도 보여주시지……'

옥상아의 눈망울에 시원하게 웃고 있는 미남의 모습이 어
렸다. 그녀에겐 사부나 마찬가지고, 매일같이 꿈속에 찾아오
는 그녀만의 연인이.

"호호호. 종 일건님이 돌아오셨으니 당연히 그 사람도 왔

겠지?"

서문혜는 신이 나서 나풀거리며 신법을 펼쳤다.

사당이 어수선하기에 각 당의 이군들은 자신들의 갈 길을 정하기 위해 자주 모여서 궁리를 하고 있었다.

모임에 빠지자니 유별나 보이고, 적극적으로 참여하기에는 주축이 되고 싶어하는 칠룡삼봉의 생각이 너무 편협했다.

특히, 능희연은 진휘악의 아들인 진우진이 오면서 완전히 변하고 말았다. 아니, 서문혜를 제외하면 다른 칠룡삼봉이 모두 변했다는 말이 옳았다.

그녀가 천추성의 생활에 익숙해진 까닭이다. 대책을 마련해야 한다며 사람들을 모은 진우진의 계획이란 것이 너무나 터무니없었다.

어려울 때일수록 칠룡삼봉이 모여야 된다.

이것이 그의 주장이었다.

진우진의 아버지, 진휘악의 죽음으로 인해 급해진 모습이 역력했다. 이해를 하기에 조용히 상황을 지켜보기는 했지만 칠룡삼봉을 마음대로 휘두르려 하는 것은 영 마음에 들지 않았다.

외부와 똑같은 기준으로 이곳 사람들을 대했다가는 큰 낭패를 당하기 십상이다. 거대할수록 틈이 많을 것이라는 진우진의 판단은 섣불렀다.

무엇보다!

유령신보를 자신들과 뜻을 같이하게 만들자는 황당한 말을 서슴없이 할 때는 어이가 없었다.

다른 사람들은 모르기에 그럴 수 있었다. 하지만 조민, 운혁, 능희연은 등천화의 실력을 알면서 진우진의 얘기에 호응을 하는 것이 아닌가?

일이 있다며 당장 그 자리를 벗어났다.

진우진의 노골적인 불쾌한 표정 따위쯤은 언제든 무시해줄 정도의 예의는 그녀도 가지고 있었다.

'예전에 진 소협을 봤을 때는 안 그랬던 것 같은데, 영 이상한 쪽으로 변해 버렸어.'

서문혜가 이런저런 생각을 하며 공손풍의 거처까지 왔을 때였다. 몇몇의 이군들이 삼삼오오 모여서 얘기를 나누고 있었다.

굳이 집중하지 않았음에도 얘기 중간중간에 유령신보란 말이 나오는 것을 듣고, 그녀의 입가에 절로 미소가 그려졌다.

'헤… 이번에도 사고를 친 모양이네. 하여간 움직이는 사고뭉치라니까.'

사고라고 했지만, 그것이 좋은 쪽의 사고라는 것은 그녀의 표정만 봐도 알 수 있었다. 아무리 등천화가 유명해져도 그녀에겐 어리버리 순둥이란 사실은 변함이 없으니까.

"공 대주, 안에 있어요? 공 대주! 응? 없나?"

서문혜는 공손풍을 몇 번 더 부르고는 거처 밖을 서성거렸
다. 주위에 심어진 꽃들은 여전히 깔끔하게 피어나고 있었다.

막 꽃들 중 하나를 꺾으려 할 때였다.

"여긴 또 어디야?"

"어?"

서문혜는 급히 뒤를 돌아봤다.

악군휘가 양손을 머리에 얹고서 장난스러운 표정으로 다
가오고 있었다.

"너… 여긴 웬일이야?"

"저번하고 똑같은 말이군. 인사 좀 바꿔봐. 이번엔 내가 먼
저 물었어."

"나? 나야 여기에 볼일이 있어서 왔지."

"난 널 따라왔지."

"날? 어디서부터?"

"어린애들이 모여 있는 곳."

"어린애… 아! 칠룡삼봉? 어머, 네가 그 사람들에게 어린애
라니까 너무 웃긴다, 얘. 호호호."

웃기는 하지만 그녀 역시 같은 생각을 했기에 그럴 수 있었
다.

"칠룡삼봉? 그런 건 잘 모르겠고. 그애들 표정을 강호십대
고수 수준으로 짓고 있어서 같잖더라구. 네가 거기에 있어서
그나마 참았다."

악군휘의 퉁명스러운 대답에 서문혜는 짧게 웃고는 아미를 찡그리며 째려봤다.

"너!"

"왜?"

"탈락됐지?"

"탈락?"

"나후전에 간다고 했잖아. 으이구, 좀 잘하지. 며칠 안 보인다 싶어서 잘된 줄 알았더니. 하긴, 나후전이 어떤 곳인데 아버지 창이나 훔쳐 온 너를 합격시키겠냐, 더구나 이런 어수선한 분위기에서."

다 이해한다는 서문혜의 표정에 악군휘는 피식 실소를 터뜨렸다.

"킥. 무슨 소리야. 나 탈락하지 않았어."

"말이 돼? 탈락하지 않았으면 나후전에 있어야지, 여길 어떻게 와?"

"음… 일이 좀 있었어."

"일?"

서문혜는 악군휘의 망설이는 태도를 보고 재빨리 다가가 머리를 쥐어박았다.

"뭐야, 빨리 말 안 해?"

"어어… 야, 내가 한두 살 먹은 어린애도 아니고 뭐 하는 짓이야!"

“그러니까 이 누님한테 보고를 해보라고.”

대답하지 않으면 또 잔소리를 늘어놓을 태세였다.

“끙… 아버지 부탁도 있고 해서 나후전주님을 뵈러 갔는데, 선배란 자들이 나타나서는 ‘자기 쪽으로 와라, 아니다 자기 쪽으로 와라’ 하면서 싸우더라구. 그걸 보다가 짜증이 나서 나와 버렸어.”

“짜증이 대수냐, 버텼어야지. 이그, 그 좋은 기회를……”

서문혜의 한심하다는 말투에 악군휘는 짜증 섞인 얼굴로 고개를 내저었다.

“험. 그보다 나후전주… 꽤 젊더라.”

“당연하지! 각 공자님은 서른도 안 됐는데.”

“어? 어떻게 그렇게 잘 알아?”

악군휘는 한쪽 눈썹을 치켜 올리며 쳐다봤다.

“그 눈초리, 뭐야? 호호호. 너 또 이상한 생각 하고 있지? 각 공자님은 성주님의 둘째 제자야. 나야 그분을 알지만, 그분은 나를 알지도 못한다구.”

“천추성주님의 제자? 쳇, 어쩐지. 보는 것만으로도 숨이 탁 막히더만. 잘됐네.”

“뭐?”

“나이 차이도 얼마 안 나는데 위화감이 팍팍 들잖아. 그런 곳에 있는다는 건 내 인생 신조에 반하는 일이야.”

“네 인생 신조가 뭔데?”

"나보다 센 사람이 있는 자린 가급적 피하자."

"웃겨, 나참."

서문혜는 혀를 차면서도 한편으로는 악군휘의 심정을 충분히 이해할 수 있었다.

사실 강호에서 세가라고 불리는 곳은 많지 않았다.

서문세가, 악씨세가, 상관세가, 종리세가, 혁련세가.

이들 다섯을 제외하고는 감히 세가라는 말을 사용하기가 쉽지 않은 까닭이다.

다섯 세가 중 가장 유명한 곳은 궁왕 종리강이 가주인 종리세가였다. 그런 사람과 이름을 나란히 하는 것만 봐도 나머지 세가들의 무공은 충분히 입증된 것이나 다름없었다.

그런 환경에서 자란 악군휘가 첫 대면에서 패배감을 느꼈다면, 당연히 속이 뒤집혔으리라. 일단은 저 퉁퉁거리는 마음부터 풀어주는 것이 급선무였다.

"아! 일전에 내가 말했던 사람 기억나?"

"누구?"

"아, 왜… 그 사람."

"그… 아! 상관 형이 손도 못 댔다는?"

"응!"

"좋아하기는."

"핏. 또, 또! 하여튼 그 사람이 어제 돌아왔대."

"그럼 그자가 여기 사는 거야? 그런 곳엘 네가 찾아온 거고?"

악군휘는 눈이 휘둥그레지며 서문혜를 쳐다봤다.

"인간아! 도대체 무슨 상상을 하는 거야! 그 사람이 지금 어디 있나 알아보려고 공 대주 거처에 온 거라구!"

"공 대주?"

당사자를 만나러 온 것도 아닌데 저렇게 들떠 있는 건… 아마도 악군휘가 상상하는 것이 맞을 것이다.

"아, 진짜! 도저히 궁금해서 그냥 못 가겠다. 도대체 누구야? 누군데 서문세가의 금지옥엽을 이렇게 평범한 아낙네로 만든 거야?"

"지금 한 말, 무슨 뜻이야?"

서문혜는 악군휘의 놀리는 듯한 말투에 쌍심지를 켜고 물었다.

"어? 몰라서 물어? 네가 그토록 애타게 기다리는 사람이 누군지 궁금해서 꼭 보구 말겠다잖아."

"애, 애타게?"

"사람들에게 그 표정 보여주고 물어봐. '내 표정 어때요? 하고 물으면, 사람들이 친절하게 말해줄 거다, 출정 나간 남편 기다리는 얼굴이라고."

"야!"

서문혜는 쇳소리를 내며 당장이라도 할퀼 듯이 달려들었다. 하지만 악군휘는 여유있게 피하며 마구 웃어댔다.

"하하하. 아니면 왜 그렇게 난리야?"

"너, 거기 서! 잡히면 가만 안 놔둘 거야!"

갈피독은 화가 났다.

계창수 정도 되는 고수가 자신을 귀빈으로 대접하겠다는 뜻을 분명히 밝혔음에도 등천화 때문에 또다시 위사들의 소굴로 가야 하다니.

'으아, 말도 안 돼! 내가 왜 저 녀석 때문에 또다시 그런 곳에서 지내야 해? 차라리 지금이라도 이곳을 나가? 천하의 낭왕이……'

갈피독은 잠시 걸음을 늦추고 등천화의 뒷모습을 쳐다봤다. 위사라고는 하지만 의심 가는 것이 한두 가지가 아니었다.

'가만, 이거 정말 생각할수록 이상하네? 어떻게 위사가 원로와 스스럼없이 대화를 나누지? 혹시 나를 시험하는 거 아니야?'

갈피독은 등천화와의 첫 만남에서부터 지금까지의 과정이 머릿속을 빠르게 지나갔다.

자신을 죽이지 않은 것과 자신의 도움이 있을 거라 여기고 백안마군의 공격을 막았던 것과 아프다는 사실을 자신에게만 말한 것까지.

이런 추측을 하게 만든 것은 계창수였다.

등천화와 전혀 거리감 없이 대화하는 모습만 봐도 둘이 보통 사이는 아니었다.

갈피독은 자신이 이런 생각을 해냈다는 것이 자랑스러웠다.

'흐흐흐. 놈! 너도 나를 처음 봤을 때 알아봤구나. 그래, 이 정도 시험쯤이야 언제든 넘어주지.'

참으로 간편한 갈피독의 생활 방식이었다.

혼자서 생각하고, 결정하고, 행동한다.

낭인의 기본은, 언제나 홀로 가는 인생이다.

지옥팔보를 열 명이서 동시에 익혔다면 남은 사람은 갈피독 혼자였을 테고, 둘이었더라도 결과는 똑같았을 것이다.

지옥팔보를 대성할 수 있었던 최고의 조건은 자신의 판단이 옳다고 믿으면 되기 때문이다.

지금도 똑같은 상황이었다.

등천화가 자신의 뛰어남을 알아보고서 이리저리 내치려 한다고 여겼다. 정작 등천화는 아무 생각도 하지 않았는데도 말이다. 마음을 이렇게 먹으니 그의 걸음이 한결 가벼워질 수밖에.

그 덕분에 등천화를 따라잡기 위해 보법을 펼쳤고, 아주 자연스럽게 그 모습을 보는 사람이 생겼다.

"저런 보법은 처음 보는데?"

거처에서와 달리 아주 소박한 차림을 한 풍우산산은 놀란 눈으로 옆을 돌아봤다. 그녀의 옆에는 검은 무복을 차려입는 옥상아가 있었다.

문지혁이 말하던 위사와 낭왕을 만나보기 위해 일부러 평범한 옷으로 차려입고 나선 두 사람의 눈에, 갈피독이 보법을 펼치는 모습이 보였다.

"아가씨, 보통 고수가 아닙니다. 바닥을 보세요. 발자국이 전혀 남지 않았습니다."

"정말이네?"

"저 두 사람이 분명합니다. 저 정도의 고수가 위사의 뒤를 졸졸 따라가는 것도 이상하고 말입니다."

"옥상아, 네가 그렇게 말하는 걸 보면 지혁이가 말한 자들이 분명하겠다."

"쫓아가 보겠습니다."

옥상아는 대답을 한 후 빠르게 신법을 펼쳤다.

한 번의 도약으로 그녀의 신형은 두 사람의 뒤로 바짝 다가갔다. 막 두 사람을 멈춰 세우려는 순간, 갈피독의 고개가 아주 자연스럽게 돌려지며 옥상아와 시선을 교환했다.

그리고 건네는 한마디.

"거기까지."

"……!"

옥상아의 신형은 그 자리에 멈췄다.

두 사람의 시선이 불꽃을 튀겼다.

"역시 당신이 낭왕이군."

"오호! 이 몸이 누군지 알고 있었다?"

갈피독의 시선이 좁아지며 옥상아의 눈을 똑바로 직시했다. 단조로운 기운이 끊이지 않고 이어졌다. 오랜 기간 한 가지의 무공을 익혔다는 반증이고, 그만큼 조심해야 하는 상대란 뜻이다.

갈피독의 시선은 옥상아의 허리에서 흔들림이 멈춘 검에 닿아 있었다. 단조로운 기운이 언제든 불을 뿜을 준비를 하고 있는 곳이었다.

그녀의 편안하게 늘어뜨린 양손과 검 한 자루.

보는 것만으로도 섬뜩함이 절로 느껴졌다.

적어도 이런 형태의 싸움을 걸어올 줄 아는 여인이라면 인정해 줄만 했다. 더구나 옥상아는 시선으로 공격할 위치까지 정확히 가리키고 있었다.

'흠, 저 곱상한 여자가 누구기에 이렇게 철두철미하게 보호하고 있지?

보이지 않게 다가오는 자들 역시 하나같이 범상치 않았다. 하지만 갈피독이 가장 놀란 것은 풍우산산의 눈이었다.

아무런 장식도, 치장도 없는 평범한 옷을 입고 있으면서도 자연스럽게 주위에서 몰려드는 자들의 주인이 누군지를 알려주는 저 지고지순한 눈.

나이는 이십 세 정도로 보였다.

한 점의 흠도 잡을 수 없을 정도로 미려한 용모를 지닌 여인으로, 어떠한 감정도 느껴지지 않는 투명한 눈동자를 제외하면 완벽했다.

'저런 눈은 뭐지? 인형이냐!'

갈피독은 그 눈빛이 무척 낯익었지만, 강한 거부감이 동시에 들었다.

보고 있노라니 답답했다.

그는 저절로 등천화를 향해 시선을 돌렸다.

편하고, 장난치고 싶고, 뭔가를 자꾸만 말하고 싶게 하는 눈을 찾은 것이다.

등천화와 지낸 지 불과 며칠 만에 일어난 변화였다, 그 자신은 인식하지 못하겠지만.

슥—

옥상아는 갈피독이 풍우산산을 알아본 것을 느끼고 옆으로 신형을 이동시켰다.

"이봐, 위사. 네가 가 일곤을 구해왔다는 그 위사인가?"

"예의가 없는 계집이군. 순서가 틀리잖아. 나하고 말을 시작했으면 나하고 일단 얘기를 끝내야 하지 않아? 주둥아리든 손이든 말이야. 호호호."

말을 마친 갈피독의 전신에서 투기가 발산됐다.

감히 천추성의 내부에서, 그것도 풍우산산이 있는 곳에서 싸움을 거는 멍청이가 있을 줄이야.

옥상아는 그녀답지 않게 조소를 입에 물었다.

그때 갈피독의 옆에서 음성이 들렸다.

"저를 아세요?"

등천화는 모르는 여자들이 자신을 아는 것처럼 말하자 고개를 갸웃거리며 물었다.

"알죠."

풍우산산의 맑고 청아한 목소리가 듣는 사람을 기분 좋게 해주었다.

"목소리가 좋으세요."

"……!"

풍우산산의 눈빛이 살짝 흔들렸다.

등천화의 반응에 놀란 까닭이다.

지금까지 그녀 앞에서 저런 모습을 보인 사람은 단연코 한 사람도 없었다. 옥상아 역시 등천화를 돌아보며 의외라는 눈빛을 던졌다.

대부분의 사람들은 풍우산산 앞에 있으면 말을 더듬거나 어려워하는 행동을 보였지, 저런 식의 반응은 없었다. 마치 불러 세운 사람이 풍우산산이 아니라 등천화인 것처럼 되고만 것이다.

갈피독의 반응으로 두 여인은 당혹스러워졌다.

등천화가 입을 여는 것과 동시에 고수로 보이는 갈피독이 너무도 자연스럽게 뒤로 빠져 주는 것이 아닌가?

두 여인은 동시에 한 가지 생각을 떠올렸다.

평범한 위사는 아니다!

"무슨 일이세요, 두 분?"

등천화는 대답은 하지 않고 빤히 바라보는 두 여인의 시선이 부담스러워 나름대로는 대답을 촉구하는 질문을 다시 건넸다.

주객이 전도된 상황에서 풍우산산은 웃으며 어쩔 수 없이 용건을 말해야 했다.

"지혁이를 만났어요."

"지혁… 아, 문 공자!"

"예."

"역시 그랬구나."

"예?"

풍우산산은 마치 자신이 찾아올 줄 알았다는 듯한 등천화의 태도에 인상을 썼다.

"갈 대협이 그때는 화가 좀 나 있었어요. 아, 지금은 물론 다 풀리셨고요. 수련 상대가 되어주기로 하셨으니 아무 걱정 말라고 전해주세요."

"예?"

당황한 것은 풍우산산뿐만이 아니었다.

옥상아와 갈피녹 역시 '뜨악' 한 표성으로 등천화를 쳐나봤다.

"풉! 호호호호!"

풍우산산은 정말 목젖이 다 보일 정도로 크게 웃었다. 웃겼다. 너무 웃겨서 입을 가리는 것조차 잊었다.

등천화와 같이 반응하는 사람을 본 적이 없는 그녀이기에, 지금의 상황이 무척이나 신선하게 다가온 것이다.

"호호호. 재미있는 분이시네요. 제가 누군 줄 알고 그런 말씀을 해주시는 거예요?"

'이 소저가 누군지 알았어야 하는 건가? 엄……'

등천화는 때 아닌 질문에 난감해졌다.

풍우산산의 정체가 전혀 궁금하지 않은데 맞혀보라고 질문하면 곤란한 건 당연하잖은가.

빨리 대화를 끝낸 후에 숙소로 가서 근무 시간이 언제인지 확인해야 하고, 그 시간에 맞춰서 근무 나갈 준비를 하려면 바쁘게 움직여야 했다.

그나마 다행스러운 것은 그녀가 더 이상 묻지 않고 순순히 대답을 해주었다는 것이다.

"제 이름은 풍우산산이에요."

"예에… 이름도 참 좋네요. 반갑습니다. 저는 등천화라고 합니다."

등천화는 속으로 다행이라 여기며 편안한 웃음을 지었다.

'뭐지? 왜 안 놀라지?'

풍우산산으로서는 등천화의 웃음을 오해할 수밖에 없었다. 문득 한 번도 해본 적이 없는 행동을 취하고 말았다. 그녀

스스로의 모습을 본 것이다.

"아!"

풍우산산은 찌푸렸던 아미를 풀며 활짝 웃었다.

등천화가 이토록 편하게 대할 수 있는 이유를 안 까닭이다.

"호호호. 제가 거처에서 잘 나오지 않아 충분히 그럴 수 있어요. 믿기 힘들어도 제가 한 말은 사실이니까 믿으세요. 제가 풍우산산이에요."

평소 그녀가 입는 옷과는 비교할 수 없는 평범한 옷차림이기에 믿지 않는다고 여긴 것이다.

이번엔 좀 다른 반응을 보이리라.

풍우산산은 등천화의 반응을 지켜봤다.

"네에… 조금 전에 말씀하셔 놓고. 아무튼, 나중에 문 공자 님과 함께 찾아뵐게요. 그럼."

"이, 이봐요!"

풍우산산은 자신도 모르게 다급하게 외쳤다.

"예?"

"내 이름……."

"엄… 풍우산산, 풍우 소저라고 하신 것이 벌써 두 번짼데 요? 저는 한 번 맞은 곳이나 이름은 잘 잊어버리지 않으니 걱정 마세요. 잊지 않고 문 공자와 함께 찾아뵐게요."

만약 천추성의 무인이 이 광경을 목격했다면 그 자리에서 거품 물고 실신할 만한 일이었다. 천추성주의 딸을 이런 식으로 대할 배포를 지닌 무인이 있을 리 없기 때문이다.

풍우산산은 멀어지는 등천화와 갈피독을 보며 한동안 아무 말도 하지 못하다. 옆에 서 있는 옥상아를 돌아보며 실성한 사람처럼 불렀다.

"오, 옥상아야."

"예."

"나, 풍우산산이지? 내가 저 사람에게 뭐라고 말했니?"

"아가씨의 이름을 그대로 말씀하셨습니다."

"아닐 거야. 내 이름을 들었으면 저런 식의 반응이 나올 리가 없어. 그렇지?"

"아, 아가씨……."

"그렇지!"

풍우산산의 눈빛이 날카로워졌다.

"예? 예!"

"호호호. 지혁이가 아주 재미있는 사람을 찾아냈네. 다음에 만날 땐 옷을 제대로 입어야겠어. 옷 때문에 내가 풍우산산이란 걸 믿지 않을 줄은 정말 몰랐어."

태연하게 웃고 있지만, 풍우산산의 감정이 극도로 예민해졌다는 것이 그대로 드러났다.

놀라운 사실 한 가지 더.

등천화와 갈피독은 사라질 때까지 뒤를 한 번도 돌아보지 않았다.

'저 위사는 멍청하니 그렇다 쳐도, 낭왕이란 자… 만만치 않은 무공을 지니고 있어. 내 예기를 받아넘기는 것만 봐도 보통은 아니야.'

옥상아는 갈피독을 주시하느라 돌아서는 풍우산산이 입술을 깨무는 모습을 보지 못했다.

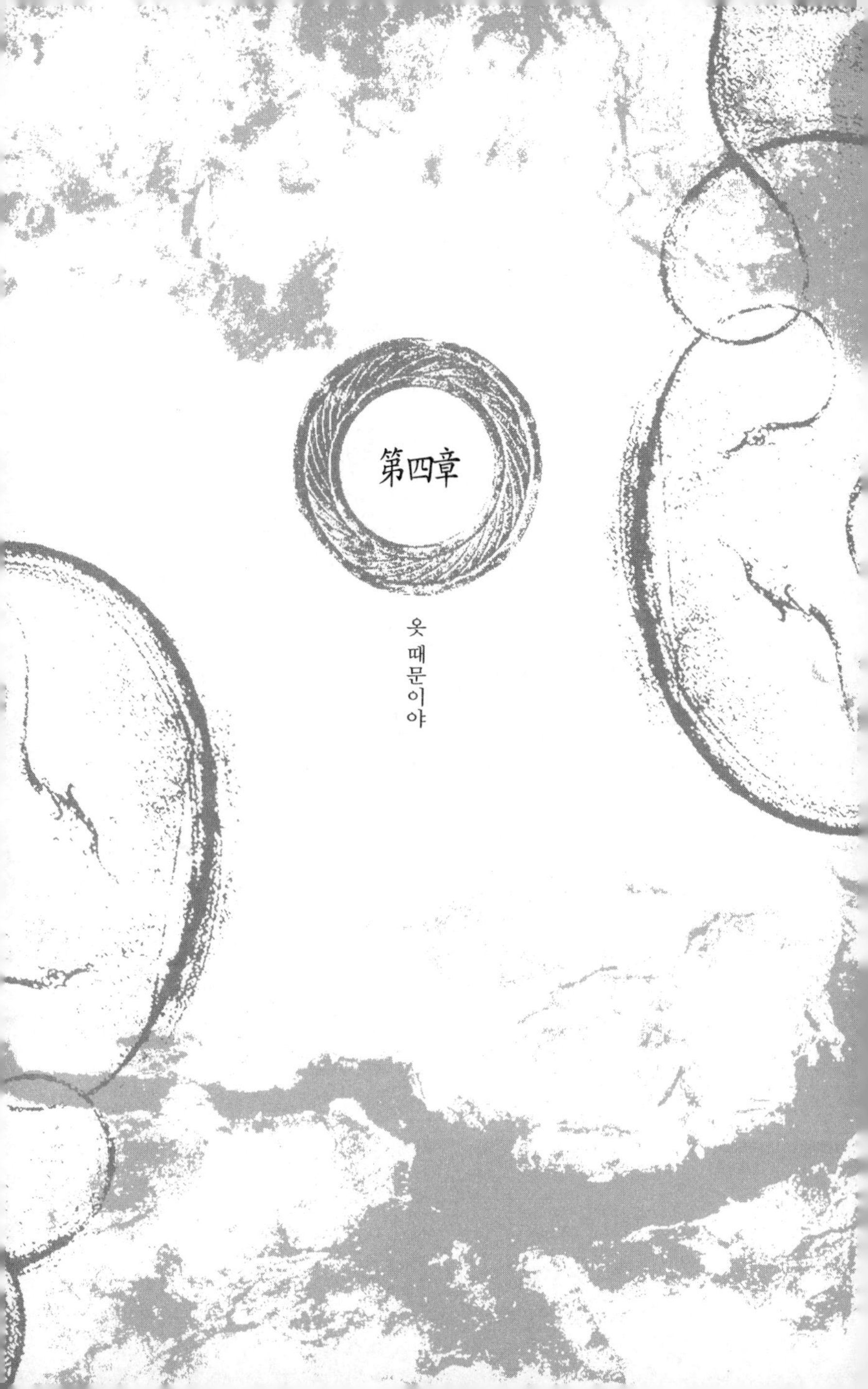
第四章
옷 때문이야

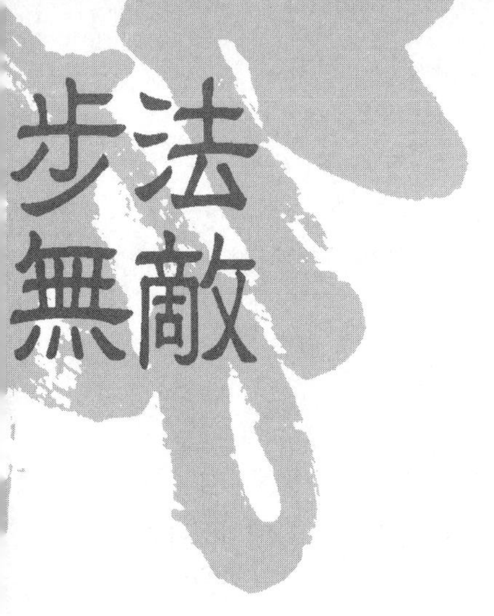

짝!

경쾌한 소리가 등천화의 등짝에서 들리는 것과 동시에 여인의 흐드러진 웃음소리가 이어졌다.

"호호호. 왔으면 말을 해야 할 거 아녜요!"

등천화는 '윽' 하는 짧은 비명과 함께 자신의 등을 강타한 손바닥의 주인을 향해 돌아섰다.

그곳에는 서문혜가 입술을 동그랗게 모으고는 놀란 눈을 하고 있었다. 등을 때리기는 했지만, 정말로 때릴 수 있다고는 생각하지 못한 까닭이다.

"아파요? 에이, 설마. 아! 혹시 밖에서 다치고 돌아온 거예요?”

그녀의 눈에는 미안해서 괜히 새침한 표정을 짓는 것이 아니라, 진심이 깃든 걱정이 담겨 있었다.

“그건 아니지만…….”

“근데 왜 그래요?”

“그럼 제가 서문 소저처럼 때릴 테니 맞아볼래요?”

“뭐, 뭐라고요! 그거 한 대 맞았다고 숙녀를 때리겠다는 거예요, 지금?”

“엄… 그게 아니고, 안 아플 것 같다고 해서 해본 말이에요. 때릴 생각 없었어요.”

서문혜의 동그래진 눈을 보며 등천화는 마구 손을 내저었다.

“킥킥.”

서문혜의 웃음에 그제야 장난인 것을 알았다.

머쓱한 웃음을 짓는 인간적인 등천화의 모습과 그 모습을 환하게 바라봐 주는 서문혜. 두 사람이야 충분히 즐거울 수 있었다.

그러나 지켜보는 사람의 입장도 어느 정도는 생각을 해줘야 했다. 등천화와 있으면서 부쩍 지켜보는 입장이 잦아진 갈피독은 두 사람의 모습에 기겁을 했다.

서문혜의 접근은 모른 척하려고 해도 너무 의도적이라 모를 수가 없었다.

‘맞았어? 이 녀석이 지금 등을 내준 거야?’

신기한 눈으로 서문혜를 쳐다봤다.

주절대는 얼굴이 제법 예쁘기는 해도 그 외에는 별다른 매력이 느껴지지 않는 여자였다.

차라리 이곳으로 오기 전에 만난 풍우산산과 옥상아가 훨씬 나았다. 얼굴은 풍우산산이 더 예뻤고, 무공은 옥상아가 훨씬 뛰어났기 때문이다.

그러나 등천화는 갈피독과 생각이 다른 모양이다.

서문혜의 쏟아지는 구박에도 뭐가 그리 좋은지 연신 입가에 웃음이 떠나지 않고 있었다.

갈피독의 시선이 두 사람의 옆쪽으로 움직였다.

누군가 있었다.

“녀석아, 그만 웃어. 남자가 웃음이 헤퍼도 안 좋지만, 상황을 봐가면서 웃어야 좋은 거야. 쩝. 지금 나오지 않으면 죽는다.”

갈피독이 손을 쓰려 기를 모을 때였다.

“괜찮아요, 갈 대협. 서문 소저 친구예요.”

“뭐?”

“귀는 밝군.”

퉁명스러운 목소리로 투기를 일으키는 건장한 체격의 청년이 모습을 드러냈다.

“어? 너, 아직 안 갔어?”

서문혜는 악군휘를 보고서 소스라치게 놀란 목소리를 발했다.

"서문 소저와 함께 오지 않았어요?"

"예? 아니에요. 아까 헤어졌어요. 군휘야, 너 언제부터 그곳에 있었어?"

"아까부터 저곳에 있었는데……."

"아까부터요?"

서문혜의 시선이 과격해진 것은 말할 것도 없었다.

그러나 악군휘의 입장에선 등천화의 말은 참으로 듣기 싫은 말이었다.

"그 사람이, 저 친구냐?"

심드렁한 표정.

서문혜는 못마땅한 표정을 감추지 않았으나, 악군휘의 등장으로 얼굴이 활짝 핀 사람도 있었다.

"흐흐흐. 제법 투기를 일으킬 줄 아는 녀석이로구나. 좋아, 그 용기가 가상해서 이 몸이 손수 가르침을 내려주마."

갈피독은 싸움을 좋아한다. 그런 그에게 악군휘의 등장은 선물과 다름없었다.

"싸우고 싶어서 일부러 투기를 일으키는 데에야 별수있나, 받아줘야지."

"젊은 사람들 일이니 좀 빠져 주시죠?"

악군휘는 서문혜와 헤어지는 척하고 다시 따라왔다.

처음엔 그녀 혼자 기다릴 것이 걱정스러워 인기척을 숨겼으나, 등천화와 갈피독이 나타나자마자 표정이 달라지는 그녀의 모습에 화가 났다.

서문혜가 아무리 성격이 소탈하다고 해도 외간 남자의 등짝을 저렇게 자연스럽게 후려 팰 줄은 몰랐다. 그 순간, 그녀가 말하던 '그 사람'이 누군지 알게 됐다. 그녀를 좋아하는 남자로서 고운 말이 나올 리 없었다.

"이봐, 그렇게 빠르다며?"

어느새 악군휘의 시선은 등천화를 향해 있었다. 무시당한 것이다. 갈피독은 뒷골이 뻑뻑해지며 호흡이 불안정해지고 말았다.

악군휘를 살려준 것은 서문혜였다.

"너, 무슨 말투가 그래!"

빽 하고 소리 지른 그녀는 악군휘가 곧 사과할 것을 믿어 의심치 않았다. 하지만 지금은 평소의 악군휘가 아니었다.

"왜 소릴 지르고 그래? 네가 그랬잖아, 상관 형도 저자의 옷자락조차 건들지 못했다고. 나도 그렇게 될지 한 번 시험해 보고 싶어서 말이야."

악군휘의 삐딱한 자세. 위험했다.

"군휘야, 그만 해. 나 화낸다!"

서문혜의 악다문 입술을 바라보며 악군휘는 '픽' 하고 웃음을 터뜨릴 수밖에 없었다. 그리고는 혼잣말로 중얼거렸다.

"너는 남자를 너무 몰라. 바보야."

등천화의 어떤 점이 서문혜를 사로잡았는지는 몰라도 이대로 마음을 닫는 건 쉽지 않았다. 적어도 자신이 인정하는 실력 정도는 지니고 있어야 했다.

악군휘를 향한 사랑은 많았다. 하지만 그의 사랑은 받는 쪽이 아니라 주는 쪽이었다.

"모르긴 너도 마찬가지다, 이 예의도 모르는 등신아."

갈피독은 이미 살기를 일으키고 있었다.

천추성에서 받은 수만은 푸대접 중에 지금이 단연 최고였다. 당신은 빠지라니.

"상관없는 일에 나서면 다칩니다."

웅웅—

악군휘의 등에서 기묘한 소리가 울리며 갈피독을 향해 무형의 기운이 움직였다.

내 공격을 받을 수 있냐는 경고.

그러나 갈피독은 악군휘의 기운을 콧방귀로 날려 버리며 귀까지 파는 시늉을 했다. 동시에 그의 모습이 뿌옇게 변하며 제자리에서 사라졌다.

"내가 왜 상관이 없어. 저 녀석을 어찌해 볼 생각이면 반드시 나를 지나가야 하는데."

불쑥 갈피독의 손이 앞으로 튀어나왔다.

쾅!

“윽!”

“큥. 뭐야, 이 정도 공격에 쩔쩔매는 거냐? 나참. 그러면서 뭘 믿고 저 녀석에게 큰소리를 친 거냐? 야! 이 건방진 녀석을 죽여 버릴까?”

악군휘는 깜짝 놀란 눈이 됐다.

갈피독의 지옥파라수와 부딪친 양쪽 어깨가 쩌르르 울리는 것도 그렇지만, 그런 자가 등천화에게 허락을 구하는 모습이 기가 막혔다.

‘저자에게 허락을 구해?’

자존심이 상한 악군휘가 등에 메고 있는 삼색신창을 합체시키려 할 때, 서문혜의 뾰족한 목소리가 그 행동을 제지시켰다.

“너, 그만 안 해! 네가 뭐라고 등 소협을 시험하느니 마느니 해?”

그녀는 성큼 악군휘에게 다가가서는 대뜸 귀를 잡아 비틀었다. 그의 무공이라면 얼마든지 피할 수 있었을 텐데, 그녀가 다칠까 봐 기를 거두며 순순히 귀를 잡혀주었다.

“아아아……!”

“철 좀 들어, 이 화상아!”

시문혜 덕분에 갈피독과 익군휘는 자연스럽게 서로 떨어지게 됐다. 그 모습이 어찌나 웃긴지 갈피독은 손가락질까지 하면 마구 웃어댔다.

"쿠헤헤헤. 잘한다. 앞뒤 안 가리는 녀석은 아주 혼이 나봐
야 해."

"뭐라구요!"

서문혜의 발끈한 표정에 갈피독은 자신도 모르게 움찔했
다. 하나 정작 화를 내야 할 사람은 자신이 아닌가. 안 그래도
등천화와 서문혜의 모습에서 자꾸만 사옥랑이 생각나 열받고
있었다.

"헹, 왜 화살이 내게 오냐? 사랑싸움은 당사자들끼리 하라
고. 가뜩이나 누구 때문에 사랑 잃고 외로운 사람이니까 건들
지 말고. 쿵."

갈피독의 마지막 말은 등천화를 향했다.

"저 사람 때문에 사랑을 잃었다구요?"

"그래."

갈피독의 대답에 서문혜는 등천화를 쏘아보며 대답을 기
다렸다.

오십은 되어 보이는 사람이 사랑 운운하는 것도 이상했지
만, 그 이유가 등천화 때문이라니 더더욱 이해하기 어려웠기
때문이다.

그러나 정작 등천화의 입에서 나온 말은 엉뚱했다.

"갈 대협, 그럼 지금이라도 마교로 가세요."

"마, 마교?"

서문혜는 깜짝 놀랐다.

정도의 최고 세력인 천추성 안에서 마교에 대한 말을 하는 것은 금지였기 때문이다.

"야! 그게 말이 되냐, 지금 어떻게 가!"

"엄… 자꾸 그런 말씀 하실 바에야 그 편이 낫지 않으세요?"

등천화의 대답에는 언제나 그렇듯이 진심이 담겨 있었다. 그 때문에 갈피독은 더욱 화가 났다. 자신과 같은 고수를 내보내겠다는 말을 하는 저 자신감은 도대체 어디서 나오는 것일까? 더 고집을 부려봐야 통할 상대가 아니었다.

"쿵. 이젠 가고 싶어도 못 가. 빌어먹을, 니가 여기 있는데 나 혼자 어떻게 마교로 가냐!"

"저 때문에요?"

"그래!"

연인들의 입에서나 나올 법한 대화가 오십대 중년과 이십대 청년 사이에서 오가고 있었다.

'이, 이거 무슨 대화가 이래?'

서문혜는 인상을 쓰며 두 사람의 대화를 해석해 보려고 노력했으나, 허사였다.

밖에서 무슨 일이 있었던 것 같기는 한데, 두 사람 모두 그 일에 대해서는 함구하고 있었다. 갈피독은 계속해서 화를 내고, 등천화는 무심하게 대꾸하는 이상한 대화가 계속됐다.

"백마의 공격을 너 대신 막아줬잖아."

“마지막……."

등천화는 그 일에 대해서는 할 말이 있다는 듯이 입을 열었으나, 갈피독이 말을 자르며 급히 소리쳤다.

“결과적으로는 그 덕분에 도망칠 수 있었잖아!"

“…그렇긴 하죠."

“그런데 네가 이럴 수 있냐?"

“제가 뭘요?"

“나보고 마교로 가라며!"

“가기 싫으면 가지 마세요."

“안 가!"

“그러세요."

등천화는 그제야 결론을 맺고는 순진한 웃음을 지었다. 하지만 그 웃음 때문에 갈피독의 발작이 다시 시작됐다.

“뭐가, 웃겨. 너, 지금 내가 웃기다고 생각하는 거냐!"

“에? 아닌데요."

“근데 왜 웃어?"

“갈 대협께서 마교로 안 가신다고 해서……."

“그러니까! 그게 왜 웃을 일인데! 한 번 이겼다고 재는 거냐?"

잔뜩 꼬인 눈으로 등천화를 쏘아보는 갈피독의 눈매가 매서워졌다. 이 빌어먹을 천추성에는 자신을 무서워하는 인간들이 없었다.

이게 모두 눈앞의 등천화 때문이었다.

등천화가 자신을 무시하니까 다른 자들도 죄다 무시하는 것이다.

서문혜와 악군휘는 갈피독의 마지막 부르짖음에 자신들도 모르게 서로의 눈을 찾았다.

"말도 안 돼."

"어쩜……."

서문혜는 언제 짜증스런 표정을 지었냐는 듯이 활짝 얼굴을 폈으나, 악군휘는 여전히 믿을 수 없다는 표정을 유지했다.

풍우산산은 등천화를 만나고 돌아온 뒤로 평소보다 외모에 투자하는 시간을 늘렸다. 등천화의 시큰둥한 반응이 옷차림 때문이라 판단했기 때문이다.

"아니야, 이 옷은 너무 화려해. 다른 옷을 가져와 봐."

비녀들은 오전 내내 분주하게 움직였다.

풍우산산의 옷 고르는 손짓은 향료에 수욕을 마친 뒤로 멈춘 적이 없었다. 지금도 분주히 움직이는 비녀들을 부르며 연신 옷을 몸에 대보고 있었다.

이런 모습을 본 기억이 없는 옥상아로서는 의아해할 수밖에 없었다.

"아가씨, 어딜 가십니까?"

풍우산산의 주위에서 일어나는 아주 사소한 일이라도 그

녀가 지나친 적이 없었다. 당연히 의아한 눈이 됐다.

"아니."

"하면 이 옷들은……."

"요즘 옷에 너무 신경을 안 썼어. 어때?"

빙그르 돌아선 풍우산산의 모습은 천상의 선녀가 따로 없었다. 마치 활짝 핀 작약처럼 화사함이 흘러내리고 있었다.

"아가씨께선 어떤 옷을 입으셔도 아름다우세요."

"어머, 정말? 호호호. 좋아, 이 옷으로 정하자. 그 사람이 이번에는 내가 풍우산산이란 걸 확실히 알게 되겠지?"

'그 사람? 혹시 그 위사를…….'

옥상아는 말도 안 되는 상상을 하다가 급히 생각을 멈췄다. 겨우 위사 따위에게 잘 보이려고 천추성주의 딸이 저렇게 신경을 쓴다는 것이 말이 안 되기 때문이다.

"왜 대답이 없어? 그 위사가 이래도 인정하지 않을 것 같은 거야?"

"아, 아가씨!"

옥상아의 상상이 들어맞았다.

풍우산산의 저 웃음에는 이유가 있었던 것이다.

"놀라긴."

풍우산산은 이번엔 자신있었다.

초여름의 따뜻한 햇살이 거리를 노곤하게 만드는 정오였

다. 오늘도 서문혜는 등천화를 찾아와 옆에 앉힌 후에 쉴 새 없이 종알거렸다.

"그 얘기 좀 해봐요."

"……."

'귀르르' 거리는 풀벌레 소리에 귀 기울이고 있던 등천화는 서문혜의 말을 듣지 못했다.

"뭐예요, 지금. 나랑 말하기 싫어요?"

"……."

등천화는 이번에도 대답을 하지 않았다.

"알았어요, 그럼 마교와 싸운 얘기나 해줘요. 그것도 싫다고 하면 화낼 거니까 알아서 해요!"

협박성이 짙은 서문혜의 엄포에 그제야 등천화의 고개가 돌려졌다. 하나 여전히 그녀의 질문에는 대답하기 싫은 듯 눈만 몇 번 끔뻑거렸다.

서문혜가 날 선 표정을 지었다.

"왜……."

"이번에 나가서 마교랑 싸운 얘기요!"

"아, 마교. 얘기해 달라고 하면 되지 왜 화를 내고……."

"진짜!"

서문혜가 팔을 걷어붙였다.

"무서운 사람을 만났어요."

"당신도 무서워하는 사람이 있어요?"

“눈 안이 하얗고 뿌연 분이었는데… 무서웠어요. 그분 때문에 사람의 몸에도 두 가지 길이 존재할 수 있다는 걸 봤구요.”

“눈 안이 하얗고 뿌연 분이 누구예요? 그리고 두 가지 길? 그건 또 뭐고? 좀 자세히 설명 좀 해봐요.”

등천화에겐 익숙한 말인지 몰라도 그녀에겐 너무도 어려운 용어였다. 아니, 그녀뿐만 아니라 일반적인 상식에 한정된 사람들은 등천화의 말을 알아듣기 힘들었다.

“엄… 서문 소저도 모르는구나. 저도 그분한테 들어서 알았어요. 자신보다 구십구 명이나 더 강한 사람이 있는 곳에 있대요. 그 말을 들었을 때는 좀 딱하더라구요. 아! 물론 나중에는 전혀 딱하지 않았어요. 그렇잖아요, 위로 아흔아홉 명이나 있는데 그걸 자랑하기는 쉽지 않으니까. 한데, 그분은 그걸 하더라구요. 그래서 힘내라고 했어요. 엄… 적당히 힘내라고 해줬어야 했는데. 나중에 그분을 다시 만나면 그때는 그 정도면 됐으니까 힘내지 말라고 하려고요.”

등천화는 심각한 표정을 지으며 인상까지 썼다.

그 모습에 서문혜는 ‘풋’ 하는 웃음을 터뜨렸다.

무슨 말을 해도 등천화의 표정을 보면 웃음을 참기 힘들었다.

“미, 미안요. 그래도 많이 무섭지는 않았나 보네요. 다시 보면 해줄 말도 생각하고. 호호호.”

"그게… 창 소저… 그러니까 검각이란 곳 출신의 소저인데……."

"알아요, 누군지."

종명기가 유령신보와 함께 가교일을 구해온 얘기는 천추성 무인들이라면 모두 알고 있었다. 특히 유령신보가 백안마군을 상대한 얘기는 너무도 유명했다.

서문혜는 이미 들어서 알고 있는 얘기였지만, 등천화의 입을 통해 직접 듣고 싶어서 일부러 질문을 한 것이다.

"그 소저 때문에 한 번은 다시 봐야 해요. 쌍둥이 여동생이 있는 것도 모르고 창 소저인 줄 알고서 구했는데… 나쁜 사람 때문에 창 소저 앞에서 죽었어요."

"저런!"

서문혜는 인상을 찌푸리며 양손을 깍지 꼈다.

진심으로 안타까워하는 표정이 역력했다.

"왜요? 왜 죽었어요?"

"창 소저는 그럴 생각이 없었는데, 창 소저와 똑같이 생긴 쌍둥이 여동생은 그럴 생각이었더라구요."

건너뛰고 설명하기가 또다시 시작된 모양이다.

서문혜는 아미를 찌푸리며 아랫입술을 깨무는 표정을 지었다.

"또! 자세히 말 안 해요?"

"엄… 창 소저가 막 울면서 탓할 생각 없었다고, 살기만 하라고 했는데도 죽었어요. 길을 끊으면 가려고 해도 갈 수가 없는데… 갈 수 있는 길을 끊고 나면 아무리 미안해도 늦어요. 그때 많이 화가 났어요. 그래서 그 사람… 위로 구십구 명이 있다는 분과 함께 있던 나쁜 사람의 얼굴을 머리로 받았어요.”

“등 소협이요?”

“예. 많이 화가 나는데 할 수 있는 건 없고… 다행이죠, 머리라도 있었으니.”

‘머, 머리?’

가만히 듣기에는 우스운 말이었으나, 등천화의 진심이 담겨서 그런지 웃을 수 없었다.

서문혜는 어떻게 위로를 해야 할지 몰라 등천화의 등을 위에서 아래로 쓰다듬어 주었다.

“그럴 때가 있어요. 자기가 떠나면 다들 편안해질 거란 생각을 할 때가…….”

“안 돼요! 그렇게 길을 끊어버리면 나중에는 돌아가려고 해도 갈 수 없어요. 그러지 말아요.”

등천화는 서문혜가 죽기라도 하려는 줄 알고 버럭 화를 냈다.

“풋. 그걸 결심할 때는 그런 걸 모르죠. 걱정 마요, 나는 죽지 않으니까.”

“그, 그럼 됐어요. 길이 있어도 잘 걷지를 못하는 사람이 얼마나 많은데요. 길이 있으면 그걸 지키고 잘 걸을 수 있게 평평하게 만들어야 해요. 왜 다들 그런 생각은 안 하고……."

"……?"

서문혜는 갑자기 울먹이는 것 같은 등천화의 목소리에 깜짝 놀라 슬그머니 머리를 밑으로 해서 올려다봤다.

두 사람의 대화는 여기서 끊기고 말았다.

"또 보네요, 위사님?"

맑은 목소리가 두 사람을 돌아보게 만들었다.

"어머!"

서문혜는 뒤에 서 있는 여인의 모습에 깜짝 놀라 소스라쳤다.

아름다웠다!

풍우산산의 모습에 다른 생각은 다 까먹고 오로지 그 단어만 떠올랐다.

"엄… 아직 문 공자를 만나지 못했는데… 조만간 찾아가려고 했어요, 풍우 소저."

등천화는 미안한 표정으로 풍우산산에게 말했다.

'풍우… 헉! 풍우!'

서문혜는 등천화의 대답에 얼굴이 하얗게 질렸다.

천추성에서 '풍우'란 성을 가질 수 있는 사람은 몇 되지 않는다. 아니, 오직 세 명만이 풍우란 성을 사용할 수 있었다.

풍우신장, 풍우산산, 그리고 잊혀진 이름인 풍우건중.

　서문혜는 어째서 풍우산산이 저토록 아름다운지 깨닫고 급히 일어나 고개를 숙였다.

　"서문혜가 아가씨를 뵙습니다!"

　"알아요. 서문세가의 재녀를 왜 모르겠어요. 반가워요, 서문 소저."

　"미처 알아보질 못했습니다."

　"호호호. 괜찮아요. 한데, 저 위사님과는 잘 아는 사이예요? 뒤에서 보니까 아주 정다워 보이던데……."

　풍우산산의 묘한 질문에 서문혜는 등천화를 돌아보고는 '픽' 하는 웃음과 함께 고개를 흔들었다.

　"그럴 리가요. 이 사람은 그런 생각도 안 할… 흠, 세상 물정을 알려주는 중이라고나 할까요?"

　풍우산산이 듣기에 서문혜의 말은 혼자서 등천화에게 관심이 있다는 뜻처럼 들렸다.

　모른 척 반문했다.

　"세상 물정을 알려준다?"

　"너무 착하기만 한 사람이거든요. 어? 호호호. 쓸데없이 이상한 얘기를 하고 있었네요. 아! 그러고 보니 이곳까지 무슨 일로……."

　서문혜는 당황해서 횡설수설하다가 그제야 제대로 된 질문을 건넸다.

　풍우산산은 등천화를 보며 고운 입을 열었다.

"나도 세상 물정 모르는 저분께 볼일이 있어서요."

'분께?'

서문혜는 의아한 눈이 됐다.

풍우산산은 분명히 등천화를 처음에 '등 위사'라고 불렀다. 한데 이제는 존칭을 사용한다. 물론, 풍우산산이 사람의 신분에 상관없이 말을 높이는 성정이라면 상관없지만 묘하게 서문혜의 신경을 건드렸다.

"아가씨께서 이 사람에게 볼일이 있으실 리가… 이 사람은……."

"네가 나설 자리가 아니다."

옥상아였다.

"……!"

서문혜는 옥상아의 눈을 보고는 몸이 경직됐다.

'무슨 눈빛이 저렇게… 혹시 아가씨의 호위? 헉! 그럼 여자의 몸으로는 은하전주를 제외하고 상대가 없다는 옥상아?'

풍우산산의 호위로 옥상아 한 명만 있으면 된다는 말이 천추성주 풍우신장의 입에서 나온 이래, 그녀는 모르는 사람이 없는 여고수가 됐다.

'말로만 듣던 아가씨의 호위가 이렇게나 젊을 줄이야. 더구나 아가씨와 함께 있어서 그렇지, 너무 아름답다.'

서문혜는 멍한 눈으로 옥상아를 바라봤다.

옥상아의 무공은 몸을 움직이면 검이 알아서 따라오게 만드는 경지에 이르러 있었다. 즉, 몸을 움직이면서 다른 공격을 병행할 수 있는 것이다.

그런 그녀의 신경이 한 사람에게 닿았다.

서문혜의 충분히 건방질 수 있는 행동에 경고를 하려다 동작을 멈추고 등천화를 쳐다봤다.

순진한 얼굴로 아직까지는 웃고 있었다.

옥상아는 내심 코웃음 치며 자신의 눈동자를 옆으로 흘렸다. 공격할 방향을 미리 알려주어 등천화가 움직이도록 만들기 위해 허점을 보인 것이다.

그러나 그녀의 눈동자가 원래의 자리로 돌아올 때까지 등천화는 움직이지 않았다. 그녀의 예상이 깨지며 이젠 그녀가 다급해졌다.

'허와 실을 구분한 건가?

느슨해졌던 심장이 조여지고 있었다.

공격과 방어는 다른 말이지만 같은 말이기도 하다.

무공이 일정 수준 이상이 되면 그 경계가 모호해져서 공격과 방어가 무의미해지게 된다. 하지만 그 상태를 한 번 더 벗어나게 되면 그때는 또다시 공(攻)과 방(防)의 개념이 새롭게 만들어진다.

기를 일으키는 단계를 무의 시작이라 하면 기를 조종하는 단계를 무의 성장이라 할 수 있고, 기를 풀어놓고 의지로 싸우는 단계를 무의 극점이라 했다.

각각의 단계마다 수많은 구분이 지어져 있으나 옥상아는 현재 성장 단계에 도달해 있었다. 즉, 공방의 개념을 떠난 상태인 것이다.

그녀가 등천화를 시험하고 있을 때, 풍우산산은 자신을 보면서 한 번도 표정에 변화를 일으키지 않는 등천화에게 적잖게 화가 나 있었다.

"등 위사는 서문 소저와 많이 친한가 봐요?"

"어머, 말도 안 돼요. 친하긴요. 등 소협도 아마 그렇게 생각할걸요?"

서문혜는 자신에게 한 질문도 아닌데 끼어들고는 등천화의 대답을 촉구하는 행동을 보였다.

두 여인이 등천화의 대답을 듣기 위해 집중했다.

"친한데… 나만 그렇게 생각하나 봐요."

"어? 웬일이셔? 솔직하게 말도 다 하시고? 호호호."

서문혜는 활짝 웃으며 등천화의 등을 때렸다.

짝!

"윽! 친한 거예요?"

등천화는 아픈 척하며 서문혜를 돌아봤다.

"친하죠! 호호호."

뭐가 그리 좋은지 서문혜의 입에는 웃음이 떠나질 않았다.

두 사람의 모습을 보는 두 개의 시선.

서문혜가 등천화의 등을 때릴 때 옥상아의 눈이 번뜩였고,

풍우산산의 아미가 미미하게 떨렸다.

풍우산산은 서문혜의 자연스러운 행동에 신경이 쓰였다. 아니, 서문혜의 행동을 자연스럽게 받아주는 등천화의 모습이 보기 싫어 신경질이 났다.

'외모 때문이 아니었어. 저 사람은 내가 어떤 옷을 입어도 똑같이 대할 사람이야. 어떻게 그럴 수가 있지? 나를 보고 어떻게 멀쩡할 수가 있냐고!'

이런 감정을 질투심이라고 한다. 물론 그녀 자신은 인정하지 않았다. 아니, 몰랐다.

단지 천추성의 수많은 원로들이 데려온 젊은 기재들에게서 보였던 공통된 느낌이 등천화에게선 찾아볼 수 없다는 것 정도만 느꼈다.

그들은 그녀를 가만히 내버려 두질 않았다.

자신들을 알리기 위해 말하고, 움직이고, 싸우고, 자랑하고 등등.

모두 자신들을 봐주길 바라는 자들이었지, 그녀가 자신을 보여주고 싶은 사람은 없었다.

그런 자신이 왔건만, 저런 태도라니!

화가 났다.

등천화의 유리알 같은 눈에 화가 났고, 서문혜의 스스럼없이 장난치는 행동에 화가 났다.

"옥상아, 돌아가자. 등 위사님, 또 뵙죠."

차가운 풍우산산의 말.

옥상아는 곧장 고개를 숙였다.

머쓱하니 서 있던 등천화도 엉겁결에 대답했다.

"예, 다음에……."

풍우산산의 신형이 잠시 멈췄다.

등천화의 저 짧은 대답도 싫었고, 자신이 돌아서면 서문혜
와 또 장난칠 것이 뻔하기에 그것도 싫었다.

풍우산산의 시선이 아주 잠깐 서문혜의 눈에 머물렀다가
돌려졌다.

'응?'

서문혜는 풍우산산의 시선에 담겨 있던 알 수 없는 적의에
깜짝 놀랐다. 그 때문에 옥상아의 호위를 받으며 그녀가 내성
쪽으로 갈 때까지 눈을 떼지 못했다.

"왜 저런 눈을… 그리고 이상하네? 저렇게 아름답게 차려
입으시고 다시 내성으로 왜 가시지?"

풍우산산의 옷은 연회에 참석할 때나 입을 법한 화려한 차
림이었다.

"아! 이 바보. 아가씨에겐 저 옷이 평상복일 수도 있잖아.
으이구, 으이구."

서문혜는 자신의 머리를 쥐어박으며 장난스럽게 웃었다.
그 모습에 등천화는 뭐가 그리 좋은지 웃으며 가만히 서문혜
를 지켜봤다.

"뭐가 그렇게 좋아요?"

"아, 아니에요."

"홍! 아가씨 훔쳐봤죠?"

"예? 풍우 소저를요? 그냥 보면 되는데 왜 훔쳐봐요?"

서문혜의 말이 그런 뜻이 아니라는 걸 알아차리기엔 얼마 걸리지 않았다. 이제 어느 정도 그녀의 감정 변화에 익숙해진 것이다.

"아! 맞아요."

"그래도 남자라고… 하긴, 내가 남자였어도 아가씨 정도의 미녀라면 충분히 훔쳐볼 만하지. 호호호."

사실 등천화는 풍우산산을 보고 있지 않았다. 서문혜의 활짝 웃는 모습을 보고 있었다. 그녀의 몸에서 만들어지는 길이 상당히 넓어지는 것을 보고 있었다.

등천화는 말을 해줄까 하다가 이내 순진한 웃음만 짓고 말았다.

"왜요? 지금 무슨 말 하려고 했죠?"

서문혜의 납작하게 만든 눈이 등천화를 향했다.

"아닌데요."

"근데 왜 말을 더듬어요?"

"말 더듬지 않았는데? 정말 아닌데……."

"풋. 호호호. 하여간 놀리는 게 너무 재미있어."

서문혜는 가지런한 이빨을 보이며 활짝 웃었다.

"난 괜찮다, 옥상아."

"……."

"난 괜찮다고!"

풍우산산은 자신의 거처로 돌아온 뒤로 저 말만 되풀이했다. 한 번도 본 적 없는 모습에 옥상아는 위로할 방법을 찾지 못했다.

"서문혜를 죽여 버릴까요?"

"뭐? 왜?"

"아가씨를 화나게 만들……."

"이 바보야! 내가 화가 난 건… 아니다."

"말씀만 하시면 제가 처리하겠습니다. 저는 아가씨를 위해서 존재합니다."

"알아."

풍우산산은 약이 올랐다.

그녀는 지금까지 남자란 한 가지 유형만 존재한다고 믿었다. 상황이 그랬다. 그렇게 믿어도 된다고 주위에 있는 자들이 행동으로 보여주었다.

새로운 유형의 인간, 등천화가 이상한 것이다.

서문혜의 어떤 점을 좋아하는 거지?

풍우산산보다 배경이 좋은 여자가 현 강호에 있을 리 없었다. 미모 역시 서문혜보다 뛰어나다고 자부할 수 있었다.

그럼 왜!

풍우산산은 끓어오르는 화를 주체할 수 없었다.

"옥상아, 겨우 위사 따위야. 그런 자가 나를 그렇게 함부로 대할 수 있는 거야? 다들 쩔쩔매잖아. 그런데 왜 그자는 그렇지 않은 거지?"

이렇게 평정심이 흐트러진 풍우산산의 모습은 오랜만이었다. 아주 어릴 적에 무공을 배우겠다며 옥상아를 조를 때와 전혀 변하지 않은 모습. 옥상아는 언제나 그렇듯이 그녀를 위해 무엇을 해야 할지 정했다.

'그 위사가 부럽구나. 아가씨의 시선을 한순간이라도 뺏은 사람이 없는데. 훗. 나도 그분 앞에서 그런 행동을 취해볼까?

부질없는 생각임을 알지만, 상상의 나래는 벌써 그녀 안의 연인에게도 날아가고 있었다.

계창수는 며칠 동안 바빴다.

그가 맡은 일을 해야 했고, 원로원의 고질적인 답답함을 이겨내야 했고, 나후전과 은하전에서 일어나는 일들을 확인해야 했다.

그런 그를 바삐 어딘가로 향하게 만든 일이 생겼다.

등천화와 갈피독을 위해 마련해 준 지빈전이 텅 비었다는 보고를 받은 것이다.

봉변당한 기분이 돼서 직접 지빈전을 찾았다.

정말로 사용한 흔적이 전혀 없었다. 그는 당장 등천화와 갈피독을 수소문해서 데려오라고 명령을 내렸다.

얼마 뒤, 무인들이 갈피독과 함께 왔다.

"등 위사는……."

"그 녀석은 안 올 겁니다."

갈피독은 입맛을 다시며 고개를 절레절레 흔들었다.

"그게 무슨 뜻입니까?"

"이곳이 싫답니다."

갈피독이 좀 더 힘주어 대답했다.

계창수는 갈피독의 얼굴이 점점 붉으락푸르락해지는 모습을 보고 의아한 듯이 고개를 갸웃거렸다. 그 모습에 갈피독은 버럭 소리를 질렀다.

"계 대협, 왜 이곳을 내주셨습니까? 좀 정문에서 가까운 곳을 내줄 수는 없었습니까? 그 녀석은 이곳이… 정문에서 멀다고 싫답니다! 아주 위사를 하고 싶어 환장한 녀석입니다! 아니, 위사가 그렇게 좋으면 공으로 틀어박혀 있을 것이지, 왜 나타나서 사람을 이 모양으로 만들고… 으아!"

"……?"

계창수는 불만 가득한 갈피독의 표정을 보면서 어떤 일을 겪었는지 심히 공감할 수 있었다. 지금과 똑같은 상황은 아니지만, 천홍루에서 등천화로 인해 황당한 경험을 했던 그였다.

"그럼 녀석은 나중에 데려오기로 하고 갈 대협만 이곳에 머무시구려."

"녀석에게 말씀하세요. 저야 그 녀석이 하라고 하면 해야 하는 처지니까."

갈피독의 풀 죽은 목소리.

계창수는 이건 또 무슨 말인가 싶었다.

"녀석의 말에 따라야 한다고요?"

"제가 누굽니까?"

"낭왕이잖소?"

계창수는 눈을 납작하게 만들며 갈피독의 기괴한 반응을 지켜봐야만 했다.

"맞습니다. 제가 바로 낭왕입니다! 제 한마디면 족히 몇천 명은 금방 모일 겁니다. 제가 그런 사람입니다. 하지만 녀석에게 이기기 전에는 어쩔 수 없습니다."

'가, 가만. 지금 이자가 무슨 소리를 하는 거야?

갈피독의 말은 너무도 분명했다.

등천화에게 진 것이다.

계창수는 언제고 들은 것도 같았다, 낭인들은 자신을 이긴 사람을 따르는 것이 율법이라고.

'그럼… 녀석이 낭왕의 주군?

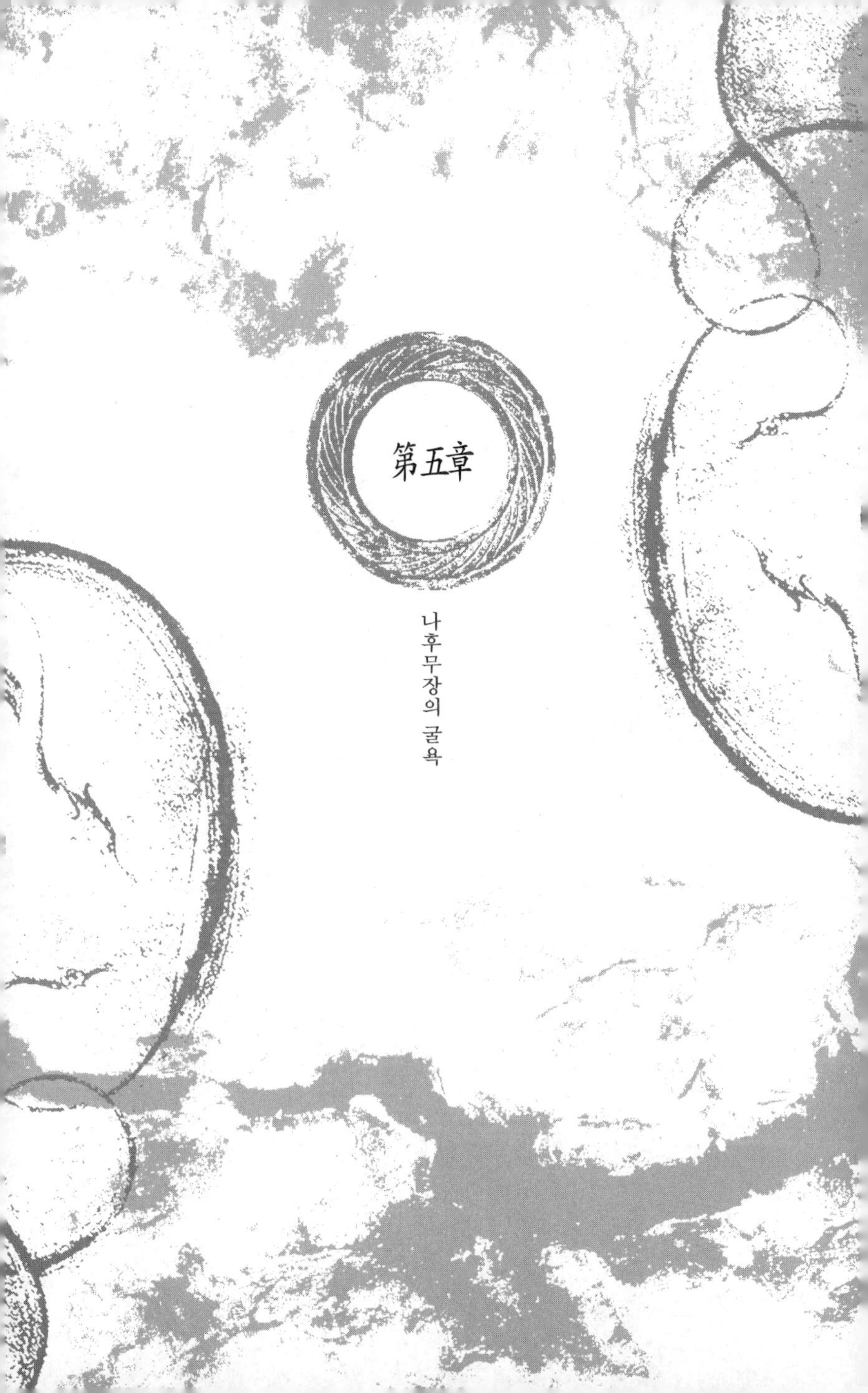

第五章

나후무장의 굴욕

步法無敵

계창수는 등천화와 갈피독 때문에 살맛이 났다.

거처로 돌아오는 동안 등천화 때문에 웃었고, 갈피독의 순
진한 행동 때문에 웃었다. 이 두 사람은 어쩌면 계창수도 짐
작할 수 없는 무언가를 지니고 있을지도 몰랐다. 특히 등천화
는.

천추성은 변화하려 한다. 하지만 정체되어 있다.

정체된 체계는 움직이려는 변화의 걸림돌이 될 수밖에 없
는 것이다.

정체를 뚫어주고 변화를 수용할 수 있는 역량의 기재를 찾아
야 했다. 마교의 움직임이 잠잠할 때 하지 않으면 늦게 된다.

소성주와 대공자 사공원.

이 두 사람을 어떻게든 엮을 수 있으면 정체와 변화를 추구하는 것도 무모하지만은 않을 텐데.

진인사대천명(盡人事待天命)이라던가?

끊임없이 추구하는 계창수의 염원을 하늘이 알아줬던 모양이다. 소성주 풍우건중이 금지에서 내려왔다는 소식을 접한 것이다.

천추성의 금지.

풍우신장의 폐관 수련동인 파천동(破天洞), 풍우건중을 위해 만들어진 해망벽(解妄壁), 천추성의 중죄인들만 가두는 멸령옥(滅靈獄), 이렇게 세 곳뿐이다.

방금 전 해망벽의 추혼나백성라진(追魂拿魄星羅陣)이 흔들렸다는 보고가 전해졌다. 진을 흔들어놓을 정도의 위력이 터졌거나, 진이 해체될 때를 제외하고는 일어날 수 없는 일이기 때문이다.

계창수의 발걸음이 다시 바빠졌다.

"무슨 일이시오, 계 원로? 아미타불."

저녁 식사를 마치고 방으로 돌아가려는 요료 성승을 계창수가 막아섰다.

"긴히 드릴 말씀이 있습니다."

"그렇지 않으면 이 늦은 시각에 찾아오실 이유가 없겠지요. 허허허. 가십시다."

요료 성승은 계창수의 끈질김을 잘 알기에 한숨을 내쉬고는 순순히 원로원으로 향했다.

원로원 안에는 이미 잠우 진인과 화산검선이 앉아 있었다. 두 사람은 요료 성승을 보고는 빙그레 웃음을 지었다.

"성승께서도 납치되셨습니까? 허허허. 무량수불."

"허허허. 이럴 줄 알았으면 저녁이라도 함께 드실 걸 그랬습니다. 계 원로께서 일부러 우리를 찾아 돌아다니지 않게 말입니다. 아미타불."

요즘 들어 부쩍 바빠진 계창수의 움직임이 세 사람으로서는 싫지 않았다. 항상 소림, 무당, 화산만이 이끌던 원로원에 새로운 바람이 불고 있기 때문이다.

"세 분께선 너무 저를 홀대하지 마십시오. 저 때문에 얼마나 편하십니까? 이리 뛰고 저리 뛰고 저만 발바닥에 불이 나죠. 클클클."

"누가 뭐라고 합니까? 좋아서 그러지요. 허허허."

잠우 진인의 입에서 농담이 나오자, 원로원은 금방 웃음바다가 되고 말았다. 대화를 웃음으로 시작하는 것은 무척이나 중요했다. 그것을 알기에 무거울 수 있는 내용을 애써 가볍게 하려는 잠우 진인의 속 깊은 배려였다.

"큼. 제가 말씀드릴 일은 다름이 아니고… 소성주님에 대한 일입니다."

　본론도 나오기 전에 계창수의 한마디는 세 사람을 당황하게 만들었다. 대뜸 소성주에 관한 얘기라니. 소성주 풍우건중에 대한 얘기는 거의 금기시되어 있었다.

　"아미타불. 계 원로, 말씀하시기 전에 이건 분명히 해두서야 합니다. 무슨 말씀을 하고 싶은지 모르지만, 아주 조심스러운 말이 될 것입니다."

　"알고 있습니다. 저도 하루 종일 고민하다가 혼자서 결정을 내릴 수가 없기에 도움을 요청하는 것입니다."

　계창수는 진중하게 말을 받고는 다시 이어갔다.

　"나후전주 각용성 공자와 은하전주 고매은 전주의 움직임이 심상치 않습니다."

　"그분들에 대해서는 성주님께서 별도의 지시가 있기 전까지는 우리가 왈가왈부할 사안이 아니오. 무량수불."

　잠우 진인은 눈빛을 가라앉히며 일종의 벽을 만들었다. '너 정도의 위치에서 감히 무슨 말을 하는 거냐' 라는 뜻이 그대로 드러나 있었다.

　계창수는 묘한 이질감을 느꼈으나 이런 일이 어디 한두 번인가. 무시하고 본론을 꺼냈다.

　"각 전주는 데리고 있는 무장의 수만 해도 오십이 넘습니다. 일단 무장이란 신분이 되면 구대문파의 일대제자 이상의 무위를 지니고 있다고 봐도 무방합니다. 은하전이라고 예외겠습니까? 여자들로만 구성된 무후들의 숫자는 파악도 되지 않고 있습니다. 어쩌면… 세 분께선 알고 계실지도 모르지만 말입니다."

계창수의 알고 있으면 알려달라는 뜻의 말에 세 사람은 애써 태연한 표정을 지었다. 실제 이전과 원로원은 구분된 단체가 아니었다. 이전이 어찌 홀로 자리를 잡았겠는가. 그 뒤에는 원로원의, 특히 삼상의 원로들의 도움이 있었다.

그러나 나후전이든 은하전이든 지금은 간섭할 수 있는 공간이 아니었다.

"원로원이 끼어들 일이 아닙니다. 무량수불."

잠우 진인이 일축했다.

"당연하죠. 원로원이 끼어들어서는 안 됩니다. 하지만 한 사람을 돌아오게는 할 수 있습니다."

"……?"

뜬금없는 계창수의 말에 세 원로는 어리둥절한 표정을 지었다.

"소성주님 때문에 의욕을 잃은 대공자를 다시 끌어내야 합니다. 어차피 넷째 공자와 다섯째 공자는 이곳에 없으니 거론할 필요 없습니다."

"왜 평지풍파를 일으키려 하오!"

잠우 진인은 계창수를 노려봤다.

노한 목소리가 원로원을 쩌렁하게 울릴 정도였지만, 계창수도 작정을 하고 왔기에 지지 않고 대답했다.

"진인! 대공자가 누굽니까? 천추성 제일의 기재였던 소성주님과 유일하게 비견될 수 있던 사람입니다. 나후전주와 은하전주가 아무리 노력해도 안 되는 상대란 말입니다. 하지만 대공자를 자극하면 됩니다."

계창수의 의외로 강한 반발에 잠우 진인의 눈빛이 약간 흔들렸다. 틀린 말이 아니란 걸 잠우 진인뿐만 아니라 두 원로도 알고 있었다. 하지만 알면서도 수수방관할 수밖에 없는 사연도 있는 것이다.

소성주 풍우건중과 대공자 사공원의 일이 그랬다.

풍우건중이 어느 날 갑자기 무공이 폐지된 상태로 돌아왔고, 사공원은 그 모습에 모든 것을 버리고 폐관을 하겠다며 사라졌다.

벌써 오래된 일이었다.

"어떻게."

요료 성승이 혼잣말처럼 나직이 물었다.

"예?"

"어떻게 대공자를 자극할 수 있소?"

"성승!"

잠우 진인이 급하게 소리치며 요료 성승의 말을 막으려 했다. 하나 계창수가 이 좋은 시기를 놓칠 리 없었다. 달려들 듯이 말을 이었다.

"소성주님께 문 공자를 부탁하면 됩니다."

"소… 성주님께……?"

요료 성승은 일말의 기대를 가졌던 자신을 탓해야 했다. 어디에 있는지도 모르는 풍우건중을 데려와 문지혁을 돕게 한다? 말이 되질 않았다.

"허… 계 원로, 대공자를 자극할 수 있다는 발상은 좋으나, 소성주님을 해망벽에서 나오게 하는 건 불가능하오."

"모르죠, 산산 아가씨께서 뵙기를 청한다면."

"산산 아가씨께서?"

요료 성승은 그제야 계창수가 왜 이런 무리한 일을 하겠다고 나섰는지 어렴풋이 짐작할 수 있었다. 풍우산산을 만나고 온 모양이었다.

"그리고 한 가지 좋은 소식이 있습니다. 이번에 가 일곤을 무사히 구해서 돌아온 유령신보란 청년이 굉장한 고수를 데려왔습니다. 낭왕이란 자입니다."

"낭왕? 그는 누구요?"

지금까지 침묵하고 있던 화산검선이 고개를 갸우뚱하며 곰방대를 꺼내 바닥을 두드렸다.

탁. 탁.

화산검선은 검을 들고 다니기 귀찮다며 언제부터인가 곰방대를 대신 지니고 다녔다. 해석하기 나름이겠지만, 검이 필요없어졌다고 판단하는 것이 옳았다.

탕!

화산검선의 질문이 끝나기 무섭게 잠우 진인이 탁자를 내려쳤다.

"낭왕이 어찌 천추성에 들어올 수 있소!"

"예? 진인, 왜 그리 역정을 내십니까?"

계창수가 난감한 표정으로 반문했다.

"정사 양쪽 어디에도 속하지 않고 낭인들 따위의 제왕이랍시고 거들먹거리는 자요. 그런 자가 천추성에 있다니! 내 당장 가서 쫓아내고 오리다!"

"헐헐헐. 진인, 참으시오. 겨우 낭인 한 명이 무슨 대수라고 그리 역정을 내십니까?"

화산검선이 점잖게 타일렀다.

"마교로 갈 것처럼 굴다가 갑자기 마음을 바꾼 데에는 이유가 있는 것입니다. 그 속을 들여다보기 전에는 받아들여서는 안 되는 자입니다."

잠우 진인의 지나친 반응에 계창수의 눈빛이 변했다.

'잠우 진인이 낭왕을 신경 쓰고 있었다? 진인이 왜 낭왕을 신경 쓰는 거지?'

계창수는 물어보고 싶은 마음이 굴뚝같았으나, 하던 얘기를 마무리 짓는 것이 중요했기에 참았다.

"유령신보를 따라온 자입니다."

"또 유령신보. 계 원로, 도대체 유령신보가 누구기에 그리 두둔을 하시는 게요?"

잠우 진인의 표정은 여전히 좋지 않았다.

계창수는 세 원로를 죽 돌아보다가 말을 할 듯 말 듯 망설였다.

"계 원로?"

잠우 진인이 다시 한 번 재촉했다.

"사실… 이런 말씀을 드려도 될지 모르겠습니다만."

"말해보시오."

계창수는 한 번 더 대답을 망설이다가 조심스럽게 입을 열었다.

"유령신보는… 청년입니다. 아주 매력덩어리 청년이지요. 그래서 낭왕도 그 매력에 이끌려 온 것이겠지요. 참 묘한 매력을 지녔거든요. 클클."

"……."

세 원로는 할 말을 잃고 계창수를 쳐다봤다.

말도 안 되는 소리를 했으면서도 계창수의 표정은 진지했다. 조금만 장난스러웠어도 화를 내기 편했겠지만 저 얼굴을 보고는 도저히 다른 말을 할 수 없었다.

"하, 하여간 빠른 시일 내에 다시 얘기를 해보도록 하십니다, 계 원로. 아미타불."

요료 싱승은 난감한 분위기를 최대한 완곡하게 풀어보려 애썼다.

*　　　*　　　*

맑은 잿빛으로 가득한 하늘이 보인다.

사내의 듬성듬성 엉켜 있는 머리카락 사이로 햇살 조각들이 모였다가 흩어지곤 한다. 덕분에 지겹도록 아팠던 눈부심이 어느 정도 가셨다.

그 자리를 차지한 외로움만 아니면 더 좋았겠지만, 그렇지 않아도 별 상관은 없었다. 이미 마음에서 떠난 것이 많은데 하나 더 떠난다고 해도 상관은 없었으니까.

사내는 힘겹게 비스듬히 기댄 나무에서 몸을 떼어냈다. 이렇게 서 있는 것만으로도 힘든 몸이 된 지 벌써 십 년이다.

피식.

시간은 참 빠르기도 하지.

이십이 년 동안 한 번도 거르지 않았던 수련 역시 십 년째 멈춘 채였다.

흉내라도 내볼까?

사내는 왼 손가락을 삼각형 모양으로 만들고 오른손으로는 독수리의 부리 모양을 흉내 낸다.

아! 하나가 빠졌지.

눈은 가상의 적을 꼼짝달싹 못하게 바라본다.

이 공간에서 빠져나갈 자란 존재하지 않는다.

그래야 했다. 아니, 그랬었다.

그러나 적은 유유히 그 공간에서 벗어났다.

사내의 눈빛이 순간적으로 빛났다.

느리게 회전하며 허공에 걸린 열매를 따기 시작한다.

몇 번 동작을 반복하다가 어느 순간 거짓말처럼 멈췄다.

"크헉!"

전신이 감전된 것처럼 부르르 떨렸다.

"호호호호……."

이런 망가진 몸으로 무공을 펼칠 생각을 하다니.

저절로 자괴감에 흠뻑 젖은 웃음이 흘러나왔다. 괴로웠다. 행동의 결과가 파괴와 이어지지 못해서 괴로워하는 것이다.

그러나 사내를 지켜보던 시선은 움직임 하나하나에 집중하며 숨을 죽였다.

사내를 보는 시선에는 사내가 만들어내려 했던 길이 보였다. 넓고 웅대하며, 정돈되고 아름다운 길이었다. 그 길을 달려보고 싶다는 충동이 일 정도로 아름다웠다.

짝, 짝짝짝.

사내는 박수 소리가 난 곳으로 급히 고개를 돌렸다.

멀쩡하게 생긴 청년이 멍한 표정으로 박수를 치며 서 있었다.

"누구냐?"

자연스러운 하대.

문지혁과는 비교할 수 없는 기품이 담긴 목소리였다.

"엄… 등천화라고 합니다."

약간은 어눌한 목소리로 청년이 대답했다.

"등천화?"

"우연히 봤어요. 길 만드는 과정이 아주 대단하세요. 세 가지 길이 이어졌으면 더 엄청난 길을 만들었을 텐데, 아쉽네요. 그다음은 어떻게 되는 건가요?"

'길?'

사내는 알 수 없는 말을 하는 청년을 찬찬히 살펴봤다. 제일 먼저 눈에 띈 것은 복장이었다.

'위사?'

"아! 그리고 몇 군데 틀리셨죠? 길을 만들려고 허공까지 빌리는 걸 보면 뭔가를 대처하려고 했던 것 같은데, 그게 안 되면서 멈춘 거죠? 그러지 말고 원래대로 만들려고 했던 길을 만들어보세요."

문제점을 지적하며 사내를 빤히 바라보던 등천화는 머쓱하니 가만히 서 있었다.

근무 시간이 바뀐 것도 모르고 정문까지 갔다가 허탕을 친 후, 차라리 잘됐다며 보법을 수련할 장소를 물색하던 중이었다.

사내의 이상한 몸짓을 보게 된 것은 그야말로 행운이었다. 산으로 산으로 올라가던 등천화는 유난히 사람들이 많은 장소를 발견했고, 그곳에서 사내를 보게 된 것이다.

등천화가 아무리 좋은 의도로 말을 해도 사내의 눈에 찰 리가 없었다.

"틀렸다고? 큭. 얼굴이 좀 맹해 보이는 것 빼고는 제정신인 것 같은데, 그것도 아닌 모양이군. 가라."

사내의 머리카락 사이로 보이는 눈빛이 강렬해졌다.

등천화는 고개를 젓고는 코를 슥 문질렀다.

"괜찮았는데… 그것만 바꾸면……."

"……."

사내의 집요한 시선이 끈질기게 등천화를 살폈다.

복장부터 행동까지 어디 하나 특이한 점이라고는 찾을 수가 없었다.

'피식' 하는, 역시나 허무한 웃음이 잘생긴 입가로 번졌다. 신경이 예민해졌던 모양이다. 겨우 위사가 뭘 알겠는가. 뭔가가 부서지고 날아가야 대단한 줄 아는 부류의 무사가 말이다.

사내는 그저 자신의 아무 일도 일어나지 않는 손짓만을 탓했다.

"오늘 본 것은 잊어라. 이제는 괜한 짓을 할 때도 주위를 살펴야겠군. 후후후."

말을 마친 사내는 허허로운 자세로 돌아섰다.

그러나 사내의 행동은 멋지기는 하지만 무책임하기 이를 데가 없었다.

"엄… 저, 저기… 가버렸네. 이거 난처하게 됐네. 기억해

버렸는데… 기억한 건 어쩌라고……."

흥미로운 동작을 할 때는 그렇게 느리던 사람이 어느새 시야에서 완전히 사라져 버렸다. 등천화는 한동안 그 자리에서 꼼짝도 하지 못했다.

사람의 몸에서 두 가지 길이 만들어지는 것을 본 적은 있었지만, 풍우건중처럼 세 가지 길을 만드는 사람은 처음이었다.

각각 방향이 다른 길.

그것을 봤다는 것만으로도 황홀지경에 빠져들 수밖에 없었다. 등천화의 고민을 해결할 수 있는 방법을 어렴풋이 본 것도 같았다.

'난 언제 열 개의 길을 만들지……?'

두근두근.

옥상아는 멀리서 보이는 낯선 사내를 보며 가슴이 뛰었다. 보고 싶어도 볼 수 없는 사람이 그곳에 있었기 때문이다.

반쪽밖에 보이지 않는 옥상아의 얼굴이 붉어지는 것을 보고 풍우산산은 고개를 갸웃거렸다.

"왜?"

"저, 저기……."

깜짝 놀란 옥상아가 앞쪽을 가리켰다.

그곳에는 한 사내가 비스듬히 나무에 등을 기대고 있었다. 등천화에게 보여준 동작을 잊으라고 했던 사내였다.

풍우산산은 사내를 보며 소녀처럼 배시시 웃었다.

"오빠!"

그제야 사내는 아무렇게나 내려온 머리칼을 정리하며 고개를 돌렸다.

"아!"

옥상아의 입에서 탄성이 터졌다.

사내는 미남이 분명했으나, 그렇다고 천추성의 숱한 젊은 무인들처럼 깔끔하진 않았다. 하지만 그 동작에는 기품이 담겨 있었다.

"옥상아가 소성주님을 뵙습니다."

"정말 보고 싶었어요!"

풍우산산은 날듯이 달려가 사내의 품에 안겼다.

천추성 소성주 풍우건중.

십오 세 때 이미 풍우신장의 십이천강추를 익힐 수 있는 유일한 사람이란 평가를 받았던 천재였다. 수많은 풍우신장의 제자들이 아무리 노력해도 따를 수 없었던 천재가 그였다.

그런 그가 십 년 전, 나이 스물두 살이 되던 해에 천추성을 떠난 지 한 달 만에 갑자기 무공을 잃은 채로 돌아왔다. 그 이후로 지금까지 해망벽에 들어가 나오질 않았다.

혹자는 그가 십이천상추를 익히다 주화입마에 걸렸다고도 하고, 혹자는 그가 마교주와 단신으로 싸우다 무공을 잃었다고도 추측했다.

풍우건중은 풍우산산을 안으며 웃었다. 얼마 만에 짓는 웃음인지 기억도 나지 않는 일이었다.

'저 웃음… 아아……'

풍우건중의 웃음을 바라보는 옥상아의 눈빛이 몽롱해졌다. 마치 저 웃음이 자신에게로 다가오는 것처럼 착각이 들 정도였다.

"산산아, 내가 이곳에 있는 건 어떻게 알았지?"

해망벽에서 나온 것이 알려지지 않기를 바라는 듯한 말로 들렸다.

"제가… 방해한 거예요, 오빠?"

"방해는 무슨. 다른 사람도 아니고. 십 년 만에 나왔는데, 어떻게 알고 찾아왔는지 잠시 놀랐을 뿐이지. 후후후."

풍우산산은 안심이 된 표정을 지었다.

사실 풍우건중한테 안긴 것도 어색함을 털기 위한 노력이었다. 십 년 만에 보는 풍우건중이 어색하게 대할까 봐 먼저 다가간 것이다.

계창수가 옥상아를 통해 연락을 취해왔다.

곧 해망벽이 열리니 찾아가 보라고. 문지혁을 걱정하는 것을 알기에 미리 귀띔을 한다고.

"또 들어가실 건 아니죠, 오빠?"

"다시 들어가려고 했으면 나오질 않았을 테지."

"아버님은 뵈었어요?"

“조만간.”

“많이 보고 싶어하실 거예요.”

풍우건중은 걱정 가득한 동생의 말에 희미한 웃음으로 답했다.

“그래…….”

가고 싶었던 곳이 있었던 것 같은데 풍우산산 덕분에 까먹고 말았다. 특정한 장소였던 것도 같고, 사람을 보고 싶어했던 것도 같다. 하지만 기억이 나질 않았다.

“참! 오빠, 지혁이 기억나세요?”

“지혁이? 아! 막내. 녀석도 이젠 많이 컸겠구나.”

“그럼요. 열여덟 살인데요. 호호호.”

‘열여덟… 코흘리개 어린애들 둘이 어느새 어른이 됐구나. 소중한 시간을… 너무 많이 보냈어. 소중하다는 걸 알기엔 너무 철이 없었던 거지.’

여동생의 표홀한 걸음을 쫓아 어디론가 갔다.

해망벽을 내려가는 길은 여전했다. 올라올 때는 그토록 고통스럽게 느껴지던 길이 너무 쉽게 내려가게 만들어져 있었다.

고통이란 말은 고통을 알아야 할 수 있는 말이다.

모르면 그것의 정체를 알 수 없는 것이다.

과거의 풍우건중이 그랬다.

몰랐기에 저지를 수 있는 수많은 실천들. 그것들이 한꺼번

에 무너지는 일을 겪게 되자 도저히 일어설 수 없었다. 그랬
다.

풍우산산이 안내한 곳은 족히 백 장은 될 법한 정원이 좌우
로 늘어서 있고, 정원 중간에는 커다란 연못이, 연못을 지나
연못만큼이나 넓은 연무장이, 그리고 화려함이 십 년째 자리
를 지키고 있는 풍우건중의 거처였다.

"다른 곳으로 가자."

"오빠 거처를 두고 어딜……."

"다른 곳으로 가자."

"그럼 제 거처로 가시겠어요?"

"후후후. 숙녀의 거처로 초대를 받은 건가?"

"영광인 줄 알아요."

새침한 표정까지 지을 줄 아는 모양이다.

풍우건중의 입에서 급기야 웃음이 터져 나왔다.

풍우건중이 십 년 동안 해망벽에 들어가 있으면서 유일하
게 생각이 난 사람이 있다면 한 사람뿐이었다.

언제나 그를 인생 최고의 목표로 삼았던 친구.

대공자 사공원.

"대공자가 있었으면 대공자에게 부탁했을 텐데, 오빠가 해
망벽에 들어간 뒤 도통 모습을 드러내지 않아요."

"그렇겠지. 그 친구, 많이 원망했을 거야."

“그래 봤자죠, 뭐. 오빠는 그냥 이곳에 계시기만 하면 제가 알아서 다 할게요.”

‘제 목숨을 걸어서라도……’

풍우건중의 목소리가 우울해지는 것 같을 때마다 옥상아는 비수로 심장이 찔리는 기분이 들었다.

“상아야.”

풍우건중이 불렀다.

“예? 예, 예!”

옥상아의 발그레해진 얼굴이 더욱 붉어졌다.

“산산이의 호위가 돼서 천추성 제일의 여고수가 되겠다고 한 게 엊그제 같은데. 후후후. 천추성 최고의 여고수가 됐느냐?”

“죄, 죄송합니다!”

옥상아는 가슴이 허벅지에 닿을 정도로 허리를 숙였다.

“농담이다. 너무 오랫동안 사람들과 말을 섞지 않았더니 농담도 잘 안 되는구나. 그동안 고생했구나.”

풍우산산은 그늘이 하나도 없었다.

옥상아가 친구가 되어줬을 테고, 엄마가 되어줬을 테고, 언니가 되어줬을 것이다.

“아가씨를 지키는 것은 제 기쁨입니다!”

‘오빠… 멋있다.’

풍우산산은 두 사람의 대화를 들으며 묘한 기분이 들었

다. 몇 마디 말로 사람을 잡아끄는 풍우건중의 모습은 여전
했다.

사실 십 년 전에 풍우건중을 본 적이 있었다. 엉망인 옷차
림과 헝클어진 머리를 보고 다가가기 싫었다. 하나 지금은 그
런 모든 것이 멋있게 보였다. 상처처럼 새겨진 오빠의 아픔이
얼마나 깊은지 조금은 알 것도 같은 나이가 됐기 때문이리라.

이럴 때 등천화가 생각나는 것은 왜인지.

이런 그녀를 유일하게 무시하는 자.

‘뭐지, 이 녀석…….’

풍우건중은 풍우산산의 눈빛이 달라지자 의아해졌다.

순간적으로 그늘이 보인 것 같았기 때문이다.

가슴이 아팠다. 세상 모든 사람의 이상한 시선을 받는 것은
두렵지 않으나, 하나뿐인 여동생만은 슬프게 하고 싶지 않았
다.

“왜 그러느냐, 산산아?”

“호호호. 아무것도 아녀요.”

“…….”

“에이, 그만 봐요. 아! 이럴 게 아니라 지혁이 보러 가요. 지
혁이가 오빠를 우상으로 여기는 거 아시죠? 눈에 힘주세요,
알았죠? 호호호.”

풍우산산은 힘차게 말을 하고는 풍우건중의 낡은 옷자락
에 팔짱을 끼었다.

"십 년 만에 이런 호강을 누릴 줄 알았으면 좀 더 있다가 나올 걸 그랬나? 하하하."

모른 척 기분 좋게 웃는 풍우건중의 모습에 옥상아도 슬며시 미소를 배어 물었다.

잿빛이던 하늘이 맑아졌다.

등천화는 떠나 버린 풍우건중을 기다릴까 말까 고민하다가 발길을 돌려 세웠다.

최근 들어 가장 고민스러운 날이었다.

"큰일이다. 어떻게 한담……."

걸음을 돌려 왔던 길로 한참 내려갔다.

그러나 생각은 점점 복잡해졌다. 보법을 펼치지 않고는 도저히 다른 것에 집중을 할 수 없을 것 같았다.

제일 먼저 떠오르는 곳이 서문혜와 만났던 장소였다.

같은 시각.

등천화와는 반대 방향인 정문으로 한 사내가 검 한 자루만 옆에 차고 자신의 이름을 방명록에 쓴 후 위쪽으로 올라오고 있었다.

추혼사검 우횡.

귀주제일검 검귀 우곽의 장남이었다.

그는 평생 귀주 땅에서 벗어난 적이 없었다. 덕분에 그의 아들은 그와 함께 산에서 무공을 닦으며 보내야 했고, 실력도 일취월장 늘어갔다.

아버지란 모두 그렇다.

자식의 성장은 언제나 한없는 기쁨인 것이다.

당연히 자랑스러운 아들이 더 넓은 세상으로 나가서 이름을 날리며 살았으면 싶었다.

이런 시기에 천추성의 나후전에서 우횡을 나후무장으로 초청한다는 서찰이 왔다.

우곽의 바람을 지인들이 듣고서 소개를 한 것이리라.

우곽은 당장 아들을 천추성으로 보냈다.

그렇게 해서 한 달여 만에 천추성에 도착한 우횡은 현 강호를 지배하는 두 세력 중 한 곳의 중추가 된다는 생각에 들떠 있었다.

어릴 때부터 기재 소리를 들으며 자란 그이기에 기에 눌리기는 죽기보다 싫었다. 긴장을 풀기 위해서는 일단 자신의 실력이 천추성에서 통할지부터 파악해야 했다.

그는 정문을 지나 사당 연무장으로 향하다 건물과 건물 틈 사이에서 나오는 이상한 소리에 고개를 돌렸다. 한 청년이 무척 열심히 땀을 흘리고 있었다.

그가 보기에 갓 입문한 애송이가 분명했다.

한 걸음 움직이면서 온갖 표정은 다 짓고 있었다.

윗사람이 벌을 내린 모양이었다.

그에게 다가가 천추성의 이모저모에 관해서 물었다.

그러자 청년은 수련을 멈추고는 고민에 빠진 표정을 짓는 것이 아닌가?

그 모습에 우횡은 청년의 고민을 덜어주겠다며 자신의 무공을 보여주었다.

청년의 얼빵한 모습 때문에 실망하지 않도록 검법을 펼쳐 보였다. 괜히 보법을 보였다가 배우겠다고 덤벼들면 골치 아파질 것이 분명하기에 일부러 보법은 제외시켰다.

주위에 자를 만한 것을 찾다가 나름 거대한 바위가 있어 그것을 반듯하게 잘라 버렸다.

당연히 감탄 섞인 탄성이 나올 줄 알았던 청년.

멋진 광경을 봤음에도 순진한 얼굴로 고개만 끄덕이는 것이 다였다. 아니, 오히려 누구누구를 찾아가면 될 거라는 말까지 해주었다.

건방진 녀석!

보법, 그것도 초짜 냄새를 풀풀 풍기는 어설픈 주제에 고수를 봤으면 냉큼 안내할 것이지 튕기다니!

손을 봐줄 필요가 있었다.

난폭하게만 다루지 않으면 존경의 눈으로 보리라.

"후후후. 난 우횡이라 한다. 이런 얘기까지는 하지 않으려 했다만, 나는 나후무장으로 추천을 받고 멀리 귀주성에서부터 오는 길이다. 내가 왜 이런 얘기를 하는지 알겠지?"

두터운 입술을 삐죽이는 우횡의 얼굴에는 청년을 비웃는 표정이 역력했다.

"엄… 모르겠는데요?"

청년은 등천화였다.

풍우건중의 동작을 도저히 잊지 못하고, 그가 만들어내는 길과 대화할 방법을 찾는 중이었다.

지금까지 만났던 종명기, 가교일은 물론이고, 마교의 백안마군조차 그런 식의 길을 만들어낸 사람은 없었다.

그런 와중에 우횡이 말을 건 것이다.

우횡이 만들어내는 길은 그리 크지도, 넓지도 않았다.

비슷한 사람을 굳이 찾는다면… 예명이나 창희령 정도였다.

"내가 너무 친절하게 대했나 보구나? 흐흐흐. 내 말의 뜻은… 나를 나후전으로 안내하란 말이다, 이 멍청아! 그렇게 얼빵한 표정으로 쳐다볼 시간 있으면 빨리 움직여!"

"엄……."

등천화는 고래고래 소리 지르는 우횡을 빤히 쳐다봤다. 대화 몇 마디에 갑자기 난폭해졌다. 이런 유의 사람은 한 명 알고 있었다.

"나후무장은 다들 비슷한 사람들만 뽑나 봐요?"

"뭐? 지금 뭐라고 했느냐? 나 말고 다른 나후무장을 봤다는 뜻이냐?"

우횡은 등천화를 위아래로 훑어보며 한 가지 기막힌 생각을 떠올렸다.

'이놈이 나후무장을 봤다면, 내가 다른 자와 싸우는 모습을 보면 그들과 실력을 비교할 수 있지 않을까?'

순간적으로 생각해 냈지만 정말 멋진 발상이 아닐 수 없었다.

"정말로 나후무장들을 봤느냐?"

"그럼요."

"그들이 싸우는 것도?"

"엄… 그분들이 싸우는 건 못 봤지만 대충은 알고 있어요."

"그래? 차라리 직접 찾아가서 싸워볼까? 아니지, 그랬다가 괜히 쪽팔림이나 당하면 안 되지."

우횡의 심각한 표정에 등천화는 대수롭지 않다는 듯이 자신을 가리켰다.

"제게 보여주세요."

"뭐? 흐헷헷. 네게는 조금 전에 보여줬잖느냐?"

"그거 말고 진짜를 보여주세요."

"어?"

우횡은 등천화의 말에 깜짝 놀랐다.

바위를 자르기 위해 사용한 내공이 비록 삼성에 불과하지만 등천화 정도를 놀래켜 주기엔 충분한 힘이었기 때문이다.

눈에 힘주어 등천화를 노려봤다.

얼빵한 표정에 내공이 느껴지지 않는 평범한 모습, 그리고 보법에 갓 입문한 것 같은 어설픈 동작들.

더 놀라고 싶어도 놀랄 건더기가 없었다.

"큭. 좋다. 단, 죽어도 내 잘못은 아니다, 알겠느냐?"

"그럼요."

씨익.

등천화는 웃으며 고개를 끄덕였다.

"대답은 잘하는구나. 어디 그럼 받아봐라."

쉬링.

간결한 쇳소리와 함께 우횡의 검이 모습을 드러냈다.

그러나 그가 검을 꺼낸 것과 동시에 등천화의 표정이 심드렁해졌다.

'소리가 나네.'

보법을 펼칠 때는 땅을 밟는 소리를 내지 않아야 한다. 그렇다면 검을 다룰 때도 같은 것이 아닐까? 이해할 수 없었다.

더욱 등천화를 당황하게 만든 것은 우횡이 공격할 길을 자세히도 알려주고 있다는 것이었다.

막 우횡이 움직이려 할 때였다.

"옆구리는 공격하지 않는 편이 좋겠어요."

등천화의 지적에 우횡은 움찔거렸다. 아닌 척 이번엔 어깨를 노리고 검을 들었다.

“어깨도 노리지 마세요.”

이번에도 등천화는 대수롭지 않게 경고를 했다.

“큭!”

우횡은 얼굴을 구기며 일정한 곳을 노리지 않고 등천화의 전신을 한 번에 잘라 버릴 기세로 움직였다.

그러나 그것은 어리석기 짝이 없는 행동일 뿐이었다.

목표를 정하면 집중력은 높아지지만, 상대가 더 고수라면 역으로 당하기 십상이다. 그렇다고 목표를 정하지 않으면 죽여달라고 통사정하는 꼴밖에는 안 된다. 지금처럼.

퍽.

등천화의 신형이 우횡의 시야에서 사라졌다 싶은 순간, 우횡의 뺨에서 경쾌한 소리가 터졌다.

“……?”

우횡은 자신이 언제, 무엇으로 맞았는지도 모르고 어리둥절한 표정으로 등천화를 찾아 고개를 돌렸다.

다시 ‘퍽’ 하는 경쾌한 소리가 터졌다.

이후로도 고개만 돌리려 하면 그의 뺨에 불이 났다.

몇 번이나 맞았는지 셀 정신도 없이 맞고서야 우횡은 제자리에 주저앉았다.

“그, 그만!”

손을 마구 흔드는 우횡의 뒤쪽.

등천화는 심각한 표정으로 고개를 갸웃거렸다.

우횡의 뺨을 때린 수법은 한동안 보법 수련을 하면서 만들어낸 새로운 길로, 보법을 펼치면서 만들어내는 회오리를 날린 것이다.

구의걸의 뺨을 손으로 때리는 것보다 이런 식의 수법이 효과적일 것이란 판단에서 만들어냈다.

그러나 결과는 그리 만족스럽지 못했다. 아직 익숙하지 않아서 그런 것이겠지만, 몇 번이나 우횡을 때렸음에도 기절시키지 못한 까닭이다.

"엄… 멀쩡하네. 괜히 미안하게 자꾸 때렸네."

눈앞의 적을 두고 할 소리는 아니었다.

금방이라도 도망갈 것처럼 굴던 우횡은 등천화의 때 아닌 사과에 버럭 소리를 지르기 시작했다.

"너, 너… 도대체 누구야! 누군데 나를 이렇게 비참하게 만들어! 네 신분을 밝혀라!"

고함에 울분까지 섞어 토해냈지만 은근히 대단한 신분임을 기대하는 면이 강했다.

"저는… 어떻게 설명을 해야 하나. 절 아는 분 중 두 분은 등 소형제라고 부르고요, 동료들은 '등 위사' 라고 불러요."

"……"

등천화의 대답에 우횡의 퉁퉁 부은 얼굴이 믿기 힘들 정도로 오그라들었다.

"지, 지금 뭐라고 했지? 드, 등 위사? 아! 네 이름이 등위사로구나, 그렇지?"

우횡은 질문을 하면서도 불안함이 치밀었다.

아니라고 하면?

그는 위사에게 맞은 것 외에는 안 되는 것이다.

"아니요. 정문에서 위사로 근무하고 있어서 다들 그렇게 부르는 거예요. 제 이름은……."

"그만!"

우횡은 눈물이 '핑' 하고 돌았다.

더 이상 등천화의 말을 들으면 살고 싶은 욕구가 저만치 달아날 것만 같았다.

그는 곧바로 전력을 다해 정문을 향해 뛰었다.

다행인 것은 그가 들어온 것을 정문위사 둘 외에는 본 사람이 없다는 것이다.

그러나 일이 안 되려면 뭘 해도 걸리게 마련이다.

유령신보에 대해 조사를 하다 정문까지 오게 된 혁련궁이 다급히 달려오는 그를 봤고, 정문위사들에게 누군지 물었다.

"반 시진 전인가, 들어간 자입니다. 방명록에 이름이… 아! 여기 있습니다. 우횡이란 사람으로, 나후무상이 뇌실 분인 모양입니다."

"나후무장?"

혁련궁은 의아한 표정을 지었다.

달려오는 속도만 봐도 상당한 고수가 분명했다.

그의 표정이 사나운 개에게 쫓기는 어린애와 똑같지만 않았어도 충분히 가로막지는 않았을 것이다.

"우 소협?"

"헉!"

우횡은 기함을 지르며 멈춰 섰다.

혁련궁이 정문을 막아서며 자신의 이름을 불렀다. 이미 등천화와 연락이 닿은 모양이다. 그의 얼굴은 절로 일그러지며 울고 싶은 표정이 됐다.

"어딜 그리 급히 나가십니까?"

우횡은 대답을 하지 않고 자신의 뒤쪽과 정문 밖을 계속해서 번갈아보며 극도의 불안함을 노출했다.

'이자는 지금 저 안에서 누군가를 만나고 왔다. 하얗게 질린 얼굴을 보면 당한 것인데…….'

나후무장으로 위축받은 자를 이렇게까지 만들 수 있는 사람은 흔치 않다. 혁련궁의 호기심이 유령신보에서 우횡의 사연으로 넘어갔다.

"자자, 진정하시고 천천히 말씀해 보세요."

우횡에게는 등천화도 위사였고 혁련궁도 위사였다.

등천화는 자신이 말을 했고, 혁련궁은 있는 곳이 정문이기 때문에 그렇게 느낀 것이다.

천추성에는 모두 등천화와 같은 악질 위사만 있는 것이 아닌 모양이다. 눈앞의 혁련궁이 굉장히 친절한 자로 받아들여졌다.

"벼, 별일 아닙니다. 나후무장으로 위촉을 받았다가 갑자기 집에 급한 일이 생겨서 돌아가는 길입니다."

'집?'

혁련궁은 우횡이 거짓말을 한다는 걸 알면서도 내색하지 않았다.

"그럼 얼굴은 왜 그렇습니까?"

"넘어졌소."

"어디서……."

"천추성의 위사가 무섭다는 건 알지만! 넘어진 것을 다른 사람에게 말하지 말자는 가훈을 어길 수는 없소! 보내주시오. 이런 내 행동이 충분히 불쾌할 수 있다는 걸 아오. 하지만 지금뿐일 것이오."

"……?"

"다시는 천추성에 돌아오지 않겠소, 제발……."

혁련궁이 한마디만 더 물어보기라도 하면 울면서 무릎이라도 꿇을 것 같은 표정이었다.

혁련궁은 몇 번 더 그의 말문을 열려고 하려나 이내 포기했다. 그래도 아예 건진 것이 없지는 않았다. 나후무장이 되기 위해 온 사람이 위사가 무섭다고 했다.

“위사를 만난 모양이군요.”

“……!”

우횡의 두 눈이 더 이상 커질 수 없을 정도까지 떠졌다.

딸꾹!

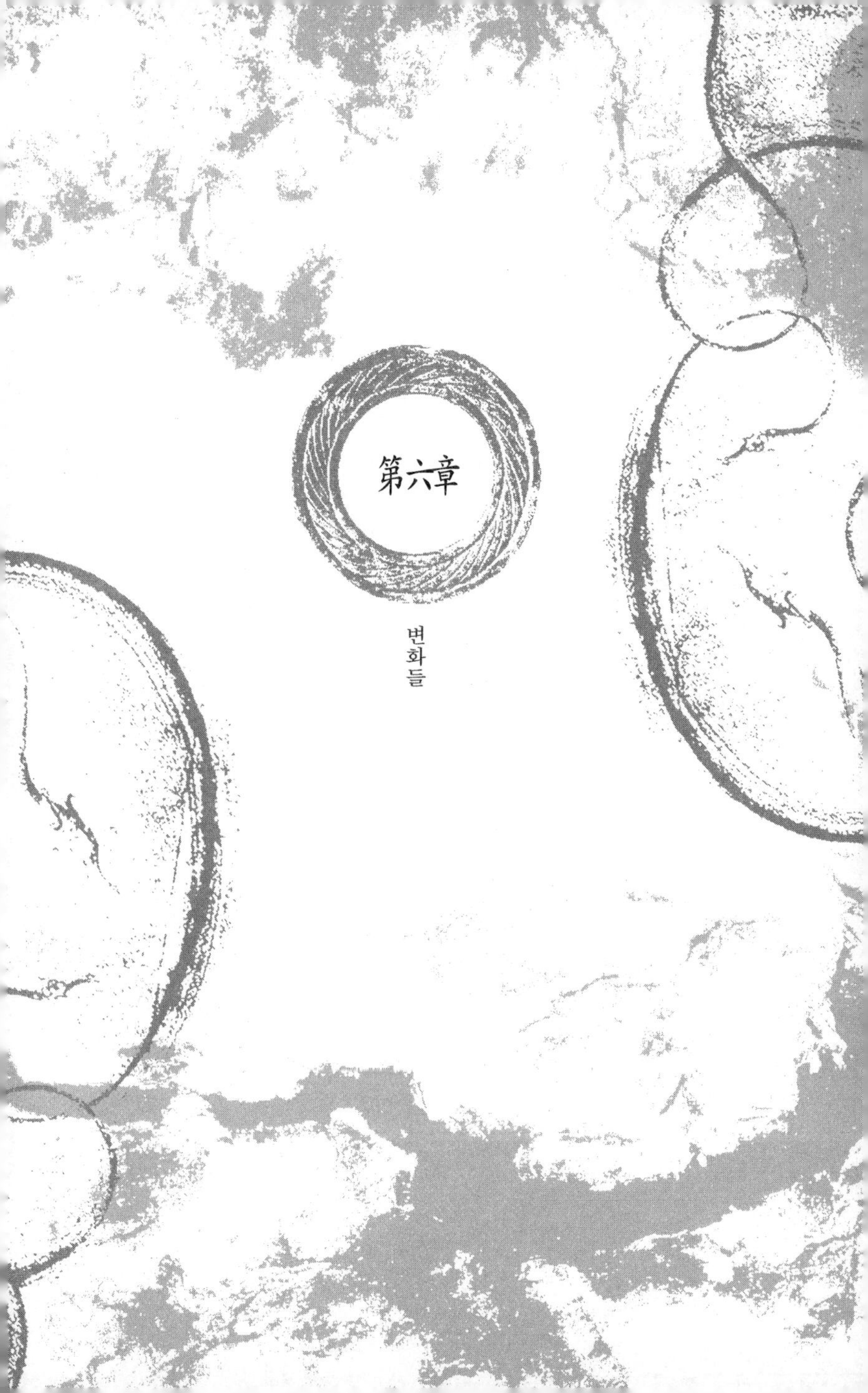
第六章
변화들

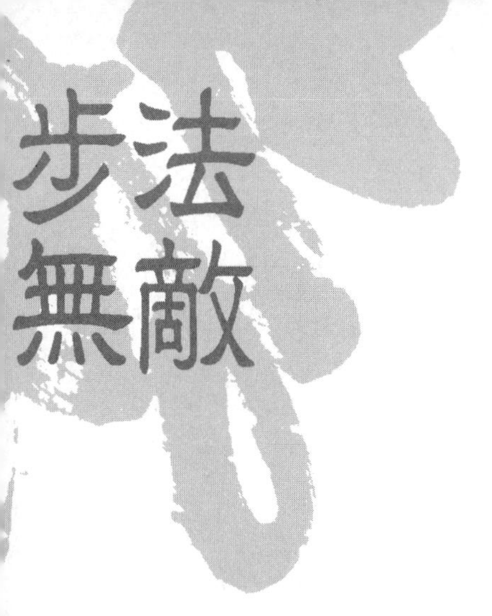

　길이만 해도 오십여 장은 족히 될 것 같은 연무장이 딸린 전각 잠룡각. 그 내부는 화려하게 치장이 되어 있었다.

　"세상에, 소성주님과 함께 지내게 될 줄이야. 영광이기는 하지만 너무 부담된다. 아직도 가슴이 진정 안 되네."

　어제, 문지혁의 일생에 있어 가장 엄청난 일이 있었다. 바로 그의 우상인 풍우건중과 풍우산산이 함께 자신을 찾은 것이다.

　풍우산산이야 자주 봐서 그리 어렵지는 않았으나, 풍우건중의 모습을 보는 순간 전신이 굳어지고 말았다.

　문지혁은 언제나 영웅을 꿈꾼다.

꿈속에서 마교주를 이긴 적이 한두 번이 아니었다.

그러나 그 모든 영광의 뒤에는 풍우건중이 있었다.

마음속의 영웅한테 칭찬 한마디 듣기 위해 마교주와 싸웠기 때문이다.

그런 사람이 웃으며 다가왔다.

문지혁은 다시 한 번 한숨을 내쉬었다.

"하아… 어?"

멀리 문이 열리며 낯익은 두 사람이 들어오는 것이 보였다.

"등 위사! 갈 대협! 어서들 와요!"

문지혁은 활짝 웃었다.

넓은 연무장을 가로질러 으리으리한 전각 앞의 문지혁의 모습은 상당히 멋졌다. 하지만 보는 사람에 따라서는 그 모습이 짜증나는 경우도 있게 마련이다.

"지랄. 사람이 왔으면 냉큼 나와서 맞이할 것이지, 어디서 앉아서 오라 가라야."

"예?"

무슨 말인지 전혀 모르겠다는 듯한 등천화의 얼굴을 보며 갈피독은 혀를 찼다.

"쯧쯧. 내 이럴 줄 알았어. 저 녀석은 지금 우릴 얕잡아보고 있는 거야. 빈틈을 보여선 안 돼. 이빨 꽉 깨물어."

"이빨을요? 왜요?"

"윽. 진짜 이빨을 깨물란 것이 아니라, 곧 있을 싸움에 이길 각오를 하라고!"

갈피독은 충분히 자신의 표현과 어울리는 으르렁거림을
보이고는 한 발을 내디뎠다.

이때 '툭' 하며 무언가가 그의 발을 가로막았다.

"어, 뭐야?"

갈피독은 자신의 발끝을 쳐다봤고, 자신의 앞길을 막는 장
애물의 정체를 봤다. 등천화의 발. 그 발을 따라 위로 올라가
며 등천화를 쳐다봤다.

"……."

"……."

"뭐, 뭐냐, 이건?"

"빈틈이 보여서요."

"……."

"……."

두 사람의 기묘한 자세는 그렇게 풀어지지 않은 채로 멈췄
다.

"뭐 하세요?"

문지혁은 두 사람이 갑자기 이상한 자세를 잡고는 움직이
지 않자 빠르게 다가왔다. 갈피독은 화가 난 표정을 짓고 있
었고, 등천화의 그런 갈피독을 이해할 수 없다는 표정으로 쳐
다보고 있었다.

"너, 진짜 이럴 거냐?"

갈피독이 마음 단단히 먹은 목소리로 등천화를 쏘아봤다.

"엄… 빈틈 보이지 말라고……."

"으으! 관두자, 관둬!"

갈피독은 문지혁이 행여 이 말을 들었을까 싶어 급히 등천화의 말을 끊으며 돌아섰다.

"그래요. 저도 관둘게요."

"뭐?"

조금 전에 발을 걸었던 행동에 이유가 있었단 말인가? 아니면 평소처럼 실없는 말인가?

사람을 황당하게 만드는 저 대답.

무슨 뜻인지 궁금해서 미칠 지경이었으나, 물어본다고 알려주기나 할까? 이럴 때는 그간의 경험상 이빨 꽉 깨물고 궁금함을 억누르는 수밖에 없었다.

'참자. 이빨은 이럴 때 꽉 깨물어도 된다. 궁금해하지 말자. 아무것도 아니다, 아무것… 으아아아!'

갈피독은 감았던 눈을 뜨며 참지 못하고 물었다.

"너! 뭘 관둔다는 거냐, 엉?"

버럭 화를 내는 갈피독의 얼굴을 보며 등천화는 예의 순진한 웃음을 지었다.

"이젠 발 안 걸겠다고요."

"그, 그게… 다야?"

"사실……."

“사실?”

“한 번 더 걸려고 했어요.”

“……..”

갈피독은 외로웠다. 자신의 부글부글 끓는 속을 알아줄 사
람이 한 명도 없다는 것이 이렇게 외로울 수 없었다.

“어서 오세요.”

해맑게 웃는 문지혁의 얼굴이 때마침 보인 것이 잘못이었
다. 갈피독은 보기 싫은 등천화에게서 눈을 떼고는 문지혁을
노려봤다.

“싸울 상대가 필요하다고 했지?”

“싸울 상대가 아니라 제 수련을 도와줄 사람이 필요하다고
했죠.”

“그게 그거 아니야. 준비해, 간다!”

갈피독은 다짜고짜 양손에 푸른 기운을 감아쥐었다.

“잠시… 이런……..”

문지혁이 뭐라고 할 새도 없이 갈피독의 주먹이 날아왔다.
지옥팔보와 함께 펼치는 지옥파라수의 위력이 공기를 압축하
며 날아왔다.

콰쾅!

“또!”

굉음에 이은 갈피독의 외침이 터졌다.

옥상아는 등천화와 갈피독이 들어올 때부터 지켜보고 있었다. 갈피독의 무공을 직접 경험하진 못했으나, 상당한 고수이기에 문지혁과의 대결이 보고 싶었던 까닭이다.

그 외에는 딱히 기대할 건 없었다. 굳이 한 가지를 더 꼽자면 등천화가 왜 함께 왔을까, 싶은 호기심 정도?

그러나 문지혁이 두 사람에게 다가가면서 그녀가 놀라기에 충분한 광경이 시작됐다.

갈피독이 뭐라고 화를 내더니 갑자기 문지혁을 공격했다. 준비된 공격이 아님에도 그 빠름이란! 하지만 빠르고 위력적인 공격이라도 맞아야 소리가 난다.

갑작스런 공격에 대처하는 문지혁의 자세.

당황한 기색 없이 순식간에 갈피독의 시야가 미치지 못하는 곳까지 몸을 피했다.

순식간에 목표를 잃은 갈피독의 공격이 허공을 때리며 소리를 냈다. 아니, 그녀의 시선은 이미 문지혁을 찾고 있었기에 그렇게 생각했다.

"저런 보법이란……."

옥상아는 허공에 매달린 추처럼 흔들리는 문지혁의 신형을 좇았다. 한 번의 공격과 방어였지만 지켜보는 그녀의 입에서 절로 감탄사가 터지도록 만들기에 충분한 광경이었다.

그녀의 시선이 문지혁을 좇는 동시에 폭음이 터졌으나, 목표를 잃은 갈피독의 공격을 막아선 것은 허공이 아니라 등천화가 보법으로 만들어낸 회오리였다.

"역시 그 위사였어. 격공(擊功)의 묘를 저 정도로 사용할 줄 알다니, 놀랍군."

삼층 창문을 통해 연무장에서 일어나고 있는 일을 지켜보던 풍우건중은 웃음이 나왔다.

갈피독의 공격을 피한 문지혁에게 시선이 갔어야 함에도 이상하게 등천화에게서 눈을 뗄 수가 없었다.

거리가 있어 자세히 볼 수 없었으나, 보법을 사용한 것 같았다. 첫 만남에 이어 두 번째 만남도 역시나 평범하진 않았다.

문지혁이 기다린다고 했던 사람들이 저들인 모양이다. 풍우건중은 창문의 턱을 밀며 몸을 돌려 세웠다.

갈피독은 자신의 공격을 막아선 등천화의 웃는 얼굴을 보며 눈을 납작하게 만들었다.

"너, 왜 그래!"

오십이 넘은 중년의 무인이 갓 스물을 넘긴 청년에게 할 말은 아니었으나, 갈피독의 심정이 그만큼 절박함을 제대로 느끼게 해주는 한마디였다.

"엄… 제가 뭘요?"

"왜! 왜 자꾸 못살게 굴어!"

"괜찮으세요?"

등천화는 주먹을 쥐락펴락하며 하체에 무게를 싣는 갈피독을 살피며 고개를 갸웃거렸다. 하지만 이내 고개를 갸웃거리며 난감한 표정을 지었다.

기대했던 반응이 아니었던 것이다.

나후무장이 되기 위해 왔던 우휭을 쫓아버린 수법이 갈피독한테는 통하지 않는 모양이다.

실망스런 표정을 짓는 등천화의 귀로 화난 목소리가 들려왔다.

"반기는 방법이 특이하시네요. 답례가 없으면 예의가 아니겠지요?"

문지혁의 목소리에 날이 서 있었다.

반기는 사람에게 느닷없는 살수라니.

문지혁은 이제부터 갈피독을 제대로 상대할 마음이 생겼다.

풍우건중이 건물 밖으로 나오자 옥상아가 그림자처럼 그의 곁에 모습을 드러냈다.

"나오지 않으셔도 됩니다, 소성주님."

"지혁이가 저만큼이나 성장했을 줄은 몰랐구나, 상아야. 좀 더 가까이서 보고 싶다."

"이런 말씀을 드려도 될지 모르겠지만, 문 공자님의 실력은 저 정도가 아닙니다. 저 두 사람이 만약 적이었다면 벌써 한 방에 죽여 버렸을 것입니다."

옥상아는 풍우건중이 문지혁에게 실망이라도 할까 봐 조바심이 났다.

그러나 그건 어디까지나 그녀만의 착각이었다.

문지혁이 약하지 않다는 건 풍우건중도 잘 알고 있었다. 단지 상대가 좋지 않았을 뿐이다.

등천화나 갈피독 모두 약한 자들이 아니었다.

"지혁이 걱정을 많이 하는구나. 하지만 괜찮다. 저들은 지혁이를 어찌할 생각이 없는 것 같으니."

"예?"

옥상아는 풍우건중의 이상한 대답에 당황했다.

누가 누구를 상하게 할 수 있는지 너무도 뻔한 상황에서 풍우건중은 '다치게 하는' 주체가 문지혁이 아닌 등천화와 갈피독이라 말하고 있었다.

문지혁의 보법을 본 그녀였다. 공격할 대상을 놓치고 당황하던 갈피독을 본 그녀였다. 도저히 이해할 수 없다는 표정으로 풍우건중을 빤히 쳐다봤다.

이때, 밝은 목소리가 두 사람을 반겼다.

"어? 또 보네요, 두 분?"

두 사람의 모습을 본 등천화였다.

'두 분? 저자가 어떻게 소성주님을 알고 있지?'

풍우건중은 등천화를 보며 쓴웃음을 지었다.

'저자의 신분이 위사라는 것을 알고 계시면, 정말로 알고 계시다는 얘긴데……'

옥상아가 반응을 보이려는 순간 등천화의 엉뚱한 행동이 이어졌다. 풍우건중을 향해 갑자기 손을 흔드는 것이 아닌가?

"저저……!"

옥상아는 당황했다.

"훗. 하하하."

풍우건중은 등천화의 행동에 헛웃음이 나왔다.

이곳까지 왔다는 건 이미 자신을 알고 있다는 뜻일 텐데, 마치 전혀 모르는 사람처럼 굴기 때문이었다.

옥상아의 아미가 꿈틀거렸다.

"소성주님, 당장 무릎을 꿇리겠습니다."

"아니다."

풍우건중은 고개를 저었다.

그 모습에 옥상아는 걱정스런 눈이 됐다.

풍우건중이 알아서 하겠다는 뜻으로 받아들인 까닭이다. 하지만 그는 무공을 잃었잖은가. 옥상아의 안쓰러운 눈은 당연했다.

그때.

"헛!"

옥상아의 입에서 헛바람 삼키는 소리가 나왔다.

당황스럽게도 풍우건중이 등천화를 향해 손을 흔드는 것이 아닌가?

"소, 소성주님!"

옥상아가 다급히 외쳤으나, 풍우건중은 손을 내릴 생각은 하지 않고 오히려 웃었다. 혼란이 왔다. 과연 저분이 그녀가 알고 있던 엄격한 풍우건중인지 헷갈릴 지경이었다.

그러나 그녀보다 더욱 혼란스러운 사람은 풍우건중이었다. 등천화의 겉모습은 위사가 분명하지만, 갈피독의 공격을 막은 걸로 봐서는 그건 또 아닌 것 같았기 때문이다.

"엄……."

등천화는 난감한 표정으로 코를 문질렀다.

풍우건중의 반응에 어떻게 대처해야 할지 몰랐다.

갑자기 손을 흔들며 반기는 모습은 어제의 모습과는 천지 차이였다.

사실 등천화가 손을 흔든 것은 이유가 있었다.

어제 일에 대해서는 아무 걱정 말라는, 풍우건중이 보여준 동작을 기억하지 않을 테니 걱정 말라는 뜻이었다.

"왜 저러지?"

"등 위사, 소성주님을 아나?"

갈피독과 기세 싸움을 벌이다 옥상아의 등장으로 자연스럽게 멈춘 문지혁이 물었다.

"어제 우연히 봤어요……."

등천화는 말을 흐리고는 천천히 풍우건중에게 다가갔다. 뒤에서 문지혁이 뭐라고 묻는 것을 느꼈지만, 대답을 했다가는 풍우건중과의 일까지 말해야 할지도 모른다는 생각에 못 들은 척했다.

"걱정 마세요. 어제 보여준 동작에 대해서 아무한테도 말하지 않았어요."

등천화는 풍우신장의 귀에 대고 조용히 말을 한 뒤, 안심하라는 눈짓과 함께 순진한 웃음을 지었다.

'이자가 무슨 말을… 어제? 아! 그럼 아까 손을 흔든 것이 아무한테도 말하지 않았다는 뜻? 그것도 모르고 장단을 맞춰주다니…….'

풍우신장은 자신의 행동을 상상해 버렸다.

"푸하!"

입에 머금고 있던 공기를 한꺼번에 토해내며 기어코 웃음을 터뜨리고 말았다.

옆에서 등천화의 행동을 못마땅하게 쳐다보던 옥상아가 급히 풍우건중을 부축했다.

"무슨 짓을 한 거냐! 소성주님, 괜찮으십니까?"

"하하하……!"

풍우건중은 손을 흔들어 옥상아를 막으면서도 웃음을 그치지 못했다. 그 모습에 등천화는 잘못한 것도 없이 괜히 미안해지고 말았다.

풍우건중의 웃음은 이내 잦아들었다.

"자네 이름이 뭔가?"

"…등천화입니다."

"약속을 지켜줘서 정말 고맙군. 어차피 기억도 못할 텐데. 고생했네."

"엄… 그게… 미안하게도 기억을 해버렸어요."

"뭐라고?"

"그 동작들이요. 일부러 그러려고 한 게 아닌데 너무 잘 닦인 길이라… 그렇게 됐어요. 미안합니다."

"……."

도대체 이 위사가 무슨 말을 하고 있는 거지?

풍우건중은 잘못 들었나 싶어서 다시 물었다.

"기억을 했다고?"

"정말 고의는 아니었어요. 그때 말을 하려고 했는데 금방 사라지셔서… 제가 한 번 본 건 잘 잊지를 못해서… 아! 그렇다고 걱정하진 마세요. 아무한테도 얘기는 안 했으니까요."

등천화는 빤히 쳐다보는 풍우건중의 눈을 피하기도 뭣하고 같이 쳐다보기도 뭣해서 예의 순진한 웃음을 지었다.

'삼형무결법(三形無缺法)에 망안(網眼)과 천압(大壓)을 외웠다고?'

아닐 것이다.

세 가지 호신위를 완벽하게 펼칠 수 있는 사람은 그가 유일했다. 무시하면 그만인 일이었으나, 오히려 유심히 쳐다보게 됐다.

펼쳐 보라고 하면 거짓임이 명백히 드러나게 된다. 촌각도 지나지 않아 드러날 거짓말을 할 자였던가? 등천화는 여전히 물러설 생각이 없어 보였다.

"그것도 재주지. 알았네. 자네 말대로 그것을 외웠다면 그건 자네 것일세."

"엄… 외운 것이 아니라 기억한다고……."

"어찌 됐든."

"저도 괜찮은데……."

등천화는 자연스럽게 손까지 흔들며 거절의 뜻을 비쳤다.

'뭐가 괜찮다는 거지? 호신위 세 가지 무공을 어차피 모르니 괜찮다는 말인가? 아니면 그 정도의 무공은 필요없으니 괜찮다는 말도 안 되는 말인가?

풍우건중의 머릿속에 수많은 의문이 떠올랐다.

등천화가 자꾸 신경 쓰인다.

무시하면 그만인데도 이상하게 그게 쉽지 않았다.

또 무슨 말을 하려는 모양이다. 입이 벌어진다.

"보법 하나도 제대로 익히질 못했는데, 다른 것까지 외울 겨를이 없어요. 미안합니다."

"큭. 조금 전엔 외웠다고 하더니 말이 바뀌는군."

"엄… 안 들으셨네, 또? 외운 것이 아니라 기억한다고요."

"기억하는 것과 외운 것과 다른 뜻이라고 말하고 싶은 거냐?"

풍우건중의 목소리가 날카로워졌다.

"엄… 가끔 하늘을 보세요?"

등천화가 갑자기 뚱딴지같은 질문을 던졌다.

풍우건중이 대답을 하지 않자 말을 이었다.

"하늘이 어떻게 생겼는지 기억한다고 하지 외웠다고는 하지 않아요."

"……."

너무나 당연한 소리.

자꾸 변명을 해대지 말고 가지라고!

거짓이든 아니든 그냥 가지라고!

풍우건중은 등천화의 건방진 행동과 대답에 분노가 치밀었다. 그냥 지나가면 되는 일이다. 기억하든 외웠든, 알아서 갖든 말든 마음대로 하면 되는 일이다.

왜 자꾸 기억을 하게 만드느냔 말이다!

풍우건중의 숨소리가 갑자기 거칠어졌다.

"훅훅……."

"그때 펼치셨던 동작은 외워지는 길이 아녀요. 그냥 하늘을 닮은 그림과 같은 것이니까요."

"……!"

이미 화가 날대로 난 풍우건중의 귀에 등천화의 목소리가
들릴 리 없었다. 평정을 잃은 그는 더욱 거칠게 숨을 몰아쉬
었다.

'소성주님?

옥상아는 풍우건중의 대화이기에 애써 모른 척하고 있었
다. 저 거친 숨소리. 등천화를 돌아봤다. 아무것도 읽을 수 없
는 멍청한 표정밖에 안 보인다.

"소성주님, 문 공자님의 수련을 도와줄 낭왕과… 등 위사
입니다. 소성주님?"

그녀는 다급하게 화제를 돌렸다.

풍우건중이 그녀의 말에 관심을 기울이지 않아도 상관은
없었다. 그의 명령에 따를 준비는 언제든 되어 있으니까. 하
지만 곧 폭발할 것 같던 풍우건중의 감정이 어느 정도 누그러
지고 있었다.

"낭왕?"

"예. 요즘 유령신보와 함께 두각을 드러낸 고수입니다. 문
공자님의 수련 상대로는 부족하지만, 충분히 도움이 될 사람
입니다."

"유령신보?"

"마교와의 싸움에서 꽤나 큰 활약을 보여준 자입니다. 원
로원에서까지 관심을 보이는 자로……."

"알았다. 일단 안으로 들어가자. 지혁이의 수련 상대로 모

자람은 없어 보이는구나."

문지혁과 갈피독은 아직까지 직접적으로 부딪치지는 않고 있었다. 서로의 시선을 놓치지 않고 대치하는 중이었다.

풍우건중은 억지로 등천화에게 시선을 돌리지 않았다. 보는 것만으로 그의 평정심을 흔들어놓는 자가 나타난 것이다.

*　　　　*　　　　*

마교 총단.

검고 갸름한 얼굴에 주름이 가득하고 수염을 목 언저리까지 내려온 노인이 장주극의 거처로 다가왔다.

그를 본 금환마제가 모습을 드러내며 읍한 채로 방 안에 기별을 올렸다.

"수라대주님, 환영마군께서 찾아오셨습니다."

방 안에선 아무런 대답이 없었다.

금환마제가 다시 보고를 올리려 했다.

"수라……."

"됐다."

환영마군은 불쾌한 빛이 역력한 얼굴로 직접 방문을 열었다. 옆에서 바라보던 금환마제는 긴장된 눈만 끔뻑거릴 뿐 다른 행동을 하지 못했다.

어제까지 죽은 환영비마대원까지 합쳐서 칠십이 명이 이

곳에서 시체로 나갔다. 아끼는 부하를 잃은 환영마군의 태도를 이해할 수는 있었다.

그러나 장주극의 앞에서 저런 표정은 곤란했다.

"허허허. 도련님, 노신이 왔습니다. 무슨 일에 그리 열중이시기에 대답도… 헉!"

방으로 들어서던 환영마군의 신형이 문턱에서 멈춰 섰다. 그리고는 무슨 광경을 봤는지 재빨리 방문을 닫으며 금환마제에게 말도 없이 복도를 향해 움직였다.

"환영마군님, 그냥 가십니까?"

"아!"

환영마군은 급히 돌아섰다.

"도, 도련님께서 운공이 끝나셔도 내가 왔다는 소리는 하지 말게. 그리고 환영비마대원은 앞으로도 그냥 데려가면 되네."

"예? 예……."

금환마제는 어리둥절한 표정으로 고개를 숙였다.

도대체 방 안에서 무엇을 봤기에 저런 표정을 짓는 것일까?

장주극은 오전 내내 방 안에서 나오지 않고 있었다.

"……."

금환마제는 장주극의 방문을 바라보며 마른침을 삼켰다. 열어보고 싶은 마음이 굴뚝같았으나, 억지로 꾹꾹 눌러 참았다.

그때, 방 안에서 장주극의 목소리가 들려왔다.

"잘 참았다, 금환마제."

'헛! 운공 중이라고 하지 않으셨던가?'

금환마제는 자신이 환청을 들은 것인지를 확인하기 위해 방문으로 다가갔다.

"들어가도 되겠습니까?"

"들어와라."

허락이 떨어지자 금환마제는 재빨리 들어갔다.

가부좌를 틀고 앉아 있는 장주극이 눈을 떴다.

"환영마군이 갑자기 안색이 굳어져서는 도망치듯 갔습니다."

"후후후. 그렇겠지. 감히 내 방문을 직접 열어? 그동안 나를 어떻게 생각했는지를 알 수 있군. 물론 더 이상 그래서는 안 된다는 것을 알았겠지만."

"……?"

"금환마제, 수라대원들을 모아라."

"예?"

"천하 각지에 퍼져 있는 자들까지 모두!"

"…알겠습니다."

장주극의 명령에 금환마제는 순순히 대답은 했지만, 왜 그런 명령을 내렸는지는 아직 깨닫지 못했다.

그러나 그 결정의 의미를 깨닫는 데에는 불과 하루가 걸리지 않았다.

청환마제와 적환마제에게 명령을 내리고 수라대원들이 모이길 기다리고 있을 때, 청환마제가 묘한 얘기를 가지고 왔다.

"역시 예상했던 대로 다른 곳의 불만이 장난이 아닙니다."

"예상대로? 불만? 자세히 말해보게."

"모르셨습니까, 대형?"

청환마제는 오히려 의아하다는 듯이 금환마제를 보고는 그동안 수라대의 위상에 대해 간략하게 설명했다.

강호에서 마교를 떠올리면 대부분의 정예가 수라대 외에는 없는 줄 알고 있었다. 이것은 수라대주인 장주극이 관리를 소홀히 해서 다른 대주들이 수라대를 마음대로 부렸기 때문이었다.

"흠……."

금환마제는 설명을 듣고는 침음을 터뜨렸다.

'수라대주님께선 몇 달 동안 방에만 계시더니 그런 것들을 어찌 아셨지? 수라대를 지금과 다른 조직으로 만드시겠다는 의지이신가? 허허. 도통 모를 분이 되셨어. 그리고 아침에 환영마군께선 뭘 보셨기에 그리 기겁을 하셨는지…….'

금환마제의 생각이 엉뚱한 곳에 닿아 있을 때, 청환마제가 입을 열었다.

"대형, 걱정입니다."

"뭐가?"

"수라대주님의 갑작스런 변화로 수라대가 다른 대의 표적이 될 게 뻔하잖습니까? 다른 대주들 역시 이 기회에 수라대주님을 깔아뭉개려고 달려들 테고 말입니다."

"글쎄……."

묘한 대답이었다.

"대형께선 뭘 알고 계십니까?"

"흠. 어쩌면 수라대주님은 우리가 생각하는 것보다 훨씬 무서운 분일지도 모르겠다."

"예?"

이때, 적환마제가 씩씩거리며 들어왔다.

"빌어먹을!"

"왜 그러나, 적환?"

"수라대주께서 명령하셨으면 그걸로 끝이지, 자기네들 걱정을 왜 나한테 하소연하고 난리야!"

역시나 청환마제와 다르지 않은 반응이었다.

금환마제는 신경 쓰지 말라며 다독이고는 심호흡을 길게 내뱉었다.

'수라대주께선 지금 우리를 시험하고 계신 거야. 아울러 다른 대주들 역시 마찬가지고. 곧 난리가 나겠군.'

금환마제의 느낌이 그랬다.

지난 몇 달 동안 장주극의 변화는 눈부셨다.

방 밖에 있으면서도 몇 번이나 알 수 없는 예기에 식은땀을 흘렸는지 모른다. 두 아우에겐 아직까지 말해주지 않은 일이었다.

"참, 대형, 조금 전에 무슨 말을 하려 하지 않으셨습니까?"

"아닐세. 곧 자네들의 눈으로 볼 텐데 굳이 말할 필요 없지. 후후후."

적환마제와 청환마제는 뚱한 눈이 됐으나 되묻지는 않았다.

환영마군은 장주극의 거처에서 봤던 광경을 하루 종일 혼자서 곰곰이 생각했다.

검은 기운이 자욱한 장주극의 방 안에서 자신을 똑바로 쏘아보던 붉은 혈광.

'그것을 볼 줄은 상상도 하지 못했다.'

장주극의 정수리에서 똬리를 틀고 있는 그것을 예전에도 본 적이 있었다. 강호 전체를 공포로 몰아넣었던 그의 주군인 마교주 장찬익에게서.

밤이 새도록 환영마군의 고민은 끝나지 않았다.

환영비마대원 몇 명이 죽었다고 그게 뭐 대수겠는가.

다음날 일찍, 그는 새벽같이 혈마대주 구조백의 거처로 달려갔다.

장주극에 대해 가장 궁금해하고 있을 녀석.

친분만 아니라면 당장 총단을 떠나서 외부의 일을 한동안 맡다가 돌아오고 싶었다.

구조백은 환영마군이 올 것을 알기라도 했는지 기별도 없이 대전에 나와 있었다.

"환영마군께서 직접 오시다니요! 부르시면 언제든 달려갈 텐데요."

환영마군은 마제육가에서 배출한 걸출한 고수인 혈뢰마존과 젊은 시절부터 친구였다. 안으로 들어가자는 구조백의 안내를 무시하고 곧바로 본론을 꺼냈다.

"내가 자네를 찾은 이유는 다름이 아니고, 혈뢰마존이 자네를 무척 아낀다는 것을 알기에 도련님에 관해서 한 가지를 알려주고자 왔네."

"말씀하십시오. 저야 황송할 따름이지요. 귀한 말씀 경청하여 도련님을 잘 보필하도록 하겠습니다."

"말은. 보필하든 말든 그건 자네가 알아서 하고. 도련님께서 수라진경을 대성한 건 아는가?"

"아! 수라진경을 대성하셨습니까? 역시 핏줄이 다르셔서 그런지 깨우침이 남다르시군요."

"길!"

쾅!

환영마군이 갑자기 발을 구르며 바닥에 균열을 일으켰다.

"……!"

"도련님에 대해 불경한 것은 그렇다 쳐도, 주군을 욕되게 하는 것은 용서치 않는다!"

"죄, 죄송합니다. 제가 잠시 정신이 나가 있었습니다. 용서하십시오."

구조백은 재빨리 양손을 포개며 서 있던 곳에서 동북쪽을 향해 마구 절을 올렸다.

마교주가 있는 천마신전을 향해 불경을 비는 것이다.

그제야 환영마군의 안색이 풀어지며 말을 이었다.

"앞으로 이런 일이 있어서는 안 된다. 그때는! 자네가 아무리 혈뢰마존의 손자라고 해도 내 손으로 혀를 뽑아버릴 것이야!"

"알겠습니다."

반성하는 기색이 깃든 음성이었다.

환영마군은 그래도 화가 풀리지 않는지 뭐라고 말을 하려다 휙 돌아서며 불쾌한 목소리로 말을 건성으로 이었다.

"도련님께서 수라진경을 대성하셨네. 난 분명히 전했으니 나머지는 자네의 몫일세. 오십 년 전에 수라진경과 관련된 일을 찾아보면 쉽게 알 수 있을 걸세. 가네."

수라진경이란 말에 특히 힘을 준 환영마군은 순식간에 그 자리에서 사라졌다.

진땀을 흘리던 구조백의 상체가 서서히 일어났다.

"키키킥. 대단한 핏줄의 자제께서 겨우겨우 수라진경을 대성하신 모양이군."

일어선 그의 얼굴에는 땀 한 방울 묻어 있지 않았다.

"그따위 정보를 알려주려고 여기까지 왔나? 나도 누가 혈마진경과 혈뢰구류를 수련하는 걸 봐줬으면 좋겠군. 다른 대주들에게 알려주도록 말이야!"

화가 치밀어 절로 목소리가 커졌다.

수라진경 정도를 익힌 것 가지고 난리를 피워?

어이가 없었다.

가관, 가관! 이런 가관이 없었다.

마교주의 아들로 태어난 누구는 저런 식의 대접을 받고, 마제육가의 가주 아들로 태어났다는 죄로 비웃어도 안 되는 것이다.

어릴 때부터 할 줄 아는 것이라고는 지금의 대주들에게 거만을 떠는 것과 무시하는 것밖에는 모르는 장주극이, 겨우 수라진경을 대성했다고 마교 총단 전체가 놀라야 하는가?

"으아아!"

구조백은 붉은 눈이 되어 자신이 가꾸던 화분들을 돌아봤다.

픽. 픽. 픽.

연속해서 터져 나가는 화분은 공중에서 흔적도 없이 사라졌다. 그 짧은 순간에 재가 된 것이다.

혈뢰구류 십성의 단계였다.

손보다 빠른 눈.

"허무는!"

누군가를 향해 물었다.

허공에서 핏물 뚝뚝 떨어지는 목소리가 대답을 했다.

"아직 소식이 없습니다."

"제길!"

환영마군이 장주극을 찾아간 일은 급속히 마교 총단 전체에 퍼졌다.

천추성에 원로원이 있다면 마교에는 마교 최고 회의 기관인 백마전이 있었다.

백마전 내부.

긴 탁자에 앉은 인원은 불과 여섯 명에 불과했다.

그러나 이들의 결정에 의해서 마교 총단의 중대사가 결정된다. 바로 이들이 마교 서열 오십위 안에 드는 최고수들이기 때문이다.

천외신마, 냉혈신마, 마령신마, 음풍마존, 건곤신마, 만독노조.

이들 중 어느 한 사람만 강호에 나가도 피바람이 그칠 날이 없을 정도로 대단한 마공의 소유자들이었다.

"환영마군이 괜한 호의를 베풀었구려."

귀신이라도 부르는 호곡성과 닮은 목소리가 음풍마존의 입에서 흘러나왔다.

"그륵… 그게 뭐 대수라고."

마령신마는 대화에 전혀 관심이 없다는 듯이 한마디 뱉었다.

"도련님께서 필요하시다면 환영신마를 산 채로 가져다주는 것이 일일까. 환영마군이 죽으려고 환장했군."

만독노조는 녹색 안광을 줄기줄기 뻗었다.

이들 여섯이 모인 것은 굉장한 일이었다.

실제 마교 총단 내에서 일어나는 대소사 정도는 이들 중 한 사람이 알아서 결정하면 그만이기 때문이다.

그러나 이번 일은 장주극과 연관이 있었다.

이들에겐 신이나 마찬가지인 마교주 핏줄의 일이기에 모두 나선 것이다.

환영마군이 장주극의 방문을 함부로 열었다는 얘기가 나온 순간, 마기가 대전 내부를 꽉꽉 채워 누군가가 일어서기만 해도 터져 나갈 것처럼 됐다.

"모른 척하라."

마교 서열 이십위 천외신마의 한마디에 대전의 분위기가 삽시간에 싸늘해졌다.

"그륵… 천외신마께선 참으실 수 있나 보군요. 하나, 나는 참지 못하겠소. 주군께서도 손을 놓고 계신 마당에 우리까지

도련님을 모른 척하면 안 되잖습니까?"

마령신마는 천외신마의 결정에 반대를 표명했다.

이런 경우는 지난 십 년 내 단 한 번도 없었다.

서열이 높은 사람이 결정을 내리면 응당 따르는 것이 마교의 율법이기 때문이다.

"마령신마, 따르라."

천외신마가 다시 한 번 입을 열었다.

그러나 이번에도 마령신마의 기를 꺾지는 못했다.

"그륵… 도련님의 일입니다. 나중에 백마회의에 출두하는 한이 있어도 하렵니다."

마령신마는 이미 결정을 내린 것처럼 보였다.

충성심이 유난히 강해서, 잘 움직이진 않지만 한 번 움직이면 그곳의 씨를 말려 버리는 손속으로 유명했다.

마령신마의 발언으로 인해 대전 안은 천외신마 대 다섯 명의 백마가 대치하게 됐다.

긴장된 순간, 천외신마는 오히려 웃었다.

"흐흐흐. 역시 자네들이야. 하지만 한 번 내린 결정은 번복되지 않는다. 누구를 막론하고 이번 결정에 불복하는 자는……."

천외신마는 잠시 말을 끊었다.

나머지 다섯 사람의 시선이 그의 입으로 향했다.

"주군께서 부르실 것이다."

"……!"

다섯 사람은 일제히 놀란 표정이 됐다.

천외신마의 말을 달리 해석할 필요도 없이 마교주의 지시가 있었다는 뜻이기 때문이다.

잠시 침묵이 흘렀다.

제일 먼저 자리를 뜬 사람은 마령신마였다.

고개를 절레절레 흔들며 나가는 것으로 그는 대답을 대신했다. 천외신마의 말에 따라야 하겠다는 뜻이었다.

다른 사람들은 볼 것도 없었다. 마교주의 명령이라면 그건 하늘이 무너져도 따라야 하는 것이다.

이유 따위는 필요없었다.

이로써 대전에 있던 여섯 명은 장주극의 행보를 지켜보기로 결정을 내렸다.

"드디어……."

이들만이 알 수 있는 말이었다.

장주극이 수라대원들을 모두 모이라고 명령을 내린 지 보름이 지났다. 아직까지도 모두 모였다는 보고가 없었다.

"금환마제, 들어와."

방문을 열고 금환마제가 들어왔다.

"부르셨습니까, 수라대주님."

"많이 기다렸다."

“……!”

금환마제는 무슨 말인지 잘 알고 있었다.

그러나 대답할 수가 없었다.

“조금만 더 기다려 주시면…….”

“겨우 천 명도 안 되는 인원이 모이는 데 보름이 걸려? 아니지, 아직 다 모이지도 않았지? 나는 그동안 어떻게 천추성과 싸웠는지 이해를 못하겠다.”

“곧…….”

“모인 인원에게 보름치 식량과 말을 지급하도록.”

“어딜 가십니까?”

장주극은 반문하는 금환마제를 가볍게 쳐다봤다.

감정이 들어가지 않은 장주극의 눈을 본 금환마제는 자신도 모르게 몸을 부르르 떨었다.

“앞으로 질문은 없다. 내가 명령을 내리고 암흑삼제는 전달한다. 알겠나?”

“…예.”

“총단에서 가장 가까운 천추성의 지부가 어디지?”

금환마제는 장주극의 질문을 통해 천추성의 지부를 수라대원들을 이끌고 가 유린하겠다는 의도임을 짐작했다. 하지만 일에는 순서라는 것이 있게 마련이다.

말리고 싶은 마음이야 굴뚝같았지만, 결정을 내린 장주극의 표정을 보고서는 생각을 접어야 했다.

"감숙성의 민악 지부입니다."

"거기로 가자."

"…예."

수라대원들을 제대로 된 정예로 키우겠다는 의지와 다른 대주들이 지금까지 봐온 장주극이 아니라는 모습을 보여주려는 것이리라.

그러나 그건 어디까지나 그의 생각이었다.

장주극의 생각은 그의 생각과 전혀 달랐다.

'일단은 밖으로 자주 나가야 한다. 그래야 녀석과 만날 수 있는 가능성이 커진다.'

장주극은 장찬익이 왜 그렇게 자신에게 수라대주를 맡기려 했는지 이젠 이해할 것 같았다. 어떤 말도 필요없었다.

수라진경은 대단한 무공이었다.

그리고 벽을 깰 수 있는 무공이다.

깨뜨릴 수 없으면 깰 수 있을 때까지 계속해서 실력을 늘려주는 무공이다.

이미 몇 달 전의 어설픈 장주극이 아니었다.

바탕이 없다면 아무리 노력해도 소용이 없겠지만, 그는 천하제일을 다투는 마교주의 아들이었다.

이젠 눈에 익은 인형들을 상대로 놀 필요는 없었다.

움직이는 인형들이 필요했다.

그들이 마교 내에 있든, 외부에 있든 상관은 없었다.

곧 자신의 손에 죽어갈 인간들을 떠올리자 속에서 알 수 없는 분노가 끓어올랐다.

장주극은 변화했다.

아직은 스스로 통제가 가능한 정도에 그치는 변화였다. 아직은······.

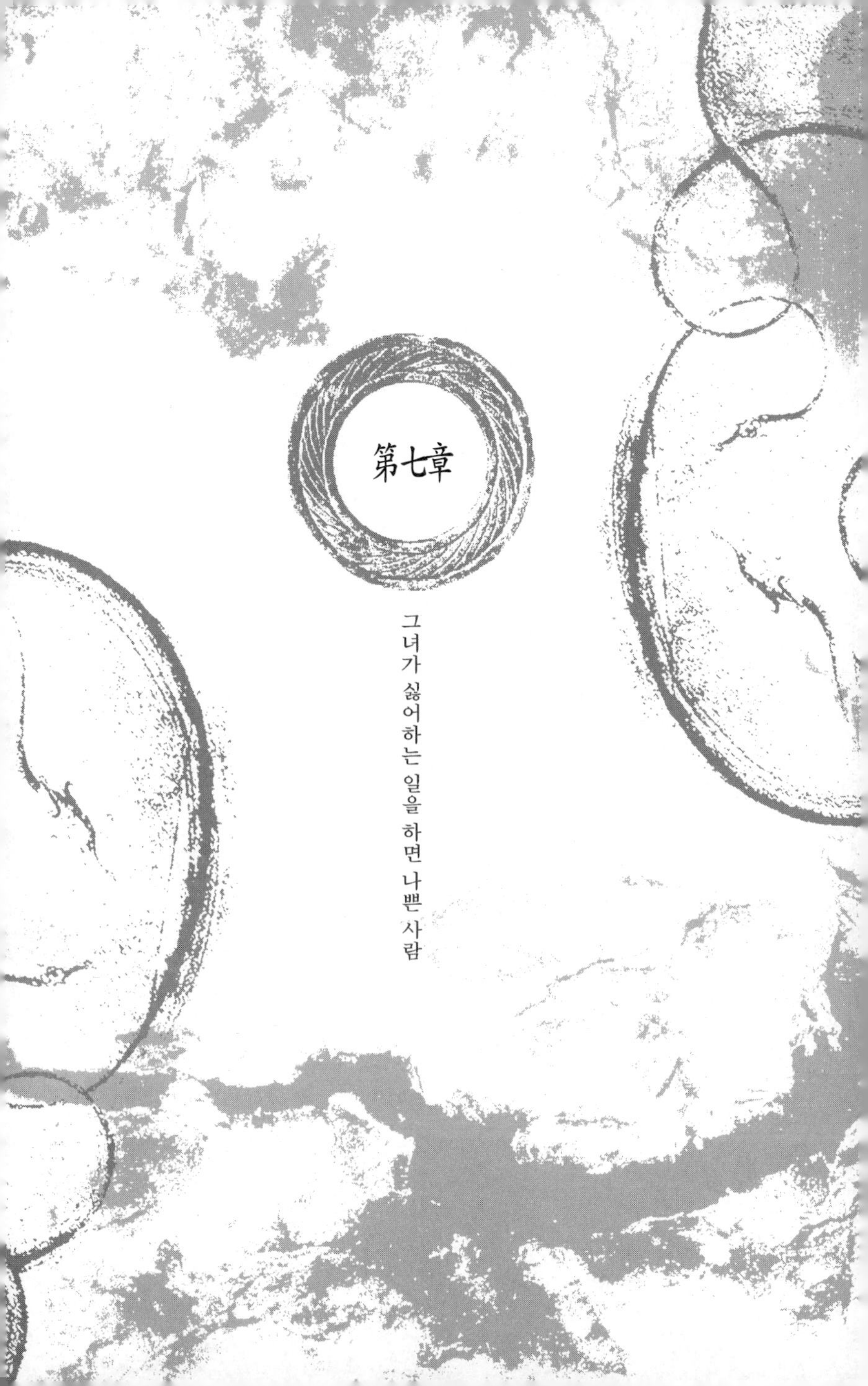

第七章

그녀가 싫어하는 일을 하면 나쁜 사람

步法
無敵

　　갈피독과 문지혁의 대결은 보는 사람으로 하여금 집중하게 만드는 맛은 없었다.

　　잦은 격돌로 눈을 떼지 못하게 한다든지, 어느 한쪽이 현격히 무위가 높아서 일방적이면 차라리 나았다. 하지만 두 사람의 실력은 우열을 가리기 힘들 정도로 팽팽했다.

　　"지혁이의 심성이 너무 여리구나. 십 년 전과 비교해서 변한 것이 없어."

　　풍우건중은 조용히 혼잣말을 했다.

　　문지혁의 현재 실력을 평가하자면, 풍우신장의 제자들 중 가장 약할 것이다.

"소성주님께서 계시잖습니까."

옥상아 역시 혼잣말로 답했다.

바람을 타고 그녀의 얼굴을 반쯤 가린 머리칼이 흔들렸다. 생각보다 하얀 얼굴이다. 약간 상기된 듯한 목 언저리가 여인의 향기를 묻히고 있었다.

풍우건중의 시선을 느낀 탓일까?

옥상아는 돌아보지도 않고 재빨리 머리칼을 쓸어서 원래대로 했다.

"머리카락만 원래대로 하면 되나?"

"예?"

"귀는 어떻게 가리려고. 후후후."

놀리는 말이다. 붉어진 그녀의 귀는 주책도 없이 좀처럼 원래대로 돌아올 줄을 몰랐다.

한 번 뛰기 시작한 쿵쾅거리는 가슴은 쉬이 진정되지 않았다. 옥상아는 갈 곳이 있다며 자리를 벗어났다. 그런 그녀를 풍우건중은 말리지 않았다. 오히려 미소와 함께 놀리는 시선을 보냈다. 마치 전각 뒤의 기둥에 몸을 숨기고 호흡을 고르는 그녀의 모습을 알기라도 하는 것처럼.

"희망이란 참으로 몹쓸 병인데 너도 가지려고 하는 모양이구나. 하지 마라. 그들과 언제 싸울지도 모르는 네게는 필요 없는 것이야. 그들은 희망을 죽여 버리니까."

누가 봐도 풍우건중은 폐인이었다.

그러나 그와 그의 부친은 그렇게 생각하지 않았다.

풍우신장이 갑자기 마교와의 냉전을 취한 이유 중에는 풍우건중의 무공을 되돌려 놓겠다는 의지도 포함되어 있었다.

십 년 동안 해망벽에서 먹어보지 않은 영약이 없었고, 맞아보지 못한 침술이 없었다. 하나 결과는 언제나 무의미했다.

그들은 육체를 남겨둔 대신 풍우건중의 희망을 죽여 버린 것이다.

과거의 기억으로 그의 표정이 어두워질 때, 밖이 소란스러워졌다. 대결이 끝난 모양이다. 갈피독과 문지혁의 대결은 지금까지 네 번 있었지만 모두 무승부였다.

'오늘은 녀석이 안 보여서 좋군.'

등천화를 가리키는 말이었다.

호신위 세 가지를 기억했다는 말이 거짓임을 확신하면서도 은근히 직접 듣고 싶은 건 무슨 조화인지. 아마도 다시 물어봐도 또 딱 잡아떼며 기억만 할 뿐 외우지는 않았다고 하리라.

"후후후."

등천화를 그날 이후로 본 것은 두세 번가량 됐다.

방 안에서 보는 것이 전부였으니 더 자주 왔는지는 알 수 없었다.

문지혁은 오전 수련을 끝내고 휴식을 취했다.

갈피독의 공격이 갈수록 격렬해지지만 아직은 전력을 다할 정도는 아니었다. 물론 갈피독 역시 전력을 다한다고는 생각지 않았다.

오늘은 기분이 좋았다.

아침에 건네받은 서찰 한 통이 힘을 내게 만들었기 때문이다.

네가 천추성주님의 제자가 된 것만 해도 이 할아비는 더 바랄 것이 없지만, 항상 걱정이 앞서는 것은 어쩔 수가 없구나. 초문삼자(超門三者)를 보낼 테니 곁에 두고 지내도록 해라.

할아버지, 문대성의 사랑이 글을 타고 전해지는 것 같았다.

문지혁의 가문은 '초문' 이란 이름을 지니고 있었다.

초문이란, 무언가를 뛰어넘겠다는 의지의 표현이라고 들었다. 초문삼자는 문대성의 제자들로, 이미 초문의 보법을 십성 터득한 고수들이었다.

쟁쟁한 고수들이 가득한 천추성에 자신있게 보낸다는 걸 보면 이미 문대성 못지않은 보법의 소유자들일 것이다.

그들을 만나게 된다는 생각만으로도 문지혁에겐 큰 힘이 됐다.

"역시 할아버지셔."

문지혁의 웃는 표정을 본 갈피독이 가만히 있을 리 없었다. 슬며시 다가와 문지혁의 관심사와는 전혀 무관한 얘기들을 쏟아냈다.

지옥팔보를 전력으로 펼치면 다칠 텐데 괜찮겠느냐는 둥, 나이가 열여덟인데 여자는 있느냐는 둥 대답하기 곤란한 질문들만 건넸다.

문지혁은 갈피독의 질문도 막을 겸, 기도 눌러줄 겸 해서 곧 보법까지 사용하면 그런 말을 다시는 못하게 될 거라고 말했다.

그 말에 갈피독이 발끈했다.

"유령신보와도 팽팽하게 대결한 내게 보법을 사용한다고? 가소롭다! 얼마나 대단한 보법인지는 몰라도 일단 등… 녀석과 상의해 봐."

"왜요?"

"왜긴! 녀석이 유령신보니까 그렇지."

"예? 등 위사가 유령신보라구요? 이럴 수가! 이야, 이야아! 어쩐지, 처음부터 이상했어. 으하하하!"

문지혁은 양손을 어린애처럼 위아래로 흔들며 마치 대단한 발견을 한 것처럼 기뻐했다.

"그, 마교의 백안마군이 손쓸 새도 없이 사람을 데리고 사라졌다는 유령신보가 맞아요? 보법을 펼치면 이상한 바람으

로 상대의 무공을 무용지물로 만든다는데 그것도 맞아요? 우
와! 하하하!"

영락없는 열여덟 살 청년이 맞았다.

그러나 등천화가 유령신보라는 것을 알려준 갈피독은 입
안이 씁쓸했다.

'이거 괜히 실수한 것 같은데⋯⋯.'

문지혁이 저렇게 좋아할 줄은 상상도 하지 못했다.

"좋았어! 이제야 신세를 갚을 수 있겠는데? 등 위사에게 우
리 가문에 전해지는 보법 한 가지를 알려주겠어. 열 가지 전
부 다 알려주는 것도 아니니 괜찮을 거야. 히히히."

"⋯⋯."

그 한마디에 갈피독은 눈이 붉게 충혈됐다.

삐딱하게 기울어진 세모꼴 눈이 보기 안타까울 정도로 번
뜩이고 있었다.

애송이라 여기고 그냥 넘어가려 했으나, 도저히 눈꼴이 시
어서 넘어갈 수가 없었다.

"이봐. 내, 웬만하면 참으려고 했는데 도저히 안 되겠다.
누가 누구에게 보법을 알려주겠다는 거야?"

"당연히 내가 등 위사에게죠."

"그게 말이 되냐!"

갈피독의 말투에 문지혁의 시선이 사나워졌다.

"말이 심하잖소!"

"쿵. 말이 심해? 진짜 심한 게 뭔지 알려줘? 좋아, 고상하게 충고 한마디 해주마. 애송아, 공자 앞에서 문자 쓰지 마라."

"애, 애송이? 지금 누구에게 그따위 소리를 하는 거요!"

문지혁도 지지 않고 소리쳤다.

이쯤 되면 고마움이고 뭐고 다 필요없었다.

"쿵. 시답잖은 보법 몇 가지 익히셨어? 킥킥킥. 그 녀석… 가만, 지금 너 나한테 승질을 냈냐?"

"당신이 보법에 대해 뭘 안다고 그런 말을 하는 거지? 땅과 하나가 되는 걸음을 본 적이 있나? 하늘과 나란히 날아가는 걸음을 본 적이 있느냔 말이야!"

'어? 이거 어디서 많이 듣던 말 아니야?'

갈피독은 기억을 떠올리려다 그렇게까지 해야 하는 이유를 몰라 다시 호통으로 되받아쳤다.

"하늘, 땅? 왜 못 봐! 그 녀석이 너무 많이 보여줘서 눈에서 신물이 날 지경인데!"

"거짓말!"

"내가 왜 너 같은 어린애에게 거짓말을 하겠냐!"

"자꾸 어린애 어린애 하는데, 한 번만 더……."

"어린애! 애송이! 어린 애송이! 했다, 했어! 어쩔 건데, 엉!"

갈피독의 정신 연령이 궁금해질 정도의 황당한 싸움.

풍우건중은 자신이 다가오는 것도 모르고 싸움에 열중인 두 사람이 보기 좋았다. 저렇게라도 할 수 있다는 것은 크나

큰 축복이기 때문이다.

'저 사람의 말은 거짓이 아니다. 유령신보라……. 그 위사의 신분이 두 가지였던가?'

풍우건중은 아니라고 생각하지만, 등천화에 대한 얘기가 나오면 유심히 듣게 되는 것을 스스로는 인식하지 못했다.

*　　　*　　　*

근무가 끝나고 등천화는 서문혜의 거처로 발걸음을 옮겼다. 며칠 전부터 마음먹고 있던 일이었다. 그녀의 방문이 있을 때면 기분이 좋아지는 이유를 그동안 곰곰이 생각하다가 결론을 내렸다.

등천화 자신이 그렇듯이 그녀 역시 찾아가면 기뻐할 것이다.

그러나 그녀의 거처에 도착했을 때, 얼굴을 기억하는 네 명을 포함해서 모두 열 명의 남녀가 그곳으로 들어가는 모습을 봤다.

'어? 능 소저의 표정이 좋지 않네?'

그녀뿐만이 아니라 열 명 모두 표정이 심각했다.

그들이 들어가고 얼마 지나지 않아 서문혜의 뾰족한 목소리가 담을 타고 넘어왔다.

"싫어요!"

“어?”

등천화는 깜짝 놀라 순식간에 담 위로 올라가 안의 상황을 살폈다.

서문혜의 거처 안은 냉랭한 기운이 감돌았다.

그녀의 앞에 한 청년이 서서 심각한 표정을 짓고 있었다.

“서문 소저, 우리는 칠룡삼봉이 아니오!”

칠룡삼봉이라는 말을 강력히 주장하는 사람은 진우진이었다. 아버지를 잃고 난 후 그의 배경은 완전히 사라진 후였다.

그의 실력으로 들어갈 수 있는 곳은 만만치 않았다. 그러던 차에 혁련궁이 은근한 제안을 해왔다. 한 가지 조건만 수락하면 허락을 하겠다는 말을 벽호룡이 했다는 것이다.

칠룡삼봉 모두 들어오라는 제안이었다.

진우진은 쾌재를 부르며 칠룡삼봉을 모았고, 벽호룡의 제안은 금방 관철될 줄 알았다. 하지만 서문혜의 반대로 무의미해지고 말았다.

“저는 은하무장이 되고 싶은 생각이 없어요.”

서문혜는 혁련궁과 함께 있는 진우진에 대해서 다시 한 번 실망하고 말았다.

“우린 함께 움직여야 하오!”

“가고 싶은 분들만 가시면 뇌잖아요?”

“그런 무책임한 말이 어디 있소! 칠룡삼봉이 함께 움직일 수 있는 기회요. 그 기회를 서문 소저 때문에 잃어버려야

옳소?”

진우진은 처음엔 강하게 말하다 서문혜가 끄떡도 안 하자 설득조로 바꾸었다.

“자, 잠깐요. 무책임? 그게 무슨 소리죠? 제가 뭘 책임져야 한단 말이죠?”

“그럼 누구 책임이오?”

진우진이 오히려 역정을 냈다.

“내가 어떻게 알아요?”

“나는 아오. 이 모든 것이 서문 소저 때문이오!”

“이보세요, 진 소협!”

“모두 함께 나후전으로 갈 수 있는 기회를 서문 소저 때문에 버리게 됐는데 그럼 누구를 탓하란 말이오?”

진우진의 눈빛이 살벌했다.

서문혜는 기가 막혔으나 뭐라고 대꾸할 말이 떠오르지 않아 멍하니 서 있었다. 따가운 시선들. 황당한 상황을 해결할 방법이 떠오르질 않았다.

왜 저렇게들 다급하지?

나후전에 대한 안 좋은 인식을 갖고 있는 그녀에게 뭘 어쩌란 말인가?

차라리 치고받고 싸워서 얻어질 일이라면 그렇게 하고 싶을 정도였다. 신경 쓰고 싶지도 않은 일에 왜 심력을 낭비해야 하는지 이해할 수가 없었다.

막 인상을 찌푸리며 화를 내려는 순간.

"엄… 서문 소저, 무슨 일이세요?"

"등 소협!"

서문혜는 등천화가 담 위에서 내려서며 코를 슥 문지르는 모습에 반가워 소리쳤다.

"흥! 저 인간, 또 나타났네. 재수없어."

능희연이 등천화의 등장을 보고 인상을 찌푸렸다.

'능 소저가 아는 자였나?'

진우진은 등천화가 기척도 없이 나타나자 긴장을 했으나 능희연의 태도에 살짝 긴장이 풀어졌다.

"능 소저는 여전하네요. 항상 화난 표정으로 말해서 잊혀지지도 않아요."

"뭐라고! 네가 더 여전해! 멍청해 보이는 얼굴을 해가지고는. 흥!"

멍청한 인간.

그녀의 생각으로는 더 이상 어울리는 말이 없었다.

"희연아, 말이 심하다!"

서문혜가 급히 능희연을 나무랐다.

"심하긴. 더 심한 말을 해주지 못하는 게 아쉬울 뿐인데……."

"뭐?"

등천화가 유령신보라는 것을 알면서도 저런 말을 하고 있었다. 무슨 자신감인가? 오히려 서문혜가 어안이 벙벙해졌다.

"몰라요. 언니, 빨리 결정해요. 우리와 함께 간다고 약속만 하면 돼요."

서문혜는 이상한 소리를 해대는 능희연의 뺨이라도 한 대 갈겨주고 싶었다. 언니, 동생 하면서 지냈다면 피치 못할 사정이 있느냐는 질문이 먼저였다.

잘도 주절대는 저 주둥이를 한 대 때려주고 싶었다.

그러던 그녀의 머릿속에 묘한 생각이 들었다.

내가 왜 다그침을 당해야 하는 거지?

뭘 잘못했다고 저렇게 사람을 몰아대는 거지?

한 번 거절을 하자 실력행사라도 하려는 듯이 혁련궁까지 데려오다니.

"서문 소저, 어딜 가야 돼요?"

등천화는 걱정스러웠으나 서문혜의 결정을 존중하기에 조심스럽게 물었다.

"아니요. 가기 싫은데 이분들이 자꾸 함께 가자네요."

"그럼 가지 않겠다고 그러세요."

"당연히 그랬죠."

"엄… 그랬는데도 그러면 안 되는데……."

"그러게요. 이젠 어쩌죠? 훗."

서문혜는 등천화 외에도 열 명이나 있는 곳이 어느새 단둘만의 공간이 된 것 같아 절로 웃음이 나왔다.

머쓱하긴 해도 함께 있으면 즐거운 사람이 있다는 사실은 나머지 열 명을 무시하도록 만들었다.

"저기요."

등천화가 열 명을 돌아보며 순진한 웃음을 지었다.

열 명 중 능희연 등 세 명은 등천화의 실력을 알기에 돌아봤으나, 나머지 사람들은 웬 떨거지가 자꾸 나서냐는 눈빛으로 쏘아봤다. 특히 혁련궁은 짜증이 가득한 표정으로 보는 것을 잊지 않았다.

묘하게도 서문혜에게 접근할 기회만 생기면 저 얼빵한 자가 나타나 방해를 했기 때문이다.

"다들 돌아가는 게 좋겠어요."

"넌 상관하지 마!"

능희연이 코웃음 쳤다.

등천화는 코를 슥 문질렀다. 시선은 조민과 운혁을 향한 채였다. 그들 두 사람은 등천화와 감히 시선을 마주치지 못하고 딴청을 피웠다.

"서문 소저가 싫어하는 일을 하는 사람은 나쁜 사람이에요. 다들 돌아가세요."

'……!'

별말도 아닌데 듣고 있던 서분혜는 가슴이 찌르르해지는 것을 느꼈다. 진우진 등 열 명이 쳐들어왔을 때 가장 먼저 떠오른 사람이 바로 등천화였다.

그 사람이 와줬으면, 와서 날 좀 도와줬으면.

그녀의 바람이 현실로 이루어진 것이다.

이젠 등천화를 보기만 해도 웃는 이상한 여자가 되어버린 모양이다. 그래도 좋았다.

"호호호. 하나도 안 멋있다, 뭐. 그리고 그게 뭐예요, 나쁜 사람이라니."

서문혜는 등천화를 보며 장난스럽게 눈을 흘겼다.

안전한 남자. 이 말의 정확한 의미를 생각할 수는 없지만, 등천화는 확실히 같이 있으면 안심이 되는 남자였다. 지금처럼.

"우리는 서문 소저에게 좋은 제안을 하는 중이네. 얼마 전에 나후무장에 결원이 생겨서 그 자리에 들어갈 기회가 생겼네. 자네가 끼어들 문제가 아니니 능 소저의 말대로 그만 가보게."

혁련궁은 귀찮은 파리 쫓듯이 말을 하고는 서문혜의 앞으로 한 발 다가섰다.

"우횡이란 분이 나후전으로 안 갔나 보구나……."

"……!"

혁련궁은 한 발을 내디딘 상태로 굳어졌다.

우횡. 엉망이었던 얼굴. 그리고 위사.

재빨리 돌아서며 등천화를 쳐다봤다.

위사 복장을 하고, 우횡에 대해 알고 있으며, 집으로 간 것까지 맞혔다.

'이, 이자가… 그자?'

나후무장으로 위축된 사람을 두들겨 패서 내쫓은 엄청난 괴물이 눈앞에 있다. 혁련궁은 바싹 말라오는 혀를 애써 이리 저리 굴리며 돌아섰다.

그때, 진우진이 해서는 안 되는 명령을 내렸다.

"더 이상 위사와 실랑이를 벌일 시간이 없소. 일단 제압한 후에 서문 소저와 마저 대화를 나눕시다."

"헉!"

혁련궁은 기함을 지르며 말리고 싶었으나, 이미 진우진의 명령이 떨어지기 무섭게 여섯 명이 날아올랐다. 오직 등천화의 실력을 알고 있는 조민과 운혁만이 서 있었으나, 그들 역시 어쩔 수 없이 달려들었다.

"조심하세요, 등 소협!"

서문혜의 외침에 등천화는 혁련궁까지 열 명에게서 눈을 떼며 돌아봤다.

"악! 뭐 해, 이 바……."

서문혜는 돌아보는 등천화를 향해 바보라고 소리치려 했다. 하지만 등천화는 순진한 웃음을 지은 채로 가볍게 발을 놀렸다.

아주 느린 동작들이었다.

상관악을 상대할 때보다 훨씬 느린 움직임이었으나, 그때와는 달랐다. 뭐랄까, 묵직해졌다고 해야 할까? 아무튼 그런 느낌이 강하게 들었다.

등천화가 함께 있다는 건… 참으로 안전한 것 같았다.

쾅!

단 한 번의 폭음으로 등천화를 향해 달려든 열 명의 신형이 제각기 날아갔다.

서문혜는 벽에 기댄 채 배를 움켜쥔 두 사람을 지나, 묘목을 심어놓은 곳에 떨어져 땅과 무언가를 상의하는 세 사람의 옆, 그나마 조심하느라 공격에 최선을 다하지 않은 다른 다섯 명이 눈만 멀뚱히 뜨고 있는 모습을 보았다.

모두의 공통점은 눈 한쪽에 커다란 멍 자국이 선명하게 찍혀 있다는 것이다.

'그자가 저자였어.'

우횡의 말을 자세히 들었으면서 왜 의심했을까?

혁련궁은 손을 들어 입가에 흐르는 피를 닦았다.

"무, 무슨……."

무기를 사용했냐고 물으려 했으나 등천화의 양손은 비어 있었고, 암기 따위를 꺼낼 만한 주머니도 없는 복장 역시 처음 봤던 그대로였다.

"이젠 아셨겠죠, 사람들이 왜 유령신보에 대해 그렇게 말들이 많은지?"

서문혜는 혁련궁의 멍든 눈을 보며 고소를 지었다.

사람을 판단하려면 그 친구를 보면 된다. 상관악의 친구가 별수있을까. 굳이 경험하지 않아도 똑같은 사람임을 확신했던 것이 옳았다.

"나 같으면 등 소협이 보내줄 때 빨리 갈 텐데……."

등천화를 돌아보는 서문혜의 시선에는 장난기가 어려 있었다. 물론 등천화가 있기에 가능한 장난기였다.

혁련궁은 뭔가를 말하려다 등천화가 뚱한 눈으로 자신을 쳐다보자, 입을 꾹 다문 채로 급히 서문혜의 거처를 벗어나려 했다.

"참!"

"뭐, 뭐요. 조금 전에 보내준다고……."

"쉿. 알죠? 등 소협은 사람들이 아는 걸 별로 좋아하지 않아요. 오늘 이후로 알게 되면… 누가 말했는지 다 알긴 하겠지만요. 호호호."

공포스러운 웃음.

혁련궁은 입을 다물며 고개를 끄덕이고는 곧장 달아나듯이 담을 넘어 사라졌다.

"혁련… 저런, 익!"

능희연의 분한 목소리는 허무하게 끝나고 말았다.

그녀를 제외한 다른 사람들은 모두 등천화의 눈치를 살폈다. 그들은 상대를 설득하는 쪽보다 힘으로 누르는 쪽을 선택했다.

대결의 결과는 등천화의 승리.

이것이 강호의 결정인 것이다.

패했으니 선택이란 있을 수 없었다.

오직 한 사람, 능희연만이 결과에 승복하지 못하고 눈에서 피라도 쏟아낼 것 같은 눈으로 등천화를 노려봤다.

"흥! 네가……."

짝!

그녀의 말을 자르며 뺨을 날려 버린 손의 주인은 서문혜였다.

"안하무인도 너 정도면 무기다. 위험한 걸 자꾸 휘두르면 어떻게 되는지 알아? 선처를 베풀었으면 고마운 줄이나 알아!"

"언니!"

"어머! 언니? 이젠 내 이름도 까먹은 모양이네요, 능 소저? 내 이름은 서문혜라고 해요."

"언니, 제 말 좀 들어봐요."

"또 무슨 말로 날 잡으려고?"

"흑, 언니… 그게 아니란 걸 잘 아시잖아요."

"닥치고 내 말 똑바로 들어. 한때 칠룡삼봉이라고 불렸던 인연으로 말하는 거야. 다시는 아는 척하지 마, 구역질나니까. 오늘부로 성을 떠나지 않으면 네 사문에 말을 해서 파문시키고 말 거야. 서문세가를 걸고 맹세해."

"……!"

능희연은 마른침을 몇 번이나 삼키며 서문혜를 불쌍한 눈으로 쳐다봤으나, 서문혜의 눈빛은 여전히 냉담했다. 이것이 서문혜의 마지막 배려였다.

그 덕분에 등천화가 한마디 못하고 어정쩡하게 서 있기만 했고, 쓰러져 있던 자들이 부상자를 부축하며 자리를 벗어날 수 있었기 때문이다.

물론 등천화는 애당초 이들을 혼내겠다는 생각이 없었다. 아니, 오히려 능희연이 자꾸만 싸우려고 들어서 곤란하던 터였다.

벽호룡은 악군휘가 나후무장이 되고 싶지 않다고 한 말을 믿지 않았다. 당연히 나후전주한테 보고했을 리가 없었다.

표종후가 악군휘를 포기할 때쯤, 다시 찾아왔다.

"나는 자네가 나후무장이 되길 바라네. 아직 성을 떠나지 않은 것을 보면 미련이 남아 있는 것일 터. 나와 함께 나후전을 이끌어보세."

단도직입적으로 말하겠다더니 정말 대놓고 말을 했다. 하지만 악군휘는 보름 전에 이미 표종후와 다투던 벽호룡의 모습을 봤다.

한 번 신뢰를 잃은 사람을 따라간다는 건 사살을 하는 것이나 마찬가지라고 아버지께 배운 그였다.

"어릴 적 친구와 오랜만에 만나서 지내느라 남아 있는 것일 뿐입니다. 신경 쓰지 마십시오, 벽 무장님."

깍듯하게 거절을 표시했다.

벽호룡은 포기하지 않았다.

"은하전에 서문 이감이 들어갈 수 있도록 손을 쓰겠네! 자네는 나후무장, 서문 이감은 은하무장. 어떤가?"

"……"

악군휘는 어안이 벙벙했다.

벽호룡이 무슨 능력이 있다고 서문혜를 은하무장으로 만들어주겠다는 것인지 당최 납득할 수 없었기 때문이다.

"지금 저하고 장난하는 건 아니실 테고… 서문 이감이 어떻게 은하무장이 될 수 있다는 겁니까?"

"자네가 나후무장이 되겠다는 약조만 하면 내 목숨과 바꿔서라도 그렇게 만들겠네."

과감한 제안이었다.

그러나 일순간 혹하던 악군휘는 결정을 미루고 잠시 뒤로 물러서기로 했다.

'이자는 표종후란 인간과 거기서 거기인 자다. 이런 자가 목숨을 걸어? 아니지, 다른 이유가… 혹시 오대세가 사람이라서?'

생각이 여기까지 닿자 악군휘는 은근히 속이 간지러웠다. 게다가 어릴 적 친구라는 말이 떨어지기 무섭게 서문혜를 거론하는 것으로 봐서 이미 준비를 하고 온 것이 분명했다.

"사실 나후무장에 어울리는 형님을 한 분 알고 있습니다.

예전에 일군으로 있었던……."

"바로 그걸세!"

"예?"

"상관 일리 역시 곧 자네와 함께, 아니, 오대세가의 대를 이을 사람들이 모두 나후무장이 된다면 크나큰 경사가 아닌가. 하하하. 역시 자네도 그 생각을 하고 있었군!"

'내 생각이 맞는 모양이군.'

표종후는 겉으로 드러난 자들을 많이 포섭했다고 들었다. 하지만 눈앞의 벽호룡은 보이지 않는 자들에게 손을 뻗치고 있었던 것이다.

'재주는 곰이 부리고 돈은 사람이 번다는 말이 떠오르는군. 후후후.'

어느 곳이나 권모술수를 부리는 자들은 존재하게 마련이다. 거기에 적응하느냐, 판을 깨느냐의 몫은 스스로가 알아서 해야 한다.

"잘됐네요. 상관 형은 나후무장으로 잘 어울리실 겁니다."

"음? 자네는……."

"곧 고향으로 내려갈 생각입니다. 천추성까지 왔는데 그냥 내려가기는 그렇고 집에 가서 할 말이라도 만들어야겠습니다."

부징을 하든 더 좋은 조건을 바라는 것이라면 당장 붙잡겠으나 악군휘는 담담했다.

"…정말 자네와는 인연이 아닌가 보군."

벽호룡은 침중한 표정으로 마지막까지 포기하지 못하고 눈치를 봤다. 이럴 때 잘 대처해야 한다. 조금이라도 약한 모습을 보이면 다시 붙잡으려 들 테니.

"약속이 있어서 가봐야 할 듯합니다."

축객령이었다.

벽호룡은 안색을 굳히며 돌아섰다가 방을 나서기 직전에 다시 돌아섰다.

"하나만 묻겠네. 내가 찾아와서 거절을 한 것인가?"

'끝까지……'

표종후가 찾아와도 거절을 할 것이냐는 질문이었다.

악군휘는 최대한 화통하게 웃으며 고개를 저었다.

"당연히 아닙니다."

"알겠네."

"살펴 가십시오."

벽호룡이 나가는 것을 보고 있노라니 갑자기 입 안이 까칠하고 텁텁했다.

"차나 한잔 마실까?"

모두 떠난 서문혜의 거처에는 이제 둘만 남게 됐다.

등천화는 파여진 땅을 발로 평평하게 만들면서 슬쩍 말을 건넸다.

"잘했어요, 서문 소저."

"호호호. 내가 등 소협을 몰라요? 아까 뭐라고 말해야 할지 몰라서 답답했죠?"

"엄……."

등천화는 서문혜의 질문에 눈이 동그래지며 놀란 표정을 짓다가 고개를 마구 끄덕였다. 그 순진한 표정이 얼마나 재미있는지 서문혜는 한참을 깔깔대며 웃었다.

"제가 잘못한 건 아니죠? 그렇게까지 할 생각은 없었는데… 생각보다 너무 강한 바람이……."

"잘못은요. 아주 잘하셨어요, 유령신보님! 호호호."

"저, 정말요? 힛."

등천화는 부끄러운 듯 시선을 허공에 던지며 머쓱해했다. 서문혜의 눈에 그 모습이 왜 그리 좋아 보이는지. 장난을 치고 싶은 그녀였다.

"핏, 칭찬을 해줘도 싫은가 보네? 이젠 하지 말아야겠다."

"아, 아니… 그러지 마세요."

"예?"

"칭찬……."

"계속하라고요?"

"예."

"까르르!"

서문혜는 팔짱을 낀 채로 거들먹거리는 흉내를 내며 웃었다. 그녀의 웃음소리가 담 밖을 넘어갔다.

“그자가 온 모양이군.”

서문혜의 웃음소리가 유난히 크게 들렸다.

악군휘는 안 그래도 쓴 입 안이 더욱 쓰게 느껴졌다.

왜 내게는 그런 모습을 보여주지 않는 거지?

그는 애써 인정하지 않으려 하지만 이미 그의 마음에는 등천화를 인정하고 있었다.

벽호룡의 얘기를 들려주며 차나 한잔하려고 했더니, 담장 너머에는 그가 비집고 들어갈 자리가 없을 것 같았다.

막 돌아서려는 순간.

'내가 왜 비겁하게 돌아서야 하지?

자존심이 그의 발길을 붙잡았다.

당당하게 돌아서며 문을 열고 들어갔다.

안에 있던 등천화와 서문혜가 동시에 그를 바라봤다.

“군휘야, 어서 와.”

“또 뵙네요.”

등천화의 순진한 얼굴에 웃음이 가득했다.

악군휘는 저 표정이 싫었다.

괜히 자신이 나쁜 사람이 되는 것 같았기 때문이다.

“쳇. 둘이 함께 있는 줄 알았으면 들어오지 말걸. 좋은 시간 방해했다고 밉상 취급 받을 거 아냐.”

“또, 또 저런다. 애가 왜 저렇게 변했는지 몰라.”

서문혜는 악군휘를 장난스럽게 째려보고는 옆으로 옮겨 앉으며 자리를 내주었다.

"신나는 일이 있었나 보지? 얼굴이 밝네?"

악군휘가 앉으며 물었다.

"등 소협이 요즘 문 공자님과 함께 있대."

"문 공자님?"

"성주님의 막내 제자인데… 넌 잘 모르겠다. 문지혁 공자님이라고 계셔."

"성주님의 제자면 대단한 고수일 거 아니야? 그런 사람이 왜 이자와 함께 있어? 생긴 건 안 그렇게 생겨서… 줄이 좋은가 보지?"

비꼬임이 들어간 악군휘의 말에 서문혜는 쌍심지를 켜며 빽 하고 소리를 질렀다.

"야! 등 소협 정도 실력을 가진 고수가 줄이 무슨 소용이냐! 이 말은 안 하려고 했는데 해야겠다."

"……?"

"조금 전에 칠룡삼봉이 한꺼번에 몰려와서 같이 나후전으로 가자고 하더라. 혁련궁, 그자까지 열 명을 등 소협이 한 방에 정리해 버렸잖아."

서문혜가 등천화의 자랑을 늘어놓자, 안 그래도 심사기 불편한 악군휘는 입을 죽 내밀었다.

"쳇. 어지간히 자랑을 하는군. 다른 사람이 들었으면 이자가 낭군인 줄 알겠다. 그 정도 갖고 자랑은……."

"뭐?"

"아니야. 성주님의 막내 제자도 어지간히 사람 볼 줄 모른다고."

"야! 등 소협이 그냥 위사냐? 유령신보라고!"

"얘가 왜 이렇게 열을 올려? 몰라! 유령신보고 뭐고 간에 정신 사나워 죽겠으니까 차나 한 잔 줘."

악군휘가 만사 귀찮다는 표정을 지으며 손을 내젓자, 그제야 서문혜는 그가 들어올 때부터 뚱해 있었다는 것을 떠올렸다.

"넌 왜 그래?"

"너를 은하무장으로 만들어줄 테니 나보고 나후무장이 돼 달라고 하더라."

"누가?"

"누구긴, 둘 중 하나지."

표종후와 벽호룡에 대한 얘기를 이미 들려줬기에 서문혜는 금방 알아차릴 수 있었다.

"그래서, 뭐라고 했는데?"

"거절이지. 그런 냄새나는 곳은 갈 생각 없어."

악군휘의 완강한 대답에 서문혜의 눈빛이 반짝였다.

"잘됐네."

"뭐? 일전에는 그냥 들어가라며?"

"호호호. 그때는 그때고. 이 기회에 등 소협을 따라가서 문

공자님을 한 번 만나보는 건 어때?”

“뭐? 파하! 위사에게 도움이나 받는 사람, 만날 생각 없다.”

악군휘는 질색을 하며 등천화를 같잖다는 듯이 쳐다봤다. 이쯤 되면 등천화가 화를 내는 것이 하나 이상할 것 없는 상황이었으나, 등천화는 귀를 닫은 귀머거리처럼 아무 말도 하지 않았다.

그 모습을 보다 못한 서문혜가 등천화의 옆구리를 살짝 찔렀다.

“등 소협, 문 공자님에 대해서 자랑 좀 해줘요. 혹시 알아요, 이 녀석이 가겠다고 할지?”

“조금 전에 싫다고… 굳이…….”

“호호호. 본심이 아닐 거예요. 지금 악씨세가로 돌아가면 악 가주께서 죽지 않을 만큼 패실걸요? 저거 순 꾀부리는 거예요.”

서문혜는 악군휘가 맞는 모습을 상상만 해도 재미있다는 듯이 혀를 내밀며 놀렸다.

이럴 때 악군휘는 참기 힘들어진다. 서문혜의 저 모습 때문에 어린 시절을 황홀하게 보냈기 때문이다.

그런 웃음을 엉뚱한 자에게 보여주다니!

“이봐, 한마디민 해봐.”

“예?”

“좋았어! 내일 그곳으로 찾아가지.”

“예에…….”

“…….”

“…….”

“왜 가는지 안 물어봐?”

“이유가 있겠죠.”

“…….”

악군휘는 순간적으로 내린 자신의 엄청난 결정에 회의를 느껴야 했다. 아무것도 아닌 일이 아니었다. 충동적이긴 해도 등천화에게 묘한 흥미를 느꼈기에 내린 결정인 것이다.

이런 결정을 아무것도 아닌 일처럼 받아들이는 등천화가 미웠다. 엄청난 결정 맞다. 맞는데 왜 이리 짜증이 나고 더운지 모르겠다.

옆에서 손뼉까지 치며 기뻐해 주는 서문혜만 아니었어도 당장 삼색신창을 조립해서 등천화의 머리를 겨냥했을지도 몰랐다.

‘금방 돌아오는데 굳이 말하지 않아도 되겠지?’

서문혜의 고민스러운 생각이 등천화를 향했다.

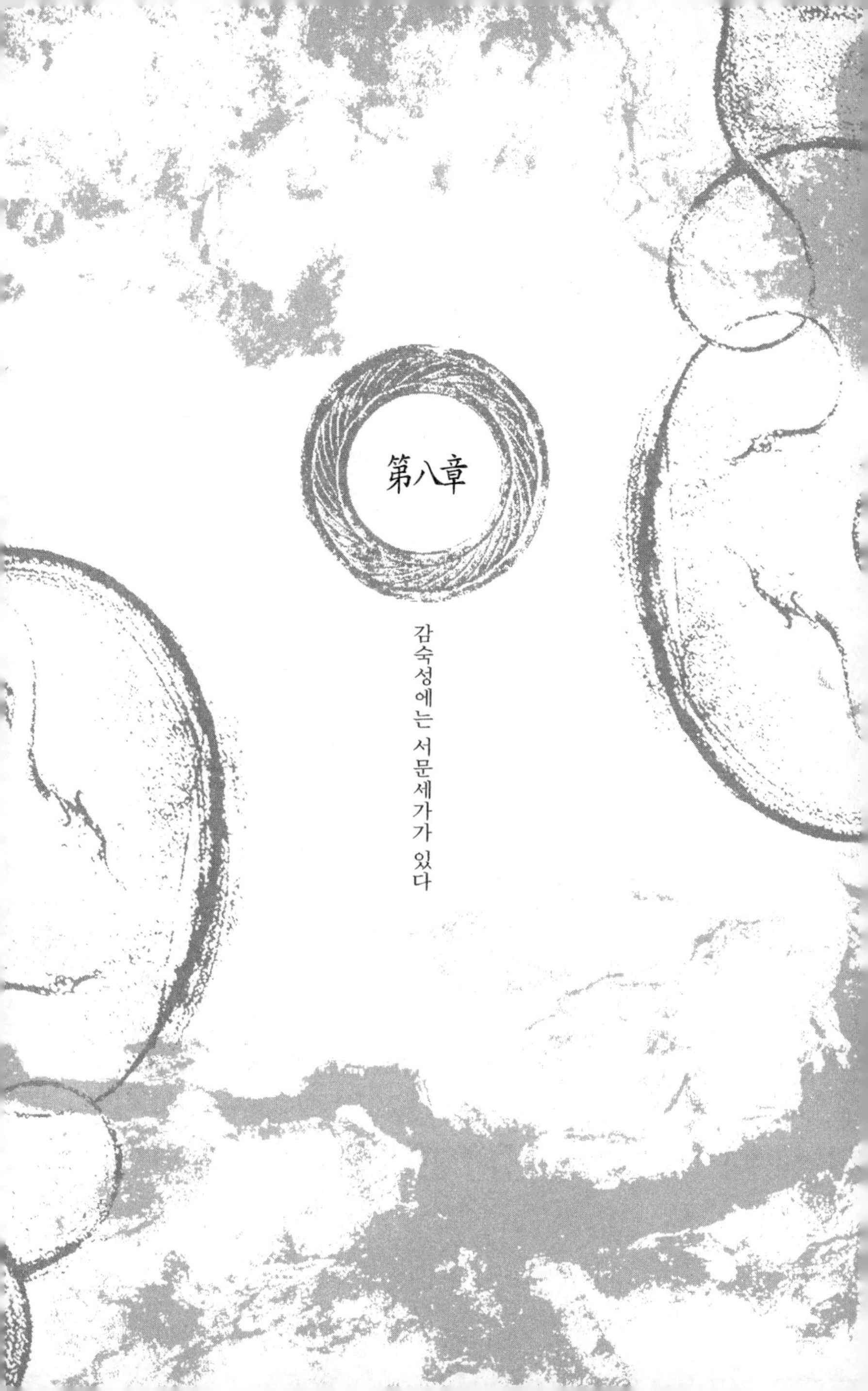
第八章

감숙성에는 서문세가가 있다

步法無敵

　햇살이 창가를 통해 들어와 얇은 이불을 투과하며 살갗을 따뜻하게 건드린다. 움직이기 싫은 몸을 건드려서 뭘 어쩌겠다고 귀찮게 하는지.

　창희령은 텅 빈 동공을 열어 창밖을 처다봤다.

　창희소가 죽은 지 벌써 한 달도 넘었다.

　"검후의 무공을 익히려면 급해선 안 돼."

　"희령이는 잘 해낼 거야. 어머니께서 그러셨어, 이 언니보다 훨씬 검에 대한 자질이 뛰어나다고."

　"조금만 참아. 우리 둘이 익힌 무공을 하나로 합치면 검후의 무공인 한상옥령검법이 완성되는 거야.”

검각을 떠나기 전까지 성격이 급한 그녀를 달래주었던 언니의 목소리가 들리는 것 같았다.

그녀가 놀고 싶다고 어머니 몰래 도망치면 끝끝내 찾아내 검법을 알려주던 언니였다.

검법이란 것은 어느 한순간에 깨달음이 찾아오는 것이 아니라, 꾸준함이 겹쳐서 결실을 맺는 소중한 열매라던 언니였다.

한상옥령검법을 대성할 수 있는 길을 알았던 것이다.

창희령이 옥령검법에 욕심을 내서 검각을 뛰쳐나오지만 않았어도 언니는 죽지 않았을 텐데…….

내 대신 왜 죽었어!

이 바보 언니야, 철딱서니없는 동생이 뭐가 예쁘다고 대신 죽어!

“언니… 나는… 있잖아, 나는… 으허엉… 미안… 미… 안… 해… 언니…….”

창희령의 눈물이 뺨을 타고 내려가 아직까지 놓지 않고 있는 왼손의 한상검에 닿았다.

웅웅―

너도 슬프니?

주인의 슬픔을 알기라도 하는 것처럼 한상검도 울었다.

기웅— 기웅—

한상검이 울자 방 안 어딘가에서 기음이 흘러나왔다.

"……?"

창희령은 고개를 돌릴 기운도 없어 소리를 귀로 찾았다. 발꿈치 뒤쪽 어딘가.

그때, 방문이 열리며 서늘한 기운과 함께 생뚱맞은 목소리의 주인이 들어왔다.

"아직도 궁상을 떨고 있네. 이젠 그만 좀 떨지?"

옥서시였다.

창희령은 화를 낼 기운도 없었다.

여전히 멍한 눈으로 천장만 바라보며 누워 있었다.

"칫, 이젠 이 정도로는 자극도 안 되는 모양이네. 야, 일어나. 밖에 손님이 찾아왔어."

"……."

"만나기 싫어도 어쩔 수 없어. 그 멍청한 낯짝을 보고 있으면 내 울화통이 터질 것 같아 들어오라고 했으니까."

"……."

창희령은 옥서시의 말을 듣지 않고 있었다.

기웅— 기웅—

울고 있는 기음에 마음을 빼앗겼기 때문이다.

무엇보다 누가 오든 만나고 싶은 생각이 없었다.

창희령의 시선은 아직도 천장에서 떨어지지 않았다.

옥서시가 나가고 한 사람이 안으로 들어왔다.

"창 소저, 괜찮나요?"

"……?"

창희령의 눈동자가 자신의 의지와 무관하게 문 쪽으로 돌아갔다. 익숙한 목소리였다. 머릿속이 온통 언니와 기이한 음향으로 가득 차 있었으나 등천화의 목소리는 모든 것을 정지시켰다.

'등 뭐라고 했던…….'

"아직도 많이 아파요?"

몸이? 마음이?

몸도 마음도 아프다.

"힘내요, 창 소저. 사실 그동안 미안해서 못 왔어요. 제가 조금만 빨리 머리로 들이받았으면… 하여간 미안해요. 그냥 미안해요……."

"……."

느낌이 없다.

어떤 감정이 미안한 건지, 저 사람이 왜 사과를 하는지 멍할 뿐이다.

"길… 끊지 말아요. 길을 끊으면 가고 싶은 곳이 있어도 못 가요. 걸을 수 있는 건 정말 좋은 거거든요. 엄… 진짜예요."

걷는다? 갈 곳이 있어야 걸을 수 있지.

집으로 돌아가도 이젠 함께 걸을 사람이 없는데, 걸을 수 있는 것이 무슨 소용일까?

"창 소저… 그러니까 창 소저의 언니… 엄… 뭐가 이상하지만, 하여튼 괜찮다고 했어요. 아프면 또 업어줄 테니까 어서 일어나요."

등천화는 말을 하면서 울상을 지었다.

무공이 약하고, 성격이 약하고, 몸이 약하고.

다 필요없는 것들이다.

똑바로 걸을 수만 있으면 그딴 것들은 다 필요없었다. 걸을 수 있으면 언제든 무공도 익히고, 성격도 활발해지고, 몸도 건강해지는 것은 문제될 게 아니기 때문이다.

'업어준단다. 저 순진하게 생긴 사람이 나를 업어준단다.'

웃겼다.

위로랍시고 해주는 말이 겨우 업어준다니.

등천화는 갑자기 창희령이 '픽' 하고 웃자, 머쓱해져서 코를 슥 문지르며 멀쩡한 침상 끝으로 걸어갔다.

"아, 이 녀석이 여기에 있었구나. 아까부터 이상한 소리나 내고. 창 소저, 이거 알죠? 창 소저의 언니가 사용하던 검이에요."

방 안으로 들어올 때부터 나던 소리의 정체를 발견한 것이다. 창희령도 무의식적으로 고개를 돌렸다. 그곳에서 검 한 자루가 모습을 드러냈다.

'옥령검… 그래, 너도 네 주인을 닮아서 그렇게 얌전히 울

었던 거구나.'

등천화는 옥령검을 창희령의 곁에 내려놓았다.

"나중에 밥 많이 먹게 되면 한 번 찾아오세요. 갈 대협이 놔주질 않아서 어딜 마음대로 다닐 수가 없어요. 문지혁 공자님과 함께 있으니, 떠나기 전에 오실 수 있으면 또 봐요."

'문지혁… 누구지? 떠나? 아… 지금 이곳은 검각이 아니구나…….'

창희령은 처음으로 관심을 드러냈다. 등천화의 어눌하지만 재미있는 말투를 더 듣고 싶었지만, 도저히 피곤해서 눈을 뜨고 있을 수가 없었다.

잠시 눈을 감았다가 떴다.

아마도 잠이 들었던 모양이다.

방 안은 약간 어두워졌고 아무도 없었다.

잠시 후에 옥서시가 들어와 또다시 뭐라고 투덜댔다.

당연히 입에도 안 댈 것이라 여겼는지 직접 가져온 음식을 아무렇게나 놓고서 돌아섰다.

그때.

꼬르륵.

창희령의 뱃속이 음식에 처음으로 반응을 보였다.

옥서시는 배시시 웃는 얼굴로 음식을 가져와 창희령의 입에 몇 번 넣어주다가 신경질을 내며 시중들 비녀를 불렀다.

"야, 너희들이 좀 먹여봐. 내가 주니까 안 먹어."

퉁퉁거리기는 하지만 싫지 않는 말투였다.

일이 끝났으니 세외삼천으로 돌아가야 했다.

몸이 엉망이 된 창희령을 놔두고 갈 수 없어 그동안 옥서시가 돌봐주었다.

'빙궁으로 돌아가면 뭐라고 하지? 이모, 왜 그랬어.'

옥서시 역시 창희령을 핑계로 이모의 죽음에 대해 슬픔을 달래고 있었다.

종명기는 가교일을 화산으로 보낸 후에 처음으로 의약전을 나와 정문으로 향했다.

그동안 한 번도 찾아오지 않은 괘씸한 등천화를 혼내주기 위해서였다. 하지만 정문으로 갔다가 등천화가 문지혁의 거처에서 지낸다는 이상한 말을 들은 것이다.

이상하게 생각한 그는 곧장 문지혁의 거처로 갔고, 밖에서 안을 살펴봤다. 그곳에는 갈피독과 문지혁이 묘한 대결을 펼치고 있었다. 막상 두 사람을 보니 위화감이 들지 않을 수 없었다.

이런 성격이 아니었는데 왜 이렇게 됐을까?

주춤거리는 자신의 모습이 그렇게 초라할 수가 없었다. 들어가 '등 소형제' 라고 한마디만 하면 하나 문제될 것이 없다는 걸 알면서도 몸이 돌려지지 않았다.

종명기는 자신의 행동에 실망하여 터덜거리며 방으로 돌

아오고 말았다. 속이 타서 물 몇 잔을 벌컥벌컥 들이켜고는 침상에 벌렁 누웠다.

'……'

특별히 떠오르는 생각도 없는데 일어나긴 싫었다.

그때, 비녀가 문을 두드리며 말했다.

"종 일건님, 원로원에서 부르신답니다."

"원로원에서?"

무심코 대답한 종명기는 갑자기 머리카락이 쭈뼛 서는 느낌에 침상에서 벌떡 일어섰다.

"원로원?"

종명기가 원로원에 들어서자, 한쪽에 있던 계창수가 '클클' 거리며 웃음으로 맞아주었다. 그 옆으로는 요료 성승과 몇몇 낯익은 원로들이 앉아 있었다.

"왜 그렇게 불안해하느냐, 혹시 죄졌냐?"

계창수의 말에 종명기는 급히 고개를 저어 부정했다.

"아, 아닙니다, 계 원로님. 제가 이곳까지 올 이유를 찾지 못해 어리둥절해서 그런 것입니다."

"클클클. 상을 주려고 불렀다. 요료 성승께서 직접 말씀하시지요?"

"아미타불. 네가 명기였구나. 허허허. 아주 어릴 때보고 처음 보는구나. 계 원로께선 유령신보란 청년과 함께 가 일곤을 구해온 일을 말씀하시는 게다."

요료 성승은 종명기가 원로원으로 들어오는 것을 본 순간 아찔한 기분에 사로잡혔다.

소림무공만 익힌 지 벌써 칠십 년이다. 자세만 봐도 어떤 무공을 익혔는지 한눈에 알 수 있었다.

종명기는 참으로 어려운 길을 걸어왔다. 틀이 잡힌 자세는 곧고 바르다. 걸음이 무겁고 변형되지 않아 깊었다.

"이상하구나? 백보신권과 금강부동신법 외엔 왜 익히지 않은 게냐?"

"……!"

종명기는 몸이 떨릴 정도로 놀라서 잠시 대답을 잊었다.

"제, 제자의 자질이 부족하여 그 두 가지만으로도 벅차 다른 무공은 엄두도 내지 못했습니다."

종명기의 대답에 요료 성승은 고개를 갸웃거렸다.

'이상하군. 휘악이 말로는 욕심이 많아서 이것저것 많이 익히는 바람에 깊이가 없어졌다고 하더니……'

요료 성승은 잠시 고민에 빠졌다. 종명기를 위해 준비하고 있던 환단을 품에서 꺼내지 않았다. 내공 증진의 효과만 놓고 따지면 대환단과 맞먹을 정도로 귀한 환단이었다.

고민히는 요료 성승과 죄지은 듯 고개 숙인 종명기를 살려 준 사람은 계창수였다.

"요료 성승께선 어떤 선물을 주실지 결정하셨습니까?"

"흠, 결정은 했습니다만… 결정을 미뤄야겠습니다."

"예?"

"봤으니 됐다. 돌아가서 내가 따로 부를 때 다시 오너라."

요료 성승은 계창수의 의문을 풀어주지는 않고 종명기를 오히려 보내는 것이 아닌가?

밖으로 나가는 종명기의 뒷모습에 담긴 요료 성승의 눈빛이 깊었다. 종명기를 그동안 왜 몰랐는지 아쉽기만 한 그였다.

"어인 연유이신지요? 제가 부른 것이 실없게 됐지 않습니까? 영약이든 기보든 주라고 하면 될 것을……."

"허허허. 명기에겐 그렇게 작은 것은 어울리지 않구려, 계원로. 그런 것보다 더 좋은 선물이 생각나서 보냈습니다. 아미타불."

"……?"

요료 성승은 거처로 돌아와 마음을 진정시켜야 했다.

사부이신 활불 망아 대사의 모습과 종명기의 모습이 겹쳐 보였다. 이미 거처로 돌아오기 전에 종명기에 대해 조사를 시켜놓았다.

진휘악이 없는 지금, 소림 본산에서 데려온 혜연 대사가 그 자리를 대신하고 있었다.

다음날 저녁이 되자 혜연 대사가 찾아왔다.

"조사해 왔습니다."

"그래, 명기가 금강부동신법과 백보신권 외에 익힌 것이 더 있더냐?"

혜연 대사는 고개를 저었다.

"소장하고 있는 서책부터 싸움에 참여했던 무인들을 만나 알아본 결과 소림 절예 중 그 두 가지만 익혔다고 합니다."

"허!"

요료 성승은 자신의 눈이 정확한 것이 이토록 원망스러울 줄 몰랐다.

'휘악아, 사제를 시기했다는 말이더냐? 허허.'

기가 막혔다.

'정기, 정신, 신기가 이루어지면 그것만으로도 훌륭하나, 그것은 정기신(精氣神)이 일체가 될 수 없기에 만들어지는 일종의 허상. 정기신이 일체가 되기 위해서는 몰라야 한다. 또한 알아야 하는 것이다. 허허. 사부님… 사부님……. 슬픔이 기쁨이요, 기쁨이 슬픔이로구나. 아미타불.'

그동안 천추성의 원로라는 직책에만 머물고 있어, 소림사에는 신경을 쓰지 못한 것이 어깨에 짐이 되어 내려앉았다.

다음날 밤.

요료 성승은 종명기를 불러 앉혔다.

"명기야, 정기신 일체란 말을 들어본 적이 있느냐?"

촛불 아래 자애로운 웃음을 짓고 있는 요료 성승의 질문에 종명기는 긴장한 얼굴로 대답하지 못했다.

"몸을 단련함을 정, 몸속을 다루는 것을 기, 우주를 보는 것을 신이라 한다. 아느냐?"

"……."

"몸을 단련하기 위한 최상의 수법은 백보신권이다. 단순하지만 끈기가 없으면 대성할 수 없어 제자들이 기피하는 무공이지. 그래서 그것만 익히라고 했던 모양이더구나."

"……!"

종명기는 직감적으로 요료 성승이 진휘악을 가리킴을 알았다.

"하나, 오히려 네겐 복이 됐구나. 몸을 이루고 있는 피를 맑게 하고, 탁한 기운을 몰아내기 위해서는 내공심법을 익혀야 하지만, 그보다 더욱 좋은 수련법을 익히고 있었어."

"……?"

"금강부동신법을 익혔지 않느냐? 오장육부가 자연스럽게 단련되고, 피의 순환이 자유로워지는 데에는 그 이상의 것이 없지. 단순감을 의지로 이겨내야 가능하지만. 이런 사실을 알고 있었더냐?"

"몰랐습니다."

"그럴 테지. 알았으면 그런 몸이 될 리가 없느니."

'그런 몸? 좋다는 말씀인가 나쁘다는 말씀인가?'

　어리둥절한 종명기의 앞으로 요료 성승은 하나의 비급을 내려놓았다.

　'대반야무상신공(大般若無常神功)?'

　"대반야무상신공이다. 오늘부터 네가 익혀야 할 무공이니라. 소림칠십이종절예 중 마흔세 번째에 올라 있다. 혹여 들어본 적이 있느냐?"

　요료 성승은 책자를 건네며 자애롭게 웃었다.

　"어, 없습니다."

　종명기는 갑작스런 일에 당황해서 어찌할 바를 몰랐다. 요료 성승의 자세한 설명이 암시하는 내용을 짐작하지 못했다면 그건 거짓말이었다.

　기연이 다가온 것이다.

　"허허. 지금까지 익힌 두 가지에 이 신공이 합쳐지면 앞으로 많이 달라질 게다. 미리 말해두지만 그 변화는 온전한 너만의 변화다. 너로 인해 변해야 할 것들이 그만큼 많아진다는 뜻이지. 깨뜨린다는 것은 새로운 것을 만드는 과정에 불과할지니……."

　"……!"

　종명기는 가슴이 아프기 시작했다.

　너무 벅차서 심장이 어디로 터져 나갈 것같이 아팠다. 언제고 한 번쯤은 상상을 하던 순간이 왔음에도 뭘 어떻게 해야 할지 알지 못했다.

이 순간, 어이없게도 등천화가 떠올랐다.

'이 비급을 다 익히면 그곳을 자연스럽게 들어갈 수 있으려나? 하하하.'

청양 지부에서 백안마군은 종명기의 백보신권을 보고 변형된 백보신권이란 말을 한 적이 있었다. 원형 그대로의 백보신권을 모르기에 오히려 그리 보인 것이다.

진휘악의 질투가 종명기에게 기연을 만들어주었다.

완벽한 백보신권의 진정한 위력은 오직 요료 성승만이 알고 있었다.

'네가 대반야무상신공까지 대성한다면… 너도 모르는 사이에 백마라 해도 결코 너를 어쩌진 못하게 될 것이니라. 사부님께서 그러셨던 것처럼……. 아미타불.'

요료 성승의 사부인 활불이라 불렸던 망아 대사는 오로지 백보신권 하나로 백마를 상대한 적이 있었다. 너무 단순해서 회자되지 않는 소림의 전설이기도 했다.

기뻐하는 종명기의 모습에 요료 성승은 자신의 선택이 옳았다는 확신을 갖게 됐다.

*　　　*　　　*

등천화는 멍한 표정으로 연무장이 좁다고 움직이며 싸우는 갈피독과 문지혁을 보고 있었다. 아니, 두 사람을 보면서 서문혜가 안 보인 지 오 일이 지났다는 생각을 했다.

혁련궁 등이 그녀를 핍박하는 모습을 본 후라서 더욱 걱정이 됐다. 그렇다고 아무 이유 없이 그녀를 찾아가는 것도 이상하게 내키지 않았다.

"벌써 오 일인데… 장난치러 올 때가 지났는데… 이상하네. 엄……."

오늘도 소식이 없을 모양이다.

등천화는 도저히 안 되겠는지 문지혁의 거처에서 나와 그녀의 거처로 향했다.

"이봐, 어디 가?"

뒤를 돌아보자 악군휘가 웃으며 다가오고 있었다.

온다고 하더니 정말 왔다. 하지만 반갑지 않았다.

다른 사람들은 나이에 상관없이 어떤 말투를 사용해도 괜찮은데, 이상하게 악군휘가 하대를 하면 기분이 나빠진다.

"어디 가요."

등천화는 심드렁하게 대답했다.

"그러니까 어디?"

"어디요."

'이것 봐라? 그래도 감정은 있는 모양이네?'

악군휘는 등천화의 퉁명스러운 반응이 싫지 않았다.

등천화가 감정을 드러내는 모습을 처음 봤기 때문이다. 그는 이빨까지 드러내며 음흉하게 말했다.

"혜에게 가려는 길이면 소용없으니까 그만둬."

"……?"

"집에 갔다고 하더군."

"집?"

"서문세가 말이야."

"지, 집이… 서문세가였구나."

등천화는 갑자기 말을 더듬었다.

서문혜의 소식을 악군휘는 알고 있는데 왜 자신은 몰랐을까?

또 기분이 나빠졌다.

악군휘는 등천화의 표정을 읽고는 놀리는 걸 잊지 않았다.

"하하하. 표정을 숨길 줄 모르는 사람이군. 나도 방금 알았으니까 그렇게 이상한 표정은 짓지 말라구. 혜의 거처에 갔다가 비어 있기에 천감당에 가서 물어봤거든. 그날… 그러니까 당신이 이상한 떨거지들을 혼내줬다는 그날 밤에 떠났대."

"……."

점점 더 싫어진다.

등천화의 침묵으로 두 사람은 어색하게 서 있게 됐다. 악군휘는 당연히 들어오라고 할 줄 알았던 등천화의 불친절에 슬슬 기분이 나빠진다는 표정을 지었다.

문지혁의 거처엔 오늘도 어김없이 갈피독이 수련 상대로

열심히 지옥팔보와 지옥파라수를 펼치고 있었다.

"어? 저놈이 웬일이야? 이크! 잠깐 쉬면서 하자구!"

틈을 노리고 들어온 문지혁의 공격에 갈피독은 화들짝 놀라며 급히 뒤로 물러섰다.

"쉴까요, 그럼?"

문지혁은 장난스럽게 웃으며 입구 쪽을 쳐다봤다.

검은 무복 차림의 강한 인상의 악군휘가 등천화의 뒤에 대고 뭐라고 중얼거리며 따라오고 있었다.

문지혁의 앞까지 온 등천화가 뒤로 손가락을 가리키며 성의없이 말했다.

"문 공자님, 악씨세가에서 온 사람이래요. 아무 곳에서도 받아주질 않는다고……."

"큭. 이, 이봐! 언제! 내가 언제 그랬어!"

악군휘가 버럭 소리를 질렀으나, 등천화는 신경 쓰지 않고 말을 이었다.

"…서문 소저가 그러던데요."

"……."

악군휘는 순간적으로 할 말이 막혔다.

등천화가 평소와 다른 것을 눈치 챈 갈피독이 때를 놓치지 않고 편을 들어주었다.

"큭. 저 녀석이 사람을 다 데리고 오네? 문 공자, 한 번 시험이나 해보시구라."

문지혁은 단 며칠이었지만 갈피독과의 수련을 통해 실전에 대한 감각을 느끼고 있었다. 악군휘를 찬찬히 훑어봤다. 균형 잡힌 체격을 보다가 그의 등 뒤에 있는 창에 시선이 갔다.

"어? 세 개? 창 이름이 뭔가?"

자연스러운 하대였으나 악군휘는 이미 장소에서부터 주눅이 든 데다 나후전주와 같은 신분이란 말을 들은 후였다.

"사, 삼색신창입니다."

"오!"

"들어보신 적이 있으십니까?"

악군휘는 이채를 발하며 문지혁을 바라봤다.

"아니, 이름은 멋지네. 등 위사가 소개해 주겠다니 나는 찬성이야. 창을 사용하는 사람이라… 세 초식으로 하지."

문지혁의 나이는 많아야 열여덟?

악군휘보다 두 살이나 어렸다.

자존심이 서서히 고개를 들었다.

"상관없습니다. 악씨세가의 장남 악군휘가 정식으로 인사드립니다."

"문지혁일세."

문지혁이 가볍게 대답하며 자세를 잡자, 자연스러운 기품이 흘러나왔다. 무기를 들지 않았는데도 전신에서 기세가 번뜩였다.

‘웁. 압박이 제법이지만, 나보다 어린 녀석에게 당할 수는 없지.’

답답해지는 가슴에 삼색신창을 갖다 대며 호흡을 골랐다. 슬쩍 옆을 돌아보자, 대결을 지켜볼 줄 알았던 등천화와 갈피독이 엉뚱한 곳을 보고 있었다. 특히 갈피독은 언제 대결을 펼쳤냐는 듯이 멀쩡해 보였다.

‘문 공자의 이 압박을 상대하고도 힘이 남아돈다는… 기가 막히는군. 내가 저 사람을 잘못 판단하고 있었던 모양이구나.’

끊임없이 등천화에게 말을 거는 갈피독의 모습에 부담이 더 가중됐다. 문지혁의 앞에 서 있는 것만으로도 이렇게 숨이 찬 자신은 뭐란 말인가.

나후전주 각용성 앞에서 느꼈던 답답함보다는 확실히 덜했지만, 문지혁의 나이를 생각하면 비교한다는 것 자체가 무의미하게 여겨졌다.

눈앞의 문지혁은 언제든 와보라는 듯한 자세를 취하고 있었다.

“뭔데, 뭔데, 뭔데? 아, 뭔데!”

갈피독은 안 그래도 항상 방어적인 문지혁의 태도에 질려가던 중이었다. 화끈하게 싸우든지, 막을 테니 공격하라든지 선택이야 많지 않은가?

이것저것도 아닌 완전 미지근한 싸움이 몸에 배어 있었다. 그런 차에 악군휘가 왔으니 얼마나 반가운가. 더구나 등천화의 심경에 변화까지 만들고서.

"어딜 좀 가야 할 것 같아요."

"오! 어딜?"

"서문세가요."

"거긴 왜?"

"그냥… 걱정이 돼서요."

"누가?"

"서문세가에 간 사람이요."

"……."

등천화는 갈피독이 이상한 눈으로 보든 말든 개의치 않고 열심히 고민했다. 서문혜의 갑작스런 부재에 자신이 왜 안절부절해야 하는지 알 수 없었지만, 하나는 분명했다.

그녀와 연결된 길이 끊겼다는 사실이다. 그것은 걱정이 되는 일이고, 걱정을 해야 하는 이유가 필요없는 일이다.

"갈래요."

"지금 당장?"

등천화는 가타부타 대답도 않고 문을 향해 걸어갔다.

갈피독 역시 뒤도 안 돌아보고 따라갔다.

악군휘는 호흡을 고르며 문지혁의 압박에서 벗어날 기회

를 노렸다. 한 번만, 한 번만 손을 뻗게 해주면 그 뒤로는 멈추지 않을 자신이 있었다.

그때.

"어? 갈 대협, 어디 가세요?"

문지혁의 갑작스런 행동.

기회였다. 하지만 대화 중에 공격했다는 소린 듣고 싶지 않았다. 갈피독의 대답이 들려오지 않은 것은 천만다행이었다.

"갑니다!"

악군휘의 창이 무서운 속도로 문지혁의 가슴과 목젖을 동시에 찔러갔다. 당황하는 모습까지는 아니라도 약간 놀라기는 할 줄 알았다.

그러나 악군휘의 창은 문지혁의 근처에도 가기 전에 목표를 놓쳐 버렸다.

문지혁은 갈피독을 상대할 때처럼 호신위를 사용하지도 않고서 순식간에 거리를 좁히며 손을 휘저었다.

'홧' 하며 날카로운 음향이 다가오는 것을 느낀 악군휘는 재빨리 삼색신창을 회전시키며 손이 다가오는 방향에 위치를 고정시켜 놓았다.

문지혁의 손이 주춤하는 것이 느껴지자, 속으로 쾌재를 부르며 재빨리 삼색신창의 위력을 제대로 살릴 수 있는 삼색구궁연환창법(三色九宮連環槍法) 제일초식 역구궁(逆九宮)을 펼쳤다.

"휘야, 보법이나 신법을 펼치는 적을 상대할 때는 구궁의 방위를 반드시 먼저 점해야 한다. 인간의 움직임은 아무리 빨라도 그 범위를 넘지 못하기 때문이다. 만약 육안으로 파악할 수 없는 상대를 만나면 물러서라. 네가 역구궁을 펼치기 전에 상대는 이미 구궁의 방위를 거슬러 올라와 네 목숨을 노릴 것이니. 물론 삼색신창의 궁극이랄 수 있는 빠름을 앞선 자는 아비 평생 본 적이 없지만……."

악군휘의 아버지 현 악씨세가의 가주 악추가 삼색신창을 전해주며 당부한 말이다.

역구궁에 이어 삼색연환, 그리고 마지막 초식인 구궁연환까지 이어지면 삼색신창 아래 살아남을 자는 없다고 호언장담하셨다.

악군휘는 역구궁을 펼치면서 이어질 삼색연환을 준비하고 있었다. 역구궁이 실패하더라도 삼색연환이라면 충분히 자신의 존재감을 알릴 수 있으리란 판단에서였다.

삼색신창의 위력도 보이지 않고 또다시 손을 거둘 수는 없었다. '후웅' 하며 거칠게 공간을 가르는 소리가 듣기 좋았다.

문지혁의 동작을 흩뜨리는 데에는 성공한 것 같았다.

취릿!

"헛!"

몸을 관통시키며 빠져나와야 할 창끝.

목표를 맞히지 못하고 허공에서 멈췄다.

"끝인가?"

문지혁의 목소리에 악군휘는 있는 힘을 모두 끌어 모았다.

"아니오!"

빛의 산란으로 인해 생겨난 세 가지 색이 현란하게 창을 휘감았다. 그 빛은 기였다. 내공으로 만들어낸 빛이었다.

"오!"

문지혁의 감탄 어린 목소리에 막 공격하려던 악군휘는 맥이 탁 풀리는 걸 느꼈다. 역구궁을 펼칠 때 그가 주춤했던 이유를 알았기 때문이다.

공격을 하려다 봐준 것이다.

그제야 문지혁을 볼 수 있었다.

"처음이라 긴장했나? 눈도 안 마주치고 공격만 하면 맞을 리가 없지. 악씨세가의 창법이 한 번 펼쳐지면 쉴 새 없이 피하기만 해야 한다는 말씀을 어릴 때 할아버지께 들은 것도 같아. 좀 쉬고 다시 하지?"

문지혁의 목소리에 생기가 감돌았다.

악군휘는 자신의 창이 이렇게 무력할 줄 몰랐다.

"지혁아, 이리 오너라."

허허로운 목소리가 건물 안쪽에서 들렸다.

한 사내가 걸어나오고 있었다.

그가 누군지 관심을 두지 않았다. 지금은 악군휘에게 너무도 괴로운 시간이었기 때문이다. 힘 빠진 악군휘의 다리가 후들거렸다.

그때, '짝' 하는 소리가 그쪽에서 들렸다.

고개를 든 악군휘는 눈앞에서 벌어진 광경을 보고 입을 다물 수가 없었다.

"이럴… 수가……."

사내는 내려온 앞머리로 인해 얼굴을 볼 수는 없었지만, 근사한 체격의 윤곽이 그대로 드러나 있었다. 손이 아직도 허공에 들려진 것을 봬서 시내가 문지혁의 뺨을 때린 것처럼 보였다.

그러나 더욱 놀라운 광경은 아직 남아 있었다.

"그동안 뭘 배웠느냐! 천추성의 제자로서 부끄러운 줄 알아야지. 아무리 수련이라고 해도 상대를 조롱하는 행동을 하다니! 어떤 상황에서도 일단 상대를 눈앞에 두고 있으면 전력을 다해야 한다는 것을 잊은 것이냐? 실력을 높이기 위해 수련을 한다고? 다른 사형들보다 강해지고 싶다고? 고작 이런 마음으로 가능할 것 같으냐!"

나직한 호통이었으나, 그 말은 악군휘의 폐부를 뚫고 밖으로 튀어나왔다. 손에서 떨어진 삼색신창이 뭉툭한 소리를 내며 땅에 꽂혔다.

‘나… 나도…….’

문지혁을 향한 말이건만 악군휘에게 다가오는 무게는 이루 표현할 수 없을 만큼 무거웠다.

“제가 오만했습니다.”

울먹이는 문지혁의 음성은 악군휘가 하고 싶은 말이기도 했다.

“다시 해라. 그리고 자네.”

풍우신장의 머리칼 사이로 보이는 시선이 악군휘에게 닿았다.

“예, 옛!”

악군휘는 화들짝 놀라 대답했다.

“자네가 가진 실력을 모두 끌어내려면 얼마간의 시간을 주면 되겠나?”

“예?”

“오 일. 오 일을 주겠네. 보이고 싶지 않은 자네의 절기를 꺼내게. 그러지 못하면 자네는 영원히 지혁이의 옷자락도 건드리지 못하게 될 테니.”

“그, 그것이 무슨 말씀이십니까? 저는 최선을 다했습니다.”

“한 가지를 더 추가해야겠군. 오 일 안에 과연 최선이었는지도 생각해 보게.”

“……!”

그가 옳았다. 악군휘는 이미 기선을 제압당한 상태라 최선을 다하지 못했다. 그의 한마디 한마디가 악군휘의 심장을 찌르며 그동안 건방질 수 있었던 최후의 보루를 스르르 뭉개 버렸다.

악군휘는 자신도 모르게 고개를 숙였다.

이 사람 앞에서라면 고개를 숙여도 자존심이 상하지 않을 것 같았다.

'이런 분 앞에서 과연 멀쩡히 서 있을 수 있는 사람이 있을까?'

*　　　*　　　*

"마교의 무리들 처, 천여 명이 감숙성으로 모이고 있다고? 왜 그걸 이제야 말하는 거냐!"

계창수는 깜짝 놀라 부하가 올린 서찰을 들고서 원로원으로 뛰어갔다.

징조가 좋지 않다.

그동안 마교와 잦은 부딪침은 있었지만 대규모 싸움은 없었다. 아니, 있었어도 싸움이 일어나기 전에 미리 알았기 때문에 피해는 양측 모두 적었다.

'감숙성… 감숙성에는 누가 있지? 장액 지부장이 누구더라… 아, 광염라 엄패! 가만. 이번에 나선 마교의 고수는 누구

지? 혹시 백안마군이 직접? 아니지, 아니야. 그가 왜 나서겠
는가. 더구나 백안마군이 움직였으면 벌써 보고가 올라왔겠
지. 다른 자야, 다른 자…….'

계창수의 머릿속은 쉴 새 없이 돌아갔다.

그러나 아무리 생각해도 그들이 싸움을 걸 명분이 현재는
아무것도 없었다. 서로의 지부 정도를 쓸어버리는 일은 그동
안에도 수없이 있었던 일이다.

바쁜 발걸음은 원로원에 기척을 할 시간도 뺏었다.

"마교에서 대대적인 공격을 시작했다고 합니다!"

문을 열고 들어간 원로원에는 십여 명이 자리를 지키고 있
었다.

"성승께서는 어디에 계십니까?"

"지금 자리를 비우셨소. 무슨 일 때문에 그리 바쁘신 게
요?"

잠우 진인이 인상을 쓰며 계창수를 나무랐다.

"말씀드렸잖습니까! 마교에서 감숙……."

"계 원로만 그 일을 알고 있다고 생각합니까? 그 일로 대책
회의를 열고 있는 중이니 자리에 착석하시오."

"예? 그 일로 회의 중… 한데, 왜 저를 부르지 않았습니
까?"

"계 원로가 반드시 있어야 할 일이었다면 진즉에 불렀겠지
요. 무량수불. 일단 계신 분들의 의견을 수렴하고 전체회의를

열려고 했소."

잠우 진인은 미안하다는 말은커녕 오히려 계창수를 나무라더니 진행하고 있던 회의를 계속했다.

계창수의 안색이 일그러진 것을 발견한 점창파의 장로 중 한 명이 슬며시 다가와 회의의 내용을 알려주었다.

요는, 마교에서 싸움을 걸어오는 것을 대대적인 행사로 여기고 막느냐, 아니면 지켜보겠냐는 것이었다.

'지금 천추성에서 고수를 보내도 막는 건 늦었다. 감숙성 주위에 있는 문파들에게 협조를 요청해야 한다. 그런데… 지켜본다고? 천여 명이나 되는 마교의 고수들이 얼마나 죽이는지 보려고?'

계창수는 잠우 진인의 말도 안 되는 대책에 어이가 없어질 지경이 됐다.

"다들 의아해하시리라 생각은 됩니다만, 감숙성에는 장액 지부가 있습니다."

"진인, 겨우 지부의 인원으로 어찌 천여 명을 막습니까? 희생자는 또 어찌……."

"계 원로, 일단 자리에 앉으시오. 급한 마음 이해한다고 하지 않습니까? 장액 지부로 향하는 무리의 정체는 수라대입니다. 삼십이천명대와 팔로대와 호각을 이루던 곳이지요. 무당의 고수들과 장액 지부장이 힘을 합치면 충분히 막을 수 있습니다."

“무당의 고수?”

”청운검, 유운검, 조양검이 함께 움직이고 있습니다.”

“아, 무당삼검!”

잠우 진인의 말에 그제야 원로들의 입에서 탄성이 터졌다. 계창수는 무슨 말인지 몰라 의아한 표정으로 옆을 돌아봤다.

“최근 칠룡삼봉이 천추성에 들어오면서 새롭게 구성된 젊은 고수들을 말하는 것이오.”

점창파 출신의 원로가 고개를 끄덕이며 설명해 주었다. 하지만 계창수는 겨우 젊은 녀석 셋으로 천여 명을 막겠다는 말을 이해할 수 없었다.

“그리고… 무엇보다, 감숙성에는 서문세가가 있습니다. 그 외에 무슨 설명이 더 필요하겠습니까?”

‘아! 그러고 보니 서문세가를 잊고 있었구나.’

서문세가를 포함한 오대세가가 그동안 너무 조용해서 위치까지 잊고 있었다.

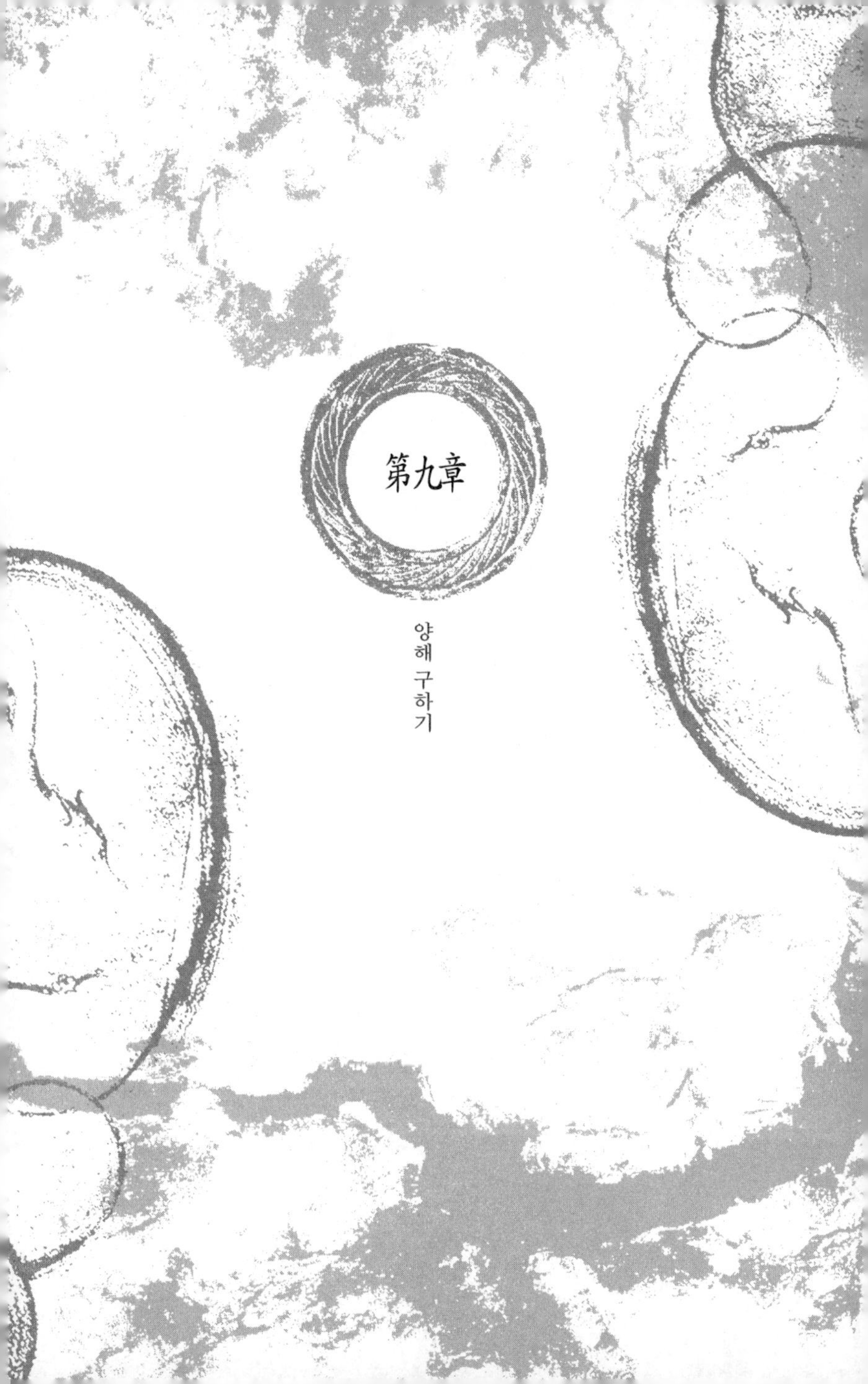

第九章
양
해
구
하
기

步法無敵

감숙성에 자리한 기련산은 남산(南山)이라고도 불리는 천하의 명산이다. 장액현 서남방에서 시작하여 청해성 성계까지 뻗친 어마어마하게 큰 산이었다.

손가락을 거꾸로 세운 듯한 봉우리들이 구름을 뚫고 하늘을 떠받치고 있으며, 깎아지른 벼랑들은 병풍을 연상케 한다.

바람이 혹독하게 불고 있는 벼랑과 벼랑 사이.

계곡의 입구는 지옥으로 들어가는 것처럼 길고 음산했다.

콰콰쾅!

거대한 굉음과 함께 벼랑과 벼랑 사이를 버티고 있던 벽이 무너져 내렸다.

"크윽. 절망이다."

괴로운 신음과 함께 절망 어린 목소리가 주위를 가라앉혔다. 그를 바라보는 사람들의 시선 역시 그와 다르지 않았다.

"벌써 몇 번째인지 모른다. 산서와 섬서의 끝에서 시작된 낭인 말살이 감숙까지 온 것이다. 빌어먹을 마교 놈들!"

"마교 놈들!"

칠십여 명이 동시에 외친 목소리는 이들이 숨어 있는 공간을 벗어나자마자 악마의 발톱 같은 칼바람이 하나씩 꿰차고 사라졌다.

감숙일랑 포대교.

그의 눈빛이 번뜩였다.

"이렇게 죽을 수는 없다. 너!"

그의 지목을 받은 청년의 눈빛이 무겁게 가라앉았다. 무슨 말을 할지 짐작이 가기 때문이다.

"알려라."

포대교의 한마디는 청년, 포룡의 머릿속에 강하게 틀어박혔다.

"같이 있게 해주십시오, 아버님."

"내 평생 가장 큰 실수가 있다면 너를 낳은 것이다. 가라. 가서 낭왕께 우리의 복수를 부탁해라. 그분이라면……."

말을 끝까지 할 수 없었다.

먼발치에서 바라본 낭왕의 무공은 경이였으나, 단 며칠 만

에 삼백여 낭인을 주살한 마교의 고수들 역시 경이였기 때문
이다.

"저도 함께……."

"갈! 이 빌어먹을 자식아! 아비로서 처음이자 마지막으로
효도 좀 받아보자!"

"……."

"가! 가서 낭왕께 말씀드려. 감숙일랑이, 감숙성 제일의 낭
인이 낭왕께 도전하지 못하고 죽었다고! 이런, 제길!"

포대교는 말을 마치자마자 포룡의 멱살을 잡고는 그대로
벼랑 아래로 던져 버렸다.

지켜보고 있던 사람은 그의 무모한 행동에 놀라 포룡을 잡
으려 했으나, 이미 포룡의 몸은 아래로 떨어진 후였다.

"감숙일랑, 그게 무슨 짓이오!"

"아래는 물이오. 눈엣가시 같던 놈이니 알아서 살아날 것
이오. 저런 놈은 신경 쓰지 말고, 어떻소, 이젠 낭왕께 우리의
소식도 알렸겠다, 화끈하게 한판 붙읍시다."

포대교는 사람 좋게 웃으며 자신이 죽을 자리를 챙겼다. 희
한한 것은 아무도 그의 결정에 반하는 말을 하지 않는다는 것
이었다.

당연한 것처럼 모두 말없이 만도를 꺼내 들이 지신들의 앞
가슴에 댔다.

"왜 이리 굼떠. 모두 죽겠다면 어쩌나 했다. 흐흐흐."

이들이 숨어 있는 동굴로 얼굴을 들이미는 인간들.

백여 명을 죽이면서 단 한 명도 지친 기색이 없던 악마들.

파란 피부를 가진 놈들이 파란 안광을 빛내며 들어왔다. 그리고… 낭인들은 이날 모두 죽었다.

벼랑 아래로 떨어진 포룡이 숨이 막혀 얼음처럼 차가운 물 위로 고개를 내밀 때의 일이었다.

*　　　*　　　*

그는 키가 작고 평범한 노인이었다.

그러나 빠르지도 느리지도 않은 걸음에, 지면과 딱 달라붙어 날아가는 모습은 절정의 고수만이 보일 수 있는 신위였다.

'흐흐흐. 나, 만저유를 한눈에 알아보다니. 하지만 이걸 아셔야 하오, 채 혈주. 내가 보여준 실력은 채 삼 할도 안 된다는 것을.'

만저유는 마교의 인물이었지만 여타의 마교 고수들처럼 눈에 띄려고 노력하는 자는 아니었다. 중죄인들만 수감되는 구중뢰(九重牢)에서의 일만 아니었어도 세상에 나올 이유가 없었다.

앞서 올라가던 자가 발을 잘못 디뎌 이백 근은 족히 나가는 바위가 고스란히 그에게 떨어질 때, 그 무게를 든 상태로 피한 것을 채운하가 본 것이다.

구중뢰에서는 마교 내의 모든 일들을 들을 수 있었다.

채운하가 그를 필요로 하는 일을 어느 정도 예상하고 찾아
갔다.

"수라대주님의 수련 상대가 되라는 말씀이십니까?"

"네가 수라대주님의 수련 상대? 호호호. 그럴 자격이 있느
냐?"

"그럼 저를 부르신 이유가……."

"수련 상대를 고르던 중은 맞아. 하지만 수라대주가 일을
벌이는 바람에 네 자격부터 시험해야겠다. 감숙성으로 가서
한 사람을 도와주어라."

"한 사람이시라면……."

"혈미인 사옥랑이라는 미인이 있다. 화가 많이 나 있으니
말을 잘 들어주는 것이 좋을 거야."

많은 설명은 이어지지 않았다. 단지 사옥랑은 낭왕이란 자
를 기다리는 중이라고 했다. 만저유는 그 말을 듣는 순간 도
와주어야 할 일이 어떤 것인지 알았다.

안 그래도 만나보고 싶은 자가 있던 터였다.

유령신보라는 자로, 신기막측한 보법을 사용힌디고 했다.

그는 태어나길 구중뢰에서 태어났다.

어릴 때는 보법을 사용할 수 있으면서 왜 허구한 날 맞고

살아야 하는지 몰랐으나, 나이가 들면서 아버지의 의도를 깨달았다.

구중뢰야말로 보법을 수련하기에는 최적의 장소인 것이다.

무거운 돌을 들려면 상체가 고정되어야 한다. 어두운 공간으로 들어가면 오로지 모든 것을 감각에 의존해야 한다. 그렇게 오십 년이다. 대를 이을 아들 녀석도 하나 남겼으니 이제는 욕심을 부려도 될 나이였다.

채운하의 눈에 띈 것은 의도적이었다.

마제육가가 곧 마제칠가로 바뀔 날도 머지않은 것이다.

그가 향하는 곳은 감숙성이었다.

*　　　*　　　*

감숙성으로 향하는 또 다른 행렬.

화려한 마차 한 대가 한 여인을 싣고서 달리고 있었다.

마차 안, 섬섬옥수가 만든 재가 바닥에 날렸다.

하나는 마화혈주가 보낸 서찰로, 만저유란 자가 돕기 위해 가고 있으니 잘 다루라는 내용이었고, 하나는 산서성과 섬서성의 낭인들에 이어 감숙성 낭인들 삼백여 명을 죽였다는 부하의 서찰이었다.

부르르 떠는 손은 희고 길었으며 실핏줄이 보일 정도로 깨

끗했다. 봉긋하게 솟은 여인의 가슴까지 올라간 떨림은 붉은
옷 위에서 사라졌다.

여인은 앞에 놓인 조그만 빗을 쳐다봤다.

"놓아준 놈들 중에… 감숙성이 좋겠다. 그곳에서 살아남은
놈에게 이것을 건네주어라."

여인은 빗을 들어 마차 밖으로 던졌다.

한여름에도 얼음이 어는 곳에서만 산다는 빙목어의 심줄
로 만든 것으로, 그녀를 사랑한다며 목숨까지 버릴 수 있다고
맹세한 자가 준 선물이었다.

"이것이 무엇이온지……."

마차 밖에서 부하의 질문이 들려온다.

"우연히 얻은 것처럼 해서 놈에게 반드시 전해라. 그럼 놈
이 알아서 찾아올 테니까. 그때 죽인다."

여인의 차가운 목소리에 빗을 받아 든 사내는 냉큼 어디론
가 사라졌다.

"어떻게 내 품을 떠날 수가 있지? 어떻게 나를, 내 몸을 잊
을 수 있는 거지? 갈피독! 네놈 따위가 감히! 으드득!"

원독 어린 눈빛을 줄기줄기 뿌려대는 여인은 갈피독의 마
음을 완전히 사로잡았다고 여겼던 혈미인 사옥랑이었다.

＊　　　＊　　　＊

어릴 때 봤던 아버지의 모습은 영웅이었다. 거대한 몸집의 산적을 때려눕히고 조소를 날리던 아버지를 닮고 싶어서 낭인의 길을 따라나섰다.

무인 중에서도 삼류 취급이나 받는 잡종 인생을 왜 살려고 하느냐는 어머니의 만류에도 포룡은 아버지를 따랐다.

낭왕이란 자가 누군지는 모르지만 제대로 강하지 않으면 용서하지 않겠다고 생각했다.

얼마나 지났는지 모르지만 눈을 뜨자 햇빛이 눈을 뜨지 못하게 했다. 나무 냄새가 나는 걸로 봐서 뭍으로 나온 모양이다.

얼굴을 제외하고 전신에 감각이 없었다.

살아났다는 생각에 다시 잠이 들었다. 일어나 움직일 힘이 없었다는 것이 옳았다.

잠에서 깨어난 포룡의 눈에 두 사람이 보였다.

"괜찮은가? 강에서 떠내려 오는 걸 보고 시첸 줄 알았지 뭔가. 저 물길에서 목숨을 건진 걸 보면 살라는 하늘의 뜻이야."

포룡은 감사하다는 인사를 하려고 했지만 목소리가 나오질 않았다. 말하는 것을 포기하고 눈을 두어 번 깜빡이는 것으로 대신한 후, 어깨에 활을 메고 있는 두 사람을 살펴봤다.

그들은 먹을 것이라고는 말린 고기 몇 점밖에 없다며 건네주곤 길을 떠났다. 포룡은 이를 악물었다. 이젠 낭왕을 찾는 일만 남은 것이다.

아버지의 죽음을 헛되이 할 수는 없었다.

그렇게 몸을 추스르며 얼마 움직이지 않았을 때였다.

목숨을 구해주었던 사냥꾼들이 백의사내에게 처참하게 목이 잘리는 모습을 보고 말았다. 그들이 떠난 방향과 정반대였으나, 그런 걸 생각할 겨를이 없었다.

"……!"

놀라는 포룡의 기척을 느꼈는지 그는 검을 거두며 다가왔다.

"누, 누구… 왜 저들을……."

"저들을 아느냐?"

"내 목숨을 구해준 은인들이오."

"은인? 사냥꾼으로 변장해서 너를 구해준 척한 마교의 무리들을 은인이라고? 쓸데없는 소리 그만 하고 저들이 건넨 걸 꺼내봐라."

'마, 마교… 저들이 마교라고?

포룡은 품에 손을 넣다가 멈칫했다.

만약 눈앞의 백의사내가 거짓말을 하는 것이라면?

백의사내를 쳐다봤다.

정기가 흐르는 눈빛과 강직함이 흐르는 자세.

"누구십니까?"

"백검 화군악."

“아!”

포룡은 자신도 모르게 품으로 손을 넣어 말린 고기 몇 점을 감싼 보자기를 꺼내 펼쳤다. 그 안에는 말린 고기 몇 점과 조그만 빗이 들어 있었다.

“그건 뭐지?”

“이런 건 받은 기억이……..”

포룡의 어리둥절한 대답을 듣기 전에 화군악의 시선이 뒤로 돌아갔다. 묘한 느낌이 화군악의 신경을 자극했다. 질척거리며 신발에 달라붙는 진흙 바닥이 이런 느낌일까?

끈적거리며 등에 붙어서 떨어지지 않았다.

“당신이 설명을 해줄 텐가?”

포룡은 화군악이 말하는 곳을 보고 또 봤다.

아무도 없었다.

화군악의 시선이 닿은 곳은 나무만 몇 그루 보일 뿐 사람의 모습은 전혀 보이지 않았다.

“안 된다는 것을 알잖느냐.”

갑작스런 음성.

“헉!”

포룡은 자신도 모르게 허리를 낮추고 엉덩이를 뒤로 뺐다. 눈을 비벼 갑자기 나타난 사내를 쳐다보고 또 쳐다봤다.

환영처럼 나타난 사내는 언뜻 보기에도 포룡보다 머리 하나는 더 큰 것 같았다. 저렇게 큰 자가 귀신같은 움직임을 지

넜을 줄이야.

"뭐가 안 된다는 거지?"

화군악은 자신이 먼저 사내의 기척을 느꼈음을 떠올렸다. 사내에 비해 무공이 약하지 않다는 것을 뜻한다. 하지만 이 더러운 느낌은 뭔가?

"공포. 네가 느끼는 감정이다. 당연한 것이니 애써 부정할 필요 없다."

사내는 모습을 드러낸 이유를 말하기보다 화군악이 느끼는 감정에 대해 설명을 하고 있었다.

"누구냐?"

"이제야 좀 솔직해지는군. 허무라고 한다."

"허무?"

"사는 것은 허무한 것이다. 결국 죽기 위해 살아가는 인생일 뿐이니까. 허무를 느끼고 싶나?"

별말 아니었다. 하지만 말장난처럼 내뱉는 그의 말이 화군악에게는 검기보다도 더 강력하게 느껴졌다.

"그 말을 그대로 돌려주지."

허무가 짓누르는 기운에 대항하느라 옷자락이 펄럭일 정도까지 기를 내뿜었다. 화군악의 긴장 정도가 그대로 나타나는 모습이었다.

허무는 '픽' 하고 웃었다.

그가 모습을 드러낸 데에는 이유가 있었다.

구조백의 명령에 따라 유령신보를 추적하게 됐으나, 아무리 조사를 해도 당최 알아낸 것이 없었다.

천추성 청양 지부에서부터 구의걸과 싸웠던 장소까지 샅샅이 뒤졌으나, 알아낸 것이라고는 낭왕이란 자와 함께 천추성으로 갔다는 것뿐이었다.

천추성으로 잠입을 시도해 볼까 생각도 해봤으나, 내성으로 들어가는 문인 천추문부터는 도저히 엄두가 나질 않았다.

고민하는 그에게 재미난 정보가 들어왔다.

혈미인 사옥랑이 낭인들을 죽이며 한 사람을 불러내려 한다는 것이다.

허무는 낭왕이 누군지는 관심없었다. 그와 함께 있다는 유령신보만 찾아내면 그만이었다.

포룡이 알아서 가기만 하면 되는데, 화군악이 마교의 인물을 둘이나 죽이는 바람에 일이 꼬이게 됐다. 아니, 그 정도는 허무의 손에서 해결할 수 있었다.

문제는 화군악이다. 엉뚱하게 포룡을 보호한답시고 화산파로 데려가 버리면 유령신보를 찾을 수 있는 유일한 길이 막히게 되기 때문이다.

이럴 때가 제일 귀찮았다. 예기만으로 상대의 실력을 평가할 정도도 되지 못하면서 영웅을 자처한다. 이런 자들은 죽기 전까지 자신이 영웅인 줄 착각한다.

"뇌벽마기(雷壁魔氣)에도 겨우 버티면서 말은 잘도 하는군."

"헉!"

화군악은 자신을 압박하던 벽이 사라지며 순간적으로 앞으로 기울어졌다. 그 상황에서도 허무의 동작을 놓치지 않았다.

자루밖에 남지 않은 검을 꺼내 든 허무가 대각선으로 긋는 시늉을 했다.

"피해라, 막내야!"

화군악의 뒤쪽에서 다급한 외침이 터졌다.

콰콰쾅!

*   *   *

천추성을 나와 감숙성 방향으로 삼 일은 달려온 것 같았다. 그동안 등천화에겐 묘한 습관이 생겼다. 잠잘 때를 제외하고는 코를 문지르거나 머리를 긁는 행동을 달고 사는 것이다.

곁에서 지켜보던 갈피독이 오늘은 도저히 지켜볼 수 없었는지 퉁명스럽게 한마디 건넸다.

"걱정되지?"

"……."

"다 안다. 하긴, 젊은 사람이 그렇지 않은 게 오히려 이상하지. 처음부터 관심이 갔던 거냐, 아니면 어느 순간에 관심이 갔던 거냐?"

등천화의 고개가 갸우뚱해졌다.

서문혜가 걱정된 것은 얼마 전부터였다.

"엄… 어느 순간부터였던 것 같아요."

"역시 그렇구나."

"역시……?"

뭔가를 들킨 것처럼 등천화의 얼굴이 발갛게 달아올랐다.

"그런 고민이 있다면 진즉에 내게 말을 했어야지! 이 고독한 여자 사냥꾼에게 말이다. 흐흐흐."

갈피독은 지그시 눈을 감으며 말을 이었다.

"순간적인 감정은 위험한 거다. 어떻게 아느냐고? 나도 한때는 그랬거든. 그 기분은 뭐랄까… 음… 정말 말로는 설명 못할 뭔가를 가지고 있지."

갈피독의 말이 끝나기 무섭게 등천화가 박수를 쳤다.

"맞아요!"

"알지! 내가 다 알지!"

갈피독은 이번엔 이빨로 입술까지 깨물었다.

말하는 대로 잘 딸려오는 등천화의 모습에서 자신감을 얻은 것이다.

"어느 순간 관심이 가는 여자가 있다. 눈에 안 보이니 걱정이 돼서 봐야겠다? 그럼 해결을 해야지."

"어떻게요?"

"서문세가에 도착해서 그 여자를 보자마자 양해를 구하는 거야."

"야, 양해요?"

잘나가다가 갑자기 생뚱맞은 소리를 하다니.

둥천화는 기대에 찬 눈이 됐다가 이내 금붕어처럼 눈을 끔뻑거렸다.

"그래, 양해! 솔직한 너의 심정을 말하는 것보다 잘 먹히는 건 없어!"

"그런 건… 고백이라고 하지 않나요?"

아무리 몰라도 그런 단어를 모를까.

"아니지! 고백은 일방적인 거고. 흠, 예를 들어보자. '나는 당신을 사랑하오' 라는 것과 '내가 당신에게 관심이 있는 것 같은데, 확인을 한 번 해봐도 되겠소?' 라는 것과 어떤 걸 여자가 더 편하게 받아들일까?"

"나중에 말한 거요."

"바로 그거야! 관심이 가는 곳을 한 번 만져 봐도 괜찮겠냐고 해."

"엄… 마, 만져요? 어딜……."

갈피독은 잘나가다 둥천화가 모르는 척하자 눈에 불을 켜고 소리쳤다.

"너, 남사잖아?"

"남자 맞죠."

"……."

이때, 갑자기 머릿속을 스치는 생각.

문지혁을 정문에서 처음 만났을 때, 규칙에 따르기 위해 고민하던 등천화의 모습이 떠오른 것이다.

"아! 물론 허락은 구해야지. 안 그러면 색마로 몰리기 십상이니까. 허락도 구하지 않고 만지면 그게 어디 사람이냐, 짐승이지. 흐흐흐. 하지만! 허락을 얻은 후에는 친절하게 잘 주물럭거리는 것이 예의다. 그것이 사랑이거덩! 쿠헤헤헤. 참! 이건 우려인데, 대개의 여자는 잘 허락을 안 하더라구. 자, 배운 걸 복습해야지. 그런다고 물러서면 바보 된다. 그럴 때는 다른 방법을 쓰면 되니까."

"어떤 방법이요?"

등천화의 이 얼마나 유효적절한 질문인가.

갈피독은 자신의 말에 완전히 빠져든 등천화를 보면서 뿌듯한 표정을 지었다.

"흐흐흐. 약간 수위를 낮추는 거야. 만지는 게 부끄러우면… 아! 이것 역시 양해를 구해야 한다. 험. 일단 손이나 잡게 해달라고 그러는 거야."

"소, 손이요?"

등천화는 순간적으로 서문혜의 손을 잡는 모습을 떠올렸다. 하지만 그다음엔 뭘 해야 하는가에 대해서는 이어지지 않았다.

등천화의 고민스런 표정은 갈피독을 다시 한 번 광분하게 만들었다.

"쿠헤! 생각만 해도 기분이 좋으냐? 내 말은 거짓이 하나도 들어가지 않은 완전한 진실이다. 왜냐고? 지금까지 말한 것이 바로 나의 경험담이기 때문이지. 네게는 더 특별할 수밖에 없는 이유가 하나 더 있다. 이 방법은 강호에 몸담고 있는 여자인 경우라면 열이면 열, 다 먹힌다는 거다."

마치 눈앞에 여자가 있기라도 하는 것처럼 갈피독은 진지한 표정으로 와락 껴안은 시늉을 했다. 그리고는 번뜩이는 눈으로 외쳤다.

"거절을 두려워하지 마!"

동공까지 확장시키며 외치는 그의 한마디가 등천화의 가슴속까지 꿰뚫으며 큰 공감대를 형성했어야 하지만! 등천화의 표정은 점점 알쏭달쏭해졌다.

갈피독이 자신의 뜻을 관철시키고자 하는 모습에서 오히려 불안함을 느낀 탓이다.

눈에 힘이 들어가 있고, 열변을 토하는 입에도 힘이 들어가 있고, 꽉 쥔 주먹도 힘이 과하게 들어가 부르르 떨고 있다.

'사람의 몸은 참 신기하구나. 나무나 바람이 보여주는 길이 사람의 눈과 입과 손에서도 나올 수 있구나.'

막연한 느낌이 이니라, 갈피독이 만들고자 하는 일종의 의지가 길로 표현되어 다가온다. 그의 모든 신경은 등천화의 입을 향해 있었다.

“예.”

그제야 안심이 되는 모양이다.

갈피독의 눈과 입과 손에서 뻗어 나오던 길들이 모두 흩어졌다. 정말 재미있는 현상이 아닐 수 없었다.

조금 전의 길이 하나로 모인다면 굉장히 큰 힘을 발휘했을 것이다.

풍우건중이 보여주던 길과는 달랐지만, 갈피독이 조금 전에 만들어낸 길도 나름 훌륭했다.

갈피독이 이렇게까지 확신을 갖는 데에는 다 이유가 있었다. 마교의 미녀이자 사랑을 약속했던 혈미인 사옥랑을 설명한 방법으로 얻었다는 착각을 하기 때문이다.

명령에 의해 언제든 갈피독에게 몸과 마음을 열어줄 준비가 되어 있던 그녀인데, 무슨 말이 안 통하고 무슨 행동이 안 통하겠는가. 갈피독만이 그것을 모를 뿐.

“좋아, 잘해봐.”

갈피독은 오른손을 번쩍 치켜들며 웃었다.

전폭적으로 지지한다는 나름의 표시였다.

그러나 대답을 하지 않는 등천화로 인해 두 사람 사이에는 어색한 시간이 흘렀다. 이런 시간은 만들어낸 사람이나 받아들이는 사람이나 모두 힘들게 된다.

갈피독은 잠깐 사이, 등천화의 순진한 표정 뒤에 숨겨진 시선을 느낀 것 같았다. 자신을 안타깝게 보는 듯한 이상한 시선을.

"그만 가죠?"

"……."

전혀 달라지지 않는 저 모습.

갈피독은 은근히 기분이 나빠지려 했다.

이때, 두 사람의 귀에 들리는 음향이 있었다.

섬서성 장안에서 일어나는 대부분의 싸움은 화산파와 종남파가 끼어들지 않는 것이 없었다. 마교도 섬서성을 칠 때는 조심한다는 소리가 나돌 정도로 두 문파의 영역은 넓었다.

"구경 가자."

"가세요."

갈피독은 이내 시큰둥한 표정을 만들어냈다.

"알았다. 난 조언을 아끼지 않고 다 말했는데… 네가 그냥 가겠다면 어쩔 수 없지. 난 하여간 최선을 다했다……."

"엄……."

등천화가 망설이는 잠깐 사이, 갈피독은 어느새 소리가 들린 곳으로 몸을 이동하고 있었다.

'그러고 보니 갈 대협의 발에서 이젠 소리가 나질 않네? 문공자에게 소개해 주길 잘했구나.'

등천화는 갈피독의 매끄러운 동작을 물끄러미 바라봤다. 이곳까지 오면서 두 사람은 한 번도 거리를 두지 않았다.

청양 지부에서 천추성으로 돌아올 때와 비교하면 엄청난

변화였지만, 여기엔 그럴 만한 이유가 있었다. 갈피독의 성장이 아니라 등천화의 성장 때문이다.

등천화는 이곳까지 오는 동안 자보 한 가지만을 사용했다. 지면의 굴곡을 무시하고 움직이던 이전과 달리 갈피독과 마찬가지로 높낮이를 타면서 온 것이다.

이는 언제나 직선만 고집하던 자보가 곡선의 형태를 띠게 됐음을 의미했다.

갈피독의 지옥명강이 발생하는 순서는, 발의 움직임을 기준으로 하여 동시에 기를 분출해서 지옥팔보를 형성하게 된다.

이러한 지옥팔보의 순서가 바뀌지 않은 반면, 등천화의 십보에는 큰 변화가 있었다. 바로 움직임 뒤를 내부의 충격이 더해주던 순서에서 눈과 발이 일체화되면서 순서가 무의미해졌다.

등천화는 아직 인식하지 못했지만, 갈피독의 지옥팔보 덕분이었다. 즉, 지옥팔보와 등천화의 몸이 일종의 대화를 나눈 결과인 것이다.

이런 변화는 십보문의 기관진식을 쉽게 파해하고 나올 수 있었던 과정과 아주 흡사했다. 십 년 동안 입구를 막고 있던 기관진식에 등천화의 몸이 적응한 과정이 빨라졌다고 할까?

등천화는 이런 사실을 아는지 모르는지 앞서 가는 갈피독의 뒤를 따르며 순진한 웃음을 지었다.

‘헛!’

앞서 가던 갈피독이 갑자기 얼굴이 하얗게 질리며 제자리에 멈춰 섰다. 뒤에서 따라오던 등천화는 갈피독의 옆으로 나란히 서며 시선을 쫓아갔다.

강기슭에 일단의 사람들이 보였다.

“우와, 많다.”

등천화의 눈에 들어온 사람들은 싸우고 있는 일곱 명이 아니라, 강기슭을 따라 겹겹이 숨어 있는 이백칠 명이었다.

그러나 갈피독의 귀에 등천화가 한 말이 들어올 리 없었다. 이십여 장의 거리를 압축시키며 한 청년의 모습이 들어왔기 때문이다. 만도를 차고 있으면서도 싸움을 구경만 하고 있는 녀석이었다.

손에 쥔 물건만 아니었어도 관심을 둘 녀석이 아니었다. 갈피독은 이성을 잃고서 단숨에 아래로 내려갔다. 그리고는 청년에게 다가가 빗을 뺏어 들고는 버럭 소리를 질렀다.

“너! 이, 이거 어디서 났어! 빨리 말 안 해! 셋 셀 동안 빨리 불어! 하나, 둘!”

일 대 오로 싸움을 벌이던 여섯 명의 동작이 일순간에 멈춰졌다.

“……”

청년은 갈피독에게 빗에 이어 정신까지 뺏긴 채 멍한 눈으로 바라보기만 했다.

"셋!"

"헉!"

이젠 죽었구나 싶었던 청년 포룡은 질끈 눈을 감고서 처분을 기다렸다. 하지만 당장 목을 자를 것처럼 소리치던 갈피독은 의외로 손을 쓰지 않았다.

"말 안 하겠다 이거지? 좋아, 다시 기회를 준다. 다시 셋을 세겠다. 하나……."

"사, 사냥꾼으로… 우, 우연히… 얻었……."

포룡은 빠르게 말을 하려다 오히려 더듬고 말았다. 언제 날아올지 모르는 갈피독의 무시무시한 손이 커다란 바위보다 더 크게 보였다.

"우연히 얻었다고? 어디서? 아니다, 그런 것이 뭐가 중요하겠냐. 옥랑, 내 곧 찾아가리다."

포룡은 알아서 결론을 내려주는 갈피독이 더없이 고마웠다. 이젠 공포에 떨지 않아도 된다는 생각이 마음을 놓게 만들었기 때문이다.

"아아… 날 찾으러 기어코 이 험난한 강호로 나왔구려, 옥랑."

갈피독은 사옥랑이 술수를 부렸다는 생각은커녕 그녀의 사랑이 아직 식지 않았다는 생각에 감격으로 전신을 떨었다.

"빚이네요?"

등천화는 갈피독의 모습에 의아한 표정이 됐다.

"이건 보통 빗이 아니다. 내가 사랑하는 그녀에게 선물로 준 것이다."

"마교에 계시다는……."

"그렇지."

"엄… 그럼 마교로 가시는 거예요?"

"마교? 거길 내가 왜 가냐, 내 사랑을 만나러 가야지. 이 빗을 보내온 걸로 봐서 마교의 잡것들이 그녀를 인질로 잡고 있는 것이 분명하다."

"빗 하나만 보고 어떻게 아세요?"

"네가 아직 세상을 몰라서 그런다. 세상에는 실력으로 안 될 것 같으면 이상한 수를 써서 해코지하는 인간들이 많아."

"아아……."

등천화는 갈피독이 무슨 말을 하는지 몰랐으나, 저 표정에 대고 다른 말을 하는 것은 기름 지고 불길로 뛰어드는 것과 같다는 건 알 수 있었다.

허무는 갈피독의 등장과 함께 손을 멈추었다.

그제야 화군악은 숨을 돌리며 도와준 사형들에게 고맙다는 인사를 건넸다.

'저, 저놈은 그때 그…….'

화군악의 시선이 멈춘 곳은 고수라는 것을 얼굴 전체에 써

붙이고 다닐 것 같은 갈피독이 아니라, 무공이라고는 전혀 모를 것 같은 등천화였다.

언제고 세외삼천의 인물들을 천추성으로 안내하기 위해 나갔을 때, 황당한 수법으로 주위를 날려 버린 그 이상한 놈이었다.

"저저……."

"사제, 아는 척하지 마라."

화군악이 등천화를 가리키며 아는 척하려고 하자, 옆에 있던 화산오검 중 유난히 냉철한 눈빛을 지닌 적검 유호경이 만류했다.

"조용히. 저들이 나타나면서 저 괴물 같은 자가 손을 멈췄다. 저 둘의 실력이 만만찮다는 뜻이다. 이럴 때 굳이 적과 아를 구분시켜 줄 필요는 없다."

상황 판단이 남다른 유호경의 말이기에 화군악은 어쩔 수 없이 입을 닫았다.

한마디를 할까 싶어 다시 입을 열었으나, 이내 그만두고 말았다. 왜인지 모르게 정체를 알 수 없는 허무의 실력보다 오히려 등천화가 더 신경 쓰였기 때문이다.

그러나 함부로 판단할 수는 없었다. 허무와 등천화를 비교하는 것 자체가 다른 화산오검이 이해할 수 없을 것이기에.

허무는 갑자기 날아든 갈피독을 보며 이채를 발했다.

빛을 알아본 것과 '옥랑'이라는 말을 한다. 저런 태도를 보일 수 있는 자는 한 사람뿐이다.

"낭왕?"

허무의 말에 갈피독은 휙 하니 돌아봤다.

젊은 놈이 자신을 알아보는 것도 놀라운데 몸에서 풍기는 존재감까지 묵직해 보였다.

"험험. 젊은 놈이 안목은 있구나. 그렇다. 이 몸이 바로 낭… 왕… 어어……."

갈피독의 인정하는 한마디에 허무의 신형이 순식간에 사라지며 수십 개의 검광을 쏟아냈다.

"야, 이 미친놈아, 물었으면 대답을 들어야지, 왜 공격을 하고 지랄이야!"

갈피독은 거칠게 욕을 내뱉으면서도 지옥팔보를 펼쳐 공격 범위에서 벗어남과 동시에 지옥파라수로 반격하는 것을 잊지 않았다.

차자작!

'뭐야?'

다가오던 허무의 검광들이 유리 파편처럼 깨져 나가는 모습이 눈에 들어왔다.

"별것도 아닌 게 까불고 있……."

당연히 놀랄 줄 알았던 허무의 눈을 본 순간 갈피독은 입을 다물어야 했다. 허무한 저 눈빛. 아직 싸움이 끝나지 않았음을 암시하고 있었다.

허무의 검자루를 쥔 손이 기이하게 비틀렸다.

이때, 잔잔한 음성이 갈피독의 귀를 파고들었다.

"엄… 물도 아니고 깨졌는데도 길이 끊어지지 않네? 다시 모으려고 그러나?"

정적이 흐르는 공간을 단번에 깨뜨리는 목소리.

사람들은 일제히 바닥으로 시선을 떨어뜨렸고 어이없게도 검광들이 살아 있는 생물처럼 모이는 광경을 보게 됐다.

허무는 안심하고 있는 갈피독을 쉽게 죽이려다가 이내 포기하고 말았다. 검자루에 주입했던 기운을 거두자 검광들이 사라졌다.

지금까지 허무의 여의마검(如意魔劍)이 파악당한 적은 구조백의 혈뢰구류와 겨뤘을 때 외에는 없었다. 하지만 그때는 목숨을 내건 결전을 치를 때였지 시전되기 전에 파악당하진 않았다.

'어떻게 알았지?'

등천화의 모습 어디를 봐도 여의마검을 파악할 만한 고수로는 보이지 않았다.

소가 뒷걸음치다가 쥐를 잡은 격이리라.

허무는 이내 고개를 흔들었다.

다시 한 번 손을 쓰면 갈피독을 죽일 수도 있겠지만, 맥이 풀려서 더 이상 손을 쓰고 싶은 생각이 들지 않았다. 더구나 반드시 갈피독을 죽여야 하는 상황도 아니었다.

"낭왕, 구의걸이란 이름을 들어본 적 있느냐?"

"구의걸… 아! 그 싸가지없는 놈. 미친 짓 하다가 골로 가버린 놈이었지, 아마? 킥킥킥."

갈피독은 구의걸이 죽기 전의 상황이 떠올라 등천화를 돌아보며 마구 웃어댔다. '당신은 정말 나쁜 사람이오' 라는 등천화가 할 수 있는 최대한의 욕을 어찌 잊겠는가?

"푸하하하!"

"……."

허무는 아직 손에 있는 검자루를 집어넣지 않고 있었다. 갈피독의 웃음이 자신을 모욕하는 것이라 여겼기 때문이다.

지금 손을 쓰면 갈피독을 죽일 수 있었다.

여의마검은 시전자가 마음대로 검신의 길이를 조절할 수 있는 무공이었다. 그렇다고 내공으로 만들어내는 검기나 검강과는 다른 유였다. 검자루에 끼워진 만안신석(滿按神石)의 효용인 것이다.

검자루를 움켜쥔 허무의 손을 숨죽인 채로 지켜보는 화산오검은 언제든 검을 발출할 수 있는 자세를 취했다. 이미 손속을 겨뤄봤기에 허무의 기기묘묘한 수법을 원천봉쇄하겠다는 의지였다.

'손을 쓰길 주저하고 있다.'

경계하고 있던 화군악은 허무가 손을 거두는 모습에 고개를 갸웃거렸다. 화산오검과 싸울 때와는 사뭇 다른 모습이었기 때문이다.

"하마터면 실수를 할 뻔했군."

"뭔 소리야. 할 거면 빨리 하고 아니면 꺼져."

"큭."

허무는 기묘한 웃음과 함께 흐릿해졌다.

정면에서 보고 있던 갈퍼독은 물론이고 화산오검도 놀란 눈이 돼서 주위를 돌아봤다.

한 사람의 시선만이 허무의 신형을 따라 움직였다.

등천화는 허무의 잔영이 나무 뒤쪽으로 이어지는 듯하다가 급히 솟구치자, 고개를 들어 올리며 위쪽을 쳐다봤다.

"엄… 저런 식으로 길을 만드는 사람도 있구나."

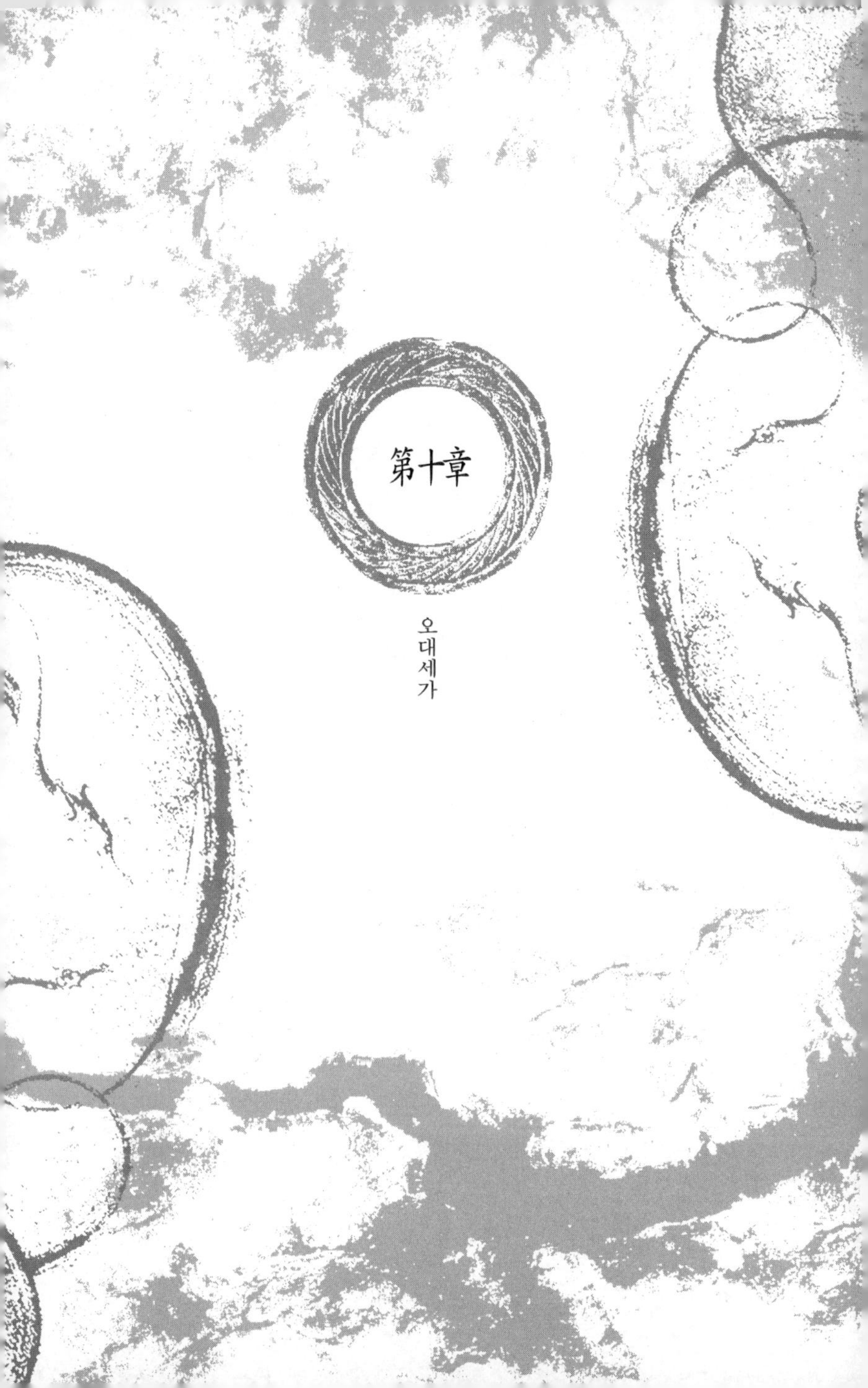
第十章

오
대
세
가

步法
無敵

　궁, 창, 암기에 타의 추종을 불허하는 이름을 가진 세 사람을 강호인들은 삼왕이라 불렀다.

　종리세가의 가주인 종리강, 악씨세가의 가주인 악문연, 마지막으로 서문세가의 가주 서문일청.

　공교롭게도 이들 셋은 오대세가의 현 가주이기도 했다. 상황이 이렇다 보니 같은 오대세가이면서도 다른 이름을 얻지 못한 상관세가와 혁련세가는 항상 이들에 비해 뒤쳐지는 느낌을 떨칠 수가 없었다.

　특히 상관세가는 아들의 갑작스런 귀가로 인해 하루도 편할 날이 없었다. 날이면 날마다 술이 없으면 잠을 못 이루는 아들을 보는 것은 아비 된 입장에서는 곤욕도 보통 곤욕이 아니었다.

그러던 와중에 희소식이 전해졌다.

어느 날, 천추성의 비밀 호위대에 속해 있다고만 밝힌 한 사람이 상관악을 찾아왔다. 그날도 역시나 상관악은 술에 취해 있었다.

천추성에서 나온 그는 상관악의 상태에는 관심도 없는지, 대뜸 고급스럽게 만든 패를 꺼내 들었다. 그러자 상관악은 언제 취했냐는 듯이 그를 향해 깍듯하게 예를 갖추었다.

그는 방문 목적을 간단하게 말한 뒤 곧바로 상관세가를 떠났다. 곧 서문혜가 세가로 돌아올 것이니 기회를 잃어버리지 말라는 당부였다.

그날부터 상관세가에서는 서문세가를 하루가 멀다하고 찾아가 선물 공세를 펼쳤다. 이에 서문일청은 이상함을 느끼고 천추성에 서찰을 보냈고, 서문혜가 집으로 오게 된 것이다.

"가주님, 아가씨께서 오셨습니다! 나와보세요!"

하인의 외침에 기다리고 있던 서문일청 내외가 버선발로 뛰어나왔다.

"딸아!"

"아빠, 엄마!"

반가운 해후였으나, 부모와 딸의 눈에는 범상치 않은 기운이 감돌았다.

부모님을 향해 달려가던 서문혜가 갑자기 무당파의 신법인 제운종을 펼쳐 회전하며 날아갔고, 딸을 향해 버선발로 달려가던 서문일청은 소매 속으로 손을 집어넣었다가 뺐다.

휘리리릭—

허공을 비산하는 수많은 암기들.

서문혜는 콧방귀를 뀌며 암기들 사이를 유영하듯이 이리저리 피하다 바닥에 내려서서는 화난 얼굴로 서문일청의 능글스런 얼굴을 노려봤다.

"이것 봐! 내가 미리 준비하지 않았으면 저 사람 좋은 얼굴로 딸을 죽였을 분이야. 흥!"

"어이쿠, 듣기만 해도 무섭다. 설마 이 아비가 하나뿐인 딸을 죽이겠느냐?"

"그럼요."

"어허!"

짐짓 화를 내는 서문일청의 얼굴이 웃음 때문에 전혀 위엄있어 보이질 않았다. 그런 그의 뒤로 아직도 해사한 외모를 간직한 수혜련이 울먹이며 다가왔다.

"우리 딸이 왔구나."

"흥! 엄마도 똑같아. 아빠가 던진 암기에 바람을 실어주면 어떡해요!"

"으, 응? 봐, 봤구나. 호호호. 그래도 근 오 년 만에 보는 딸인데, 얼마나 실력이 늘었는지는 알아야 할 거 아니니. 얘는……."

긴 소매를 손으로 잡은 채 나이답지 않은 귀여운 몸짓은 서문혜를 급기야 울음보를 터뜨리게 만들었다.

"엄마아… 아빠아… 으아아앙!"

"어이쿠, 역시나 발만 빨라졌지 아직 어린애라니까."

"호호호. 귀여운 우리 아이. 어서 와라."

강호에 알려진 서문세가의 공포스러운 암기는 이 자리에 없었다. 따뜻하고 정이 흐르는 단출한 세 가족의 정겨운 가족 상봉만이 가득했다.

서문혜를 보호하기 위해 잠우 진인의 명을 받고 온 청운검, 유운검, 조양검은 서로 눈을 마주치고는 머쓱하게 건물들과 하인들을 돌아봤다.

"이걸 상관세가에서 보냈다고요?"

서문일청과 수혜련은 창고를 열어 잔뜩 쌓인 금괴며 보석들을 보여주며 낮은 한숨을 쉬었다.

"그렇다니까. 아직 혼사도 치르기 전인데 너무 과한 선물 공세라고는 생각했지만 성의를 무시할 수 없어 일단 받아두기는 했다."

"돌려보내세요."

"어머, 이걸 전부?"

"파혼한 사람이 보낸 걸 왜 받고 그래요."

서문혜는 퉁명스럽게 대답했다.

"파혼?"

서문일청과 수혜련은 어리둥절한 표정이 됐다.

"……?"

서문혜는 파혼한 사실을 모르는 부모님의 표정에 오히려 의아한 표정을 지었다.

뭔가 일이 꼬인 것이다.

"상관세가에서 아무것도 오지 않았어요?"

"어떤 것?"

"아니, 이렇게… 사람들이 중요한 얘기를 써서 보내는 것 있잖아요. 파혼 통보 같은 거요."

"파혼 통보? 아까부터 자꾸 파혼 파혼 하는 데, 이상하구나. 자세히 설명을 좀 해봐."

수혜련은 서문일청의 눈치를 보며 조바심을 냈다.

"말할 것도 없어요. 천추성에서 그자가 한 일을 생각하면 지금도 치가 떨려요!"

"어유, 애가 왜 이렇게 소리를 질러. 일단 안으로 들어가자. 가서 자세히 얘기를 들어보자."

두 모녀의 대화를 잠자코 듣고 있던 서문일청의 표정이 점점 무표정해져 가고 있었다.

방으로 들어온 서문혜는 천추성에서 있었던 일을 하나도 빠짐없이 말하기 시작했다.

몰래 여자를 만나다 들킨 거며, 만나는 사람들의 소문이 안 좋아 이상한 시선을 받아야 했던 거며, 나중에는 그녀를 도와준 사람까지 상하게 하려 했다는 얘기까지 모두 말했다.

그녀의 얘기 중간중간에 화가 난 수혜련은 어쩔 줄을 몰라 했고, 서문일청은 눈꼬리를 부르르 떨었다. 그리고는 딸의 말이 끝났을 때 한마디 했다.

"이런 썩어빠진 놈들! 감히 내 딸을 그런 취급을 해? 상관세가, 이것들 다 죽었어!"

두 모녀는 서문일청의 외침에 놀라 그동안 잊고 있던 별호를 떠올렸다.

암왕!

그 자리를 놓고 사천당문의 가주 당중명과 한판 승부를 벌였을 때의 서문일청이 되고 있었다.

오랜만에 온 집은 예전과 전혀 변함이 없었다.

호위를 자처해 준 청운검, 유운검, 조양검이 수련할 수 있을 정도의 공간은 그녀의 거처에서도 충분했다.

일정한 원을 그리듯이 수련하는 세 사람의 모습을 한참 동안 물끄러미 지켜보던 서문혜는 하품을 참느라 고개를 돌렸다.

예전 같았으면 한 동작도 놓치지 않기 위해 애를 썼을 텐데, 세 사람의 동작이 너무 느리게 보였다.

"청운 사형, 한 가지 물어보고 싶은 것이 있어요."

"뭐지?"

세 사람 중 가장 큰 키에 출중한 외모를 지닌 청운검이 돌아봤다.

"왜 그렇게 느리게 움직여요?"

"느리게? 검이 느린 것이 아니고 내 움직임이 느리게 보인다는 말이더냐?"

"예. 느려요. 세 분 다요."

"음……."

청운검은 서문혜의 질문에 곧바로 답을 하지 못하고 잠시 고민스러운 표정을 지었다. 현재의 그녀로서는 몰라야 하는 것이 옳기 때문이다.

"사매, 혹시 최근에 고수들의 대결을 자주 본 적이 있느냐?"

"고수… 천추성에만… 아! 상관 일리와 혁련궁이란 천추성의 일군들이 싸우는 걸 봤어요."

"그들의 실력이 어느 정도지?"

"화산파의 가교일 대협과 비슷해요."

"그래? 그럼 이상하구나. 내 현재 화후는 가 대협과 비교한다고 해도 그리 큰 차이가 없을 텐데, 왜 느리게 보였을까?"

"청운 사형, 사매의 눈이 높아진 까닭이라고 말해주려던 것 아니었습니까?"

유운검이 웃으며 물었다.

청운검은 자신의 생각을 꿰뚫어 보는 팔자눈썹의 유운검을 보며 고개를 끄덕였다.

"나도 처음엔 그런 줄 알았다. 한데 가 대협을 보고 우리의 동작이 느리게 보였다는 말은 잘 이해가 가질 않는구나."

"사매, 혹시 가 대협보다 고수를 본 적이 있는 거 아니야?"

유운검도 그 점은 이상하다는 듯이 서문혜에게 다른 대답을 듣고 싶은 표정이 됐다.

"아! 상관악과 혁련궁이 옷자락도 못 건드린 사람을 알고 있어요!"

"……!"

서문혜의 대답은 충격적이었다. 특히 청운검의 가슴을 섬뜩하게 만들었다. 자신과 비슷한 실력을 가진 사람들이라고 해놓고, 옷자락도 건드리지 못했다? 믿기 힘든 말이었다.

"오, 옷자락도?"

"예! 다른 건 할 줄 모르고 피하는 건 기가 막히게 잘하는 사람이에요. 보법의 고수거든요."

"보법의 고수……."

청운검과 유운검은 동시에 고개를 끄덕였다.

그러나 그렇다고 해도 저렇게 눈이 금방 높아질 리는 없었다.

이때, 하인 한 명이 급히 서문혜를 찾았다.

"아가씨, 아가씨!"
"왜 그렇게 서둘러."
"가주께서 부르십니다."
"아버님이?"
헤어진 지 얼마나 됐다고.
서문혜는 심술난 표정으로 자리를 떠났다.

"이게 무슨 말이냐, 혜야?"
서문혜는 서문일청이 건네는 서찰을 받아 들었다.
감숙성 장액 지부로 마교의 무리들이 가고 있으니 지원을
요청한다는 내용이었다.
"저도 금시초문이에요. 가봐야……."
말을 끝까지 하지 못했다.
안타까운 눈으로 바라보는 아버지의 얼굴을 보면서 차마
말을 할 수 없었다.
다른 일에서는 만사를 제치고 달려드는 서문일청이 유난
히 마교와의 싸움만큼은 기피하는 경향을 보였다.
"아버지, 천추성의 일이에요."
"네 일이 더 급해."
"그 일이 제 일이에요."
"손자를 안겨줘서 대를 잇는 것도 네 일이야!"
"아버지……."

당황한 서문혜는 놀란 눈이 됐다.

눈을 동그랗게 뜬 서문혜의 모습은 어릴 때 모습이 그대로 남아 있었다.

"사위를 보여주면 허락하마. 그전에는 안 돼!"

"혜야, 너도 생각해 봐라. 아버지가 얼마나 사위를 기다렸는지 알면서 어딜 간다는 게냐? 상관악, 그놈이 파렴치한인 줄 알았으면 진작에 다른 사람을 골랐을 텐데… 아무튼, 이번엔 나도 아버지 말씀에 전적으로 동감하니 애교를 부려도 안 돼."

수혜련의 반응은 아주 당연했다.

얼마 만에 집으로 온 딸자식인데 오자마자 사지로 보내겠는가?

"방법이 전혀 없는 건 아니다, 혜야."

"……?"

"사위를 보여주면 네 마음대로 하도록 아버지께 청을 넣어보마."

"엄마!"

"어머, 애! 놀랬잖아."

수혜련은 서문혜의 성격을 너무나 잘 알고 있었다.

다시는 장액 지부로 가겠다는 말을 안 하리라.

　　　　　*　　　　　*　　　　　*

　마교의 대대적인 움직임에 강호인들의 이목이 일시에 집중됐다. 천하 각지에서 감숙성으로 모여드는 수라대원들의 모습으로 천추성은 세인들의 입에서 사라지고 말았다.

　"이러다 마교가 천하를 삼키는 거 아니야? 천추성은 뭐 하고 있대?"

　"이럴 때 유령신보가 나타나 주면 좀 좋아."

　"유령신보라면 마교 지부를 박살 냈다는?"

　"그래! 유령신보가 나타나고 나서부터 마교가 저렇게 난리를 피우는 거 아니야?"

　"정말?"

　"말이 그렇다는 거지, 믿으면 말한 사람만 이상해지잖아. 쩝."

　이런 식의 대화는 만저유가 감숙성까지 오는 내내 어렵지 않게 들을 수 있었다. 보법으로는 최고라 자부하는 그에게 저런 대화가 좋게 들릴 리 없었다.

　채운하의 명령만 아니었어도 유령신보가 누군지 찾아내서 요절을 내고 싶을 지경이었다.

　사옥랑을 만나기로 한 약속 장소까지는 멀지 않았다.

　앞서 가는 수라대 한 무리를 따라서 객점에 들어갔다.

　수라대원들은 자리에 앉자마자 대뜸 우악스럽게 욕을 해

대기 시작했다.

"쌍! 간만에 피가 끓는가 싶었더니 완전히 찬물을 끼얹는 구만."

"조용히 해. 자그마치 백 명이야. 화산오검이 왜 화산파를 대표하는 자들이라고 하는지 알겠더라구."

"조장들까지 줄줄이 당했는데 대주께서는 여전히 모이라는 말만 하고. 쳇!"

"그러게 말이야. 개뿔! 실력도 안 되면서 교주님의 아… 컥! 왜, 왜 이래!"

가만히 듣고 있던 수라대원 중 한 명이 욕을 하는 자의 멱살을 잡아 내팽개쳤다.

"죽고 싶어 환장했냐! 어디서 그 주둥이로 그분을 입에 올려!"

"……!"

달려들려던 수라대원은 그제야 자신이 죽어도 할 말 없는 불경죄를 저질렀음을 인정했다. 이내 노려보던 시선을 거두며 자리에 앉았다.

'수라대주는 완전히 끝이군. 부하들조차 저렇게 만만하게 대할 정도면 볼 것도 없겠어.'

만저유는 채운하의 눈에 띄길 잘했다고 생각했다.

제아무리 잘난 사람도 따르는 사람이 없으면 혼자일 뿐이다. 그렇게 해서 구중뢰에 들어온 뛰어난 자들이 어디 한둘이었던가.

식사가 나오고 소채를 막 한입 먹으려는 순간,

'……?'

묘하게 신경을 건드리는 시선이 느껴졌다.

주위를 둘러보자 수라대원들이 모여 있는 곳 뒤편에 백의의 노인이 눈에 띄었다. 나이는 대략 육십쯤? 백발과 백의가 몹시 잘 어울려서 엇비슷한 나이의 만저유가 초라하게 보일 정도였다.

그러나 만저유의 신경을 자극한 이유는 따로 있었다.

일반인이라면 수라대원들이 들어왔을 때 이미 자리를 피했을 것이다. 한데 그는 아직도 자리를 지키고 있었다. 오히려 수라대원들을 감시하는 것 같은 눈을 하고서.

보통 노인은 아니란 소리였다.

'대놓고 적의를 드러내? 아무리 수라대원들이라고 해도 저건 좀 너무한 것 아닌가?'

그것이 전부였다.

노인이 특별한 행동을 보인 것도 아닌데 굳이 건드릴 필요는 없었다. 만저유는 이내 소채를 한입 가득 물었다.

백발에 백의가 무척 잘 어울리는 노인은 수라대원들의 대화를 듣는 순간 평정이 깨지며 화가 치밀기 시작했다.

초문삼자를 보내려다가 도저히 손자를 보고 싶은 욕심을

떨치지 못하고 직접 나온 문대성이었다. 잠시라도 문지혁의 곁에서 지낼 욕심이었던 것이다.

그의 기분을 방해한 것은 마교 무리들의 잘못이었다.

막 자리에서 일어나려던 그는 누군가가 자신을 보고 있다는 것을 알아챘다.

'누구……'

수라대원들에게 시선을 고정시킨 채로 시선만 좌우로 이동해 사람들을 관찰했다. 검은 무복 차림의 노인이 눈에 들어왔다.

그가 취하고 있는 특이한 자세만 아니었어도 무시하고 지나쳤으리라. 그는 식사 하는 자세가 독특했다.

'상체를 뻣뻣이 들고서 식사를?'

문대성은 속으로 깜짝 놀랐다.

그의 모습은 초문의 보법을 익힌 사람들만이 보일 수 있는 독특한 습관이었기 때문이다.

상체와 하체를 따로따로 수련해야 하는 초문의 보법은 밥 먹을 때도, 움직일 때도, 자리에 앉거나 일어설 때도 상체를 흔들지 않는 것을 원칙으로 정해놓았다.

호기심을 자극하는 노인이었다.

얼마 후 수라대원들이 식사를 마치고 자리에서 일어났다. 문대성도 동시에 일어나 그들의 뒤를 따라갔다.

‘따라가고 싶은데…….’

만저유는 문대성이 일어나는 것을 보고 자신도 모르게 일어섰다가 눈이 마주치고 말았다.

“…….”

“…….”

두 사람은 빤히 서로를 쳐다보면서도 마치 아무것도 보지 못한 사람들처럼 동시에 고개를 좌우로 돌렸다.

문대성은 뒤를 돌아보고 싶은 충동을 억지로 참아내며 밖으로 나갔고, 만저유는 고개를 돌린 채로 제자리에 다시 앉았다.

십보문의 배신자들의 후예인 두 사람의 첫 만남은 이렇게 아무 일도 일어나지 않은 채 일단락 지어졌다.

문대성은 수라대원들과 정확히 십오 장의 간격을 두고서 뒤따랐다. 얼마 지나지 않자 수라대원들은 무려 삼십여 명으로 불어났다.

그 정도 인원이면 딱 좋았다.

“이보게들, 잠시 멈추겠나?”

문대성의 연륜이 묻어나는 목소리에 수라대원들이 일제히 뒤를 돌아봤다.

빡!

가장 먼저 돌아본 자의 목이 부러지며 강렬한 음향이 터진 걸 시작으로, 연속으로 나뭇가지 부러지는 소리가 삼십여 번이나 반복됐다.

수라대원 삼십여 명이 둥그런 대형을 갖추고 서 있던 반경은 약 십육여 장에 달했다.

문대성이 그들의 주위를 한 바퀴 도는 동안 걸리는 시간은 촌각에 불과했고, 달팽이처럼 뱅글뱅글 돌면서 그들의 목을 부러뜨리는 데 걸린 시간 역시 눈 몇 번 깜빡일 시간에 지나지 않았다.

"손자 녀석에게 줄 선물이 없어서 자네들로 대신한 것이니 너무 미안해하진 않겠네."

문대성은 나뭇가지를 버리며 가던 길로 발걸음을 옮겼다.

툭.

제일 먼저 목이 부러진 수라대원이 뒤쪽으로 쓰러지며 다른 수라대원을 건드리는 소리였다. 그 자리에 있던 수라대원들이 일제히 뒤로 넘어갔다.

수라대원들 누구도 어떤 무기에 맞았고, 왜 쓰러져야 하는지를 몰랐다. 아니, 문대성의 얼굴을 본 사람도 없었다.

까아악— 깍—

까마귀가 시체 위로 까맣게 모여들 즈음 만저유가 모습을 드러냈다. 어차피 감숙성으로 가면 이들을 만나게 되어 있었다. 시체를 보면서도 그는 전혀 놀라는 눈치가 아니었다.

"말끔하니 보기 좋군. 흔적도 없는 보법이라… 저 노인이 유령신보로 불리는 이유를 알겠어. 흐흐흐. 모를 때는 어쩔 수 없었지만, 알면서 그냥 지나칠 수는 없지.”

“말끔하니 보기 좋군. 흔적도 없는 보법이라… 저 노인이 유령신보로 불리는 이유를 알겠어. 흐흐흐. 모를 때는 어쩔 수 없었지만, 알면서 그냥 지나칠 수는 없지.”

만저유는 문대성이 유령신보라는 것을 믿어 의심치 않았다.

그가 본 모습은 그런 오해를 하기에 충분했다.

삼십여 명의 목은 모두 부러져 있었다.

이것은, 나뭇잎 많은 거리를 지날 때 손만 양옆으로 펼치는 것과 다름 아니었다. 문대성에겐 이들의 목이나, 나뭇잎이나 똑같았을 것이다.

상상만으로도 너무 즐거웠다.

자리를 벗어나는 만저유의 양손은 활짝 벌어져 있었다. 순수하게 승부욕을 자극하는 상대를 만난다는 것이 이렇게 기쁠 수가 없었다.

*   *   *

화산오검의 묵, 적, 청, 홍, 백색 무복은 모두 피로 물들었다. 허무가 사라진 뒤에 나타난 마교의 무리들을 주실하면서 묻힌 피였다.

그러나 백여 명의 마교 무리를 주살한 사람들치고는 안색이 썩 좋지를 않았다. 특히 적검 유호경의 안색은 처참할 지경이었다.

화산오검 중 그만이 유일하게 덜 지쳤는데, 그 이유가 너무 황당했기 때문이다. 바로 갈피독의 지옥파라수에 의해 날아가는 마교의 무리들을 마무리하는 것 외엔 한 일이 없었다.

갈피독의 푸른 섬광이 아직도 눈에 선했다.

낭왕이란 별호를 들은 적은 없었으나, 저 정도의 고수라면 마교의 백마와 견주어도 손색이 없을 것 같았다.

유호경은 멀쩡하게 쫓아오는 등천화를 돌아봤다.

"……."

자신 못지않게 싸움에서 한 일이 없는 자였다. 하지만 왜 옷에 피 한 방울 묻히지 않아 자신과 비교되게 만드느냔 말이다.

화군악에게 등천화의 정체에 대해 물어봤으나, 화군악이 등천화에 대해 말할 까닭이 없었다. 괜히 음자삼차파에 당한 얘기를 꺼냈다가 불쌍한 시선이라도 받게 되면 자신만 손해가 아닌가?

등천화의 실력을 알기에 갈피독과 헤어진다는 대화를 나눌 때 제일 많이 걱정했던 사람도 그였다. 서문세가까지 가는 동안 도움이 되면 됐지 방해는 되지 않을 자이기 때문이다.

그나마 다행스럽게도 등천화는 화산오검과 동행을 하기로

했다. 갈피독은 나이 든 사람이 뭐가 그리 미안한지 헤어질 때까지 미안하다는 말을 잊지 않았다.

등천화의 허락 없이 혼자서 움직일 수 없는 처지라는 것을 모르는 화산오검이기에 당연히 이상할 수밖에 없었다.

갈피독은 포룡을 데리고 떠나면서 삼 일 안에 서문세가로 갈 테니, 자신이 도착할 때까지는 양해를 구하지 말라고 신신당부하는 걸 잊지 않았다. 물론 그 말을 이해하는 사람은 등천화 혼자뿐이었다.

"낭왕이 한 말이 뭔지 아직도 감을 잡을 수가 없어. 자신이 돌아올 때까지 양해를 구하지 말라고? 누구에게?"

유호경은 혼잣말로 계속해서 중얼거렸다.

다른 사형제들은 그런 유호경을 은근한 눈길로 쳐다봤다. 없는 사람의 얘기에 시간을 낭비하느니 한시라도 빨리 냉철한 그로 돌아가길 바라는 눈빛이었다.

"저기 있습니다! 저놈들입니다!"

등천화와 화산오검이 지나는 길 위쪽 어딘가에서 들려온 외침이었다.

"아! 그러고 보니, 형씨는 왜 낭왕을 따라가지 않고 서문세가로 가려는 거요?"

유호경은 적의 외침을 듣기나 했는지, 등천회를 돌아보며 태연히 물었다.

"엄… 만날 먼저 찾아오던 사람이 한동안 찾아오질 않아서, 이번엔 제가 먼저 찾아가는 길이에요. 사실 저번에도 먼저 찾아가기는 했지만, 횟수는 그리 중요한 게 아니잖아요."

유호경은 이게 무슨 뚱딴지같은 소리냐는 표정이 됐다. 자신들은 마교의 움직임을 포착한 천추성에서 서문세가와 함께 장액 지부를 도와주라는 부탁을 받고 움직이는 길이었다. 당연히 같은 이유라고 여겼던 기대가 산산조각나 버리고 말았다.

이런 유호경의 뭔가 억울하다는 시선을 계속 받아들이기엔 등천화로서는 많이 부담스러웠다.

"다른 분들이 뭘 하자는 것 같은데요?"

"에?"

유호경은 등천화의 손짓을 따라 고개를 돌렸다.

다른 사형제들이 인상을 쓰며 그를 노려보고 있었다.

"적들이 곧 몰려온다. 화산오행검진을 펼치는 것이 좋지 않을까? 오방격공합벽진도 괜찮을 것 같다. 결정해 다오."

화산오행검진은 몰려오는 적을 기다렸다가 막는 방법이고, 오방격공합벽진은 공격적인 수비 형태였다.

평소의 유호경이었다면 시작을 화산오행검진으로 막고 적의 전력이 파악되면 오방격공합벽진으로 뚫자고 했을 것이다.

그러나 지금은 한 명이 더 있었다.

아직 등천화의 실력을 모르기에 보호해야 할지, 선두에 내

세워 공격을 하게 할지 판단을 내릴 수가 없었다.

이때, 등천화는 적들이 모여 있는 언덕 위쪽을 훑다가 한 곳에서 시선을 멈추었다. 규모의 크고 작음과 상관없이 집중되는 길은 어디에나 존재한다.

"저 사람은 아직 떠나지 않았네?"

"누구 말이오?"

"아까 이상한 검을 휘두르던 사람이요."

유호경은 등천화의 말이 허무를 가리킨다는 것을 깨닫고 화들짝 놀란 표정으로 반문했다.

"어디! 그가 어디 있소?"

"사람들이 내려오는 저… 어? 사라졌네? 엄… 저 사람도 그 사람과 같은 나쁜 짓을 하려는 건가?"

등천화는 허무만이 지니고 있는 독특한 길이 느껴지다가 갑자기 사라지자 은근히 불안해졌다. 이러다 갑자기 나타나서 화산오검 중 한 명의 길을 끊기라도 하면, 천추성에서 그토록 노력한 것이 소용없게 된다. 그럴 수는 없었다.

"그 사람은 제가 막을 테니 걱정하지 마세요."

밑도 끝도 없는 황당한 대답이었으나, 유호경은 허무의 공격을 막는다는 말로 알아들었다. 하지만 낭왕도 막지 못한 자를 무슨 수로 막는다는 말인가?

"소협, 상황을 잘 파악해야 하오. 지금은 소협의 동료인 낭왕이란 분도 안 계시잖소? 시간이 없으니 한 가지만 솔직하게 대답해 주시오. 저들 중 몇이나 막을 수 있겠소?”

“엄… 저분들을 막아야 해요?”

“안 그러면 우리가 죽는데 어쩌겠다는 말이오!”

유호경은 대화를 자꾸만 단절시키는 등천화가 답답해서 가슴까지 두들기며 소리쳤다.

“알았어요. 막을게요.”

“아! 그러니까 몇이나 막을 수 있냐…….”

유호경이 또다시 소리를 지르려는 순간, 그 누구보다 답답했던 화군악이 버럭 고함을 질렀다.

“그냥 내버려 두세요, 유 사형! 저자는 우리가 걱정하고 말고 할 사람이 아녀요. 이봐, 자네! 어차피 서문세가까지 함께 가야 해. 그러니까 자네의 그… 바람! 그래, 바람을 사용해서 앞길 좀 터주게.”

“바람이요? 그때 화 소협을 날려 버렸…….”

“그 바람 맞으니까, 길게 설명하지 말고 한 번 보여줘!”

화군악은 속으로 자신을 자학하고 싶었다.

기억을 할 줄이야!

등천화는 모르는 척하면서 당시의 일을 모두 기억하고 있었다.

“그때하고는 많이 달라졌거든요, 화 소협? 제 뒤를 쫓아오세요, 그럼. 저도 그 편이 빨라서 좋겠어요.”

씨익.

화산오검을 만난 이후로 처음 짓는 등천화만의 순진한 미소였다.

등천화가 펼치려는 수법은 우횡을 통해 연습을 했고, 혁련궁 등 열 명을 상대로 감을 잡게 된 수법이었다.

휘류류―

등천화의 발아래서 바람이 불었다.

싱그러운 햇살이라도 맞이하려는 건가?

벌 떼처럼 몰려드는 전방의 무인들을 향해 아주 가볍게 다가갔다.

"사형들, 저 사람이 우리를 무슨 수법으로 쫓아왔는지 보셨어요?"

화군악은 앞으로 천천히 걸어가는 등천화를 보며 물었다. 그러자 화산오검의 대형인 묵검이 조용히 읊조렸다.

"보법."

"맞아요, 대사형. 현 강호에 보법으로 화산의 신법을 쫓아올 자는 한 사람밖에 없어요."

너무도 유명해져서 모르는 사람이 없게 된 보법 고수의 별호가 동시에 다섯 사람의 입에서 튀어나왔다.

"유령신보!"

화군악은 자신이 말하고는 고개를 끄덕였다.

눈으로는 등천화의 동작을 하나도 빼놓지 않고 보겠다는 의지가 가득했다.

유령신보가 걸어간다.

한 발 두 발까지는 또렷이 지켜볼 수 있었다. 하나 세 번째 발이 지면에 닿을 때, 등천화는 다섯 사람의 시야에서 사라졌다.

상체를 허공에 매단 듯 흔들림없이 걸어가던 그의 하체에 바람이 일며 먼지가 자욱해졌기 때문이다.

그리고 이어지는 연속적인 거친 음향.

퍼벅—푸학— 콰콰콰콰—!

*　　　*　　　*

콰직!

빠르게 다가온 손 하나가 멍하니 서 있는 낭인의 어깨를 부수며 지나갔다. 다행히 만도로 몸을 보호하고 있었기에 팔 한 쪽으로 끝났지, 아니었으면 목숨을 잃을 뻔했다.

"흩어져, 이 멍청한 놈들아!"

갈피독의 고함에 낭인들은 빠르게 흩어졌다.

훈련에 의한 움직임이 아니라, 항상 혼자서 싸우던 방식에 익숙한 그들의 본능이었다.

감숙성에 들어서자마자 포룡을 알아본 낭인이 달려들었으나, 갈피독한테 심하게 얻어터진 후 하루 만에 약 칠십여 명의 낭인을 모을 수 있었다.

한 번의 고함으로 주위에 거치적거리는 낭인들이 비켜서 자, 갈피독은 지옥명강을 일으키며 곧장 주위부터 쓸기 시작 했다.

콰압. 콰압.

낭왕의 무공을 본 적이 없는 마교의 무리들이 일제히 신체 의 일부가 뽑혀져 나가며 비명을 질러댔다.

"크아아악!"

이어진 갈피독의 공격은 그들의 무기를 부식된 철처럼 바스러뜨렸고, 그들의 몸 역시 허무하게 구멍을 뚫어버렸 다.

"룡아, 보거라! 이것이 바로 낭왕의 위력이시다! 이것들아, 나를 상대하려면 그따위 허접한 무기로는 안 된다! 가서 옥랑 을 데려와라!"

이때, 기다렸다는 듯이 자극적인 여인의 목소리가 장내의 모든 움직임을 멈추게 만들었다.

"너무하세요……."

"……!"

갈피독은 익숙한 목소리에 감격한 표정으로 천천히 고개 를 돌렸다. 그곳에는 꿈에도 그리던 사옥랑이 울먹이는 얼굴 로 그를 바라보고 있었다.

"오신다고… 하셨잖아요. 흑흑… 기다리다 지쳐서 직접 찾 아왔어요. 독랑, 저를 잊으신 거예요?"

사옥랑의 애절한 목소리는 갈피독의 손을 내리게 만들었다.

자박자박.

풀을 밟으며 천천히 걸어나오는 여인의 모습.

그녀를 알아본 갈피독의 몸이 먼저 반응을 보였다.

하체에 힘이 들어간 것이다.

"오, 옥랑……."

"네, 저예요. 당신의 사옥랑이에요."

"……."

"당신을 찾아오겠다고… 혈주님께 목숨을 맡기고 달려왔어요. 아아… 이젠 됐어요. 당신을 만났으니 됐어요. 함께 가요, 독랑. 당신을 그리워하는 제가 여기 있어요."

사옥랑의 사랑을 호소하는 몸짓에 이끌려 갈피독은 자신도 모르게 한 걸음 앞으로 움직였다.

"갈 대협, 가시게요?"

갈피독과 사옥랑의 애잔한 둘만의 분위기를 한 방에 날려 보내 버리는 한마디였다. 참으로 생뚱맞다 하지 않을 수 없었다.

"응? 어헛!"

갈피독은 순간적으로 환상에서 깨어나며 포룡을 돌아봤다. 기대에 찬 눈으로 자신을 바라보는 순진한 청년이 그곳에 있었다.

"가, 가긴 어딜 가!"

퍼뜩, 정신을 차린 갈피독은 사옥랑을 똑바로 보지 못하고 한숨을 내쉬었다.

"휴우… 미안하다, 옥랑. 나는 이제 못 간다."

"그, 그게 무슨 말씀… 독랑, 저를 보세요, 네? 저를 보세요! 같이 가셔야지요!"

사옥랑은 입술을 잘근 깨물며 좋은 분위기를 망쳐 버린 포룡을 갈아마실 것처럼 노려봤다. 하지만 갈피독에게 걸릴세라 재빨리 온화한 표정으로 돌아오는 것을 잊지 않았다.

그러나 한 번 결정을 내린 갈피독은 시선을 외면한 채로 고개를 저었다.

"당신에겐 미안하지만, 나는 내 길을 선택하고 말았소. 당신이 나를 사랑했다면, 이해해 주리라 믿소. 미안하오, 옥랑."

갈피독은 이를 악물었다.

이 정도의 감동적인 대사를 했으니 사옥랑은 자신을 따라올 것이라 확신했다.

"흥! 나를 만지고 품을 때는 간이라도 빼줄 것처럼 굴더니, 천추성에서 나보다 더 잘해주는 여자라도 만난 건가요?"

'엥?

갈피독은 사옥랑의 목소리가 갑자기 표독스럽게 변하자 어리둥절한 표정을 지었다.

"말도 안 돼! 여자는 내 인생에서 오직 그대뿐이오, 옥랑. 여자 문제 때문이 아니라… 내가 살아온 방식의 문제 때문이오."

'칫, 이렇게까지 말했는데도 거절을 해?'

사옥랑은 다시 한 번 입술을 깨물며 뒤를 돌아봤다.

그곳에는 장내의 분위기와 무관한 듯이 서 있는 한 사내가 가슴에 검 한 자루를 비슷하게 품고 있었다.

사옥랑은 이곳에 오기 전까지만 해도 자신했다. 갈피독이 자신을 만나는 순간 곧장 품으로 안겨올 것이라고 말이다.

한데 갈피독이 저런 반응을 보일 줄이야…….

그러나 만약의 상황에 대비해서 준비한 한 수가 있었다.

"천혈인마(千血刃魔)님."

"쯧. 그러기에 처음부터 부탁을 하지. 흘흘흘."

천 명의 피를 묻힌 날[刃].

그의 도는 붉은색을 띠고 있었다.

장대한 체구에 전신이 털로 뒤덮인 자였다.

갈피독은 도저히 먼저 손을 쓸 수가 없었다. 손을 쓴다는 것은 사옥랑의 말을 인정하는 것밖에는 안 되기 때문이다.

"옥랑, 내게도 사정이 있다오. 남자에겐! 원칙이 있소. 낭떠러지에서 밀면 어디로 가겠소? 바닥으로 떨어지는 것이오. 우린! 밀면 떨어지는 삶을 살고 있소."

갈피독이 다급히 외쳤다.

"그래요? 그럼… 그냥 죽어주세요. 저는 이대로 돌아갈 수 없어요. 돌아가려면 당신의 목이라도 가져가야 해요."

"……!"

이 얼마나 모진 말인가?

순간적으로 갈피독은 달려가 사옥랑을 끌어안을 뻔했다. 사랑을 얻지 못할 바에야 목이라도 가지겠다는 뜻이잖은가!

"하아… 옥랑, 내 목을 가져간다고 해서 사랑을 얻을 수 있는 건 아니오. 당신같이 아름다운 사람은 곧 나보다 좋은 사람을 만나게 될 것이오."

갈피독의 순정이 그대로 묻어 나오는 대답이었다.

그러나 지켜보는 천혈인마로서는 같잖고 유치찬란한 말이 아닐 수 없었다.

"낭왕이라고 했느냐? 옥랑은 어젯 밤에도 내 밑에 깔려서 좋다고 비명까지 질렀느니라. 흘흘흘. 네 물건보다는 내 것이 훨씬 낫다더구나."

유치한 격장지계였다.

갈피독을 흥분시키기 위해 만들어낸 말이리라.

픽.

씁쓸한 웃음이 갈피독의 입에 걸렸다.

"잔인하군. 기어코 손을 쓰게 만들려는가, 옥랑?"

"그래서 그냥 죽어달라고 하잖아요."

"옥랑! 차라리 내게 오시오."

갈피독은 아직 등천화에게 허락을 구하지 않았다는 것을 알지만, 지금으로서는 이 방법밖에는 없었다.

그러나 툭, 삐져 나오는 목소리.

"시끄럽고. 목이나 길게 빼! 천혈인마님은 힘쓸 곳이 많은 분이니까. 호호호호."

"오, 옥랑!"

갈피독은 사옥랑의 반응에 심장이 멎을 것 같은 아픔을 느꼈다. 재수없게 생긴 천혈인마 따위는 안중에 없었다.

힘쓸 곳이 많은 분… 많은 분…….

그립고 또 그리워했던 사옥랑의 모든 것이 깨지고 있었다. '쩌저적' 하며 거울에 금 가는 소리가 머릿속을 마구 헝클어뜨렸다.

"으아아아아!"

고함이라도 지르지 않고는 버틸 수가 없었다. 내부에서 폭발할 것 같은, 주체할 수 없는 분노가 양손으로 모이더니 푸른 섬광이 되어 강렬하게 뿜어졌다.

콰— 웅—!

천혈인마의 붉은 도면을 때린 지옥파라수는 양발이 땅에서 떨어진 상태로 재차 푸른 섬광을 피워냈다.

콰— 웅—!

천혈인마는 사람이 아닌 도를 향해 달려드는 미친놈 따위는 금방 죽일 수 있다고 자신했다. 하나 갈피독의 공격이 횟수를 거듭할수록 막는 것도 힘들었다. 아니, 막고 난 후에 공격할 시간이 없었다.

"훅……."

"……!"

갈피독의 숨 고르는 소리.

'됐다! 이놈, 죽어봐…….'

생각이 끊어졌다. 천혈인마의 도신이 뒤로 돌아가는 동안 갈피독은 이미 지옥명강을 십성까지 끌어올린 후였다.

유일한 방어 도구가 사라진 그는 무방비였다.

갈피독의 냉정한 눈동자가 무서운 속도로 다가온다. 마치 기다리고 있었다는 듯한 저 표정. 천혈인마의 안색이 하얗게 질려 버렸다.

콰직—!

천혈인마가 인생 종치면서 들은 마지막 소리였다.

그제야 갈피독의 발아래 천혈인마의 도신 조각들이 떨어져 내렸다.

갈피독은 곧장 사옥랑을 찾았다.

"사옥……."

두두두두—

급하게 달아나는 화려한 마차 한 대.

앞을 가로막는 마교의 떨거지들.

아니라는 말만 했어도 살심이 일지는 않았을 것이다.
불끈 쥔 그의 주먹이 땅에 다시 한 번 작렬했다.
쿵―!
푹 꺼져 버린 땅이 갈피독의 심장처럼 뚫려 버렸다.

『보법무적』 3권 끝

지금 유전자가 말하는 사랑과 성에 관한 솔직 대담한 진실이 펼쳐집니다!

남편의 후광을 등에 업는 것은 까마귀와 인간뿐…

모두에게 바보 취급받던 독신 암컷이 단번에 인생대역전을 해서
서열 1위인 수컷의 아내 자리를 차지하게 될 수도 있다는 말입니다.
모든 여성이 이상형의 남자와 결혼할 수 있는 것은 아닙니다.
적당한 선에서 타협하여 적당한 사람과 결혼하지요.
하지만 솔직히 말해서 당연히 멋진 남자가 더 좋지 않겠습니까?
따라서 여성은 생각합니다.
'그럼 어떻게 하지? 유전자만이라면 가질 수 있어!'
그리하여 장기계획형이나 단기승부형과 같은 여러 가지 방법의
외도가 생겨나는 것입니다.
물론 모든 여성이 이를 실행에 옮기지는 않습니다.

하지만 기회가 있다면 어떨까요?
다른 조건과 이미 타협을 봤다면?
남편이 사소한 일은 눈치 못 채는 둔한 남자라면?
뭔가 유전자의 음모가 느껴지지 않습니까?

실패를 모르는 남자 선택법!
「내 남자친구는 왼손잡이」 법칙

어째서 여성은 왼손잡이 남성에게 마음이 끌리는 걸까요?

여기서 기억해야 할 것은 몸의 좌우와 뇌의 좌우는 원칙적으로 반대 관계라는 점입니다.
따라서 왼손잡이 남성은 우뇌가 발달했습니다.
발달했다는 사실이 왼손잡이를 통해 반영된 것입니다.

그리고 두 번째로 생각해야 할 것은 우뇌는 남성 호르몬의 일종인 테스토스테론에 의해 발달한다는 점입니다.
요약하자면 왼손잡이 남성은 우뇌가 발달했는데, 그것은 테스토스테론 수치가 높기 때문입니다.
그것은 다름 아닌 생식 능력이 높다는 것을 의미하지요.

「내 남자 친구는 왼손잡이」에 감춰진 의미는… 내 남자 친구는 생식 능력이 높아… 인 것입니다.

초등학생이 반드시 읽어야 할 좋은 책 49권

각 학년별로 초등학생이 반드시 읽어야할 좋은 책을 선정하여 통합논술의 기본이 되는 '올바른 독서법'을 일깨워 줍니다.

교과서와 함께하는 초등학교 통합논술

초등1학년 | 값 12,000원 | 초등2학년 | 값 9,500원 | 초등3학년 | 값 11,000원 | 초등4학년 | 값 9,500원 | 초등5학년 | 값 9,500원 | 초등6학년 | 값 11,000원

♣ 혼자 할 수 있어요.

엄마가 책 읽는 방법을 가르쳐 주어도 좋아요.
독서지도하는 선생님이 가르쳐 주어도 좋답니다.
"초등 교과서와 함께하는 **통합논술 시리즈**"는
아이 스스로 독서할 수 있도록 꾸며진 책이에요.
엄마와 선생님은 요령만 가르쳐 주시면 된답니다.

♣ 교과서의 중요한 내용이 총정리되어 있어요.

각 학년별로 중요한 교과 내용이 함께 수록되어 있어요.
초등학생은 교과서 내용을 충실하게 공부해야 합니다.
아울러 그와 병행한 독서가 대단히 중요하지요.
"초등 교과서와 함께하는 **통합논술 시리즈**"는
두가지 방법 모두 알려준답니다.

♣ 이 책은 훌륭하신 선생님들이 함께 쓰신 책이랍니다.

동화작가 선생님들이 쓰셨어요. 소설가 선생님도 쓰셨답니다.
국어 논술독서지도 선생님들도 함께 쓰셨지요.
"초등 교과서와 함께하는 **통합논술 시리즈**"는
엄마의 마음으로 모든 선생님들이 함께 꾸민 책이랍니다.

입소문을 통해 아는 분은 다 알고 계십니다!
올 한해 공인중개사 최고의 화제작!

수험생 기본 필독서
만화 공인중개사

제목 : 만화공인중개사 쓰신 분에게 감사드립니다.

학원을 두 달 다녔어요. 근데 과연 그 숫자 외우기 그런 게 몇 문제나 나올까 생각을 했어요.
아니라는 생각이 드네요. 학원강의를 뒤로하고 서점을 갔어요. 내 머리에 가장 이해될 수 있는
책이 없나 하구요. 거기서 만화를 발견했어요. 무조건 세 번 봤어요. 3개월 걸렸어요. 문제집을 보라고
했는데 그건 시행을 못했어요. 근데 합격을 했네요.
어떻게 감사의 말을 해야 될지……
도서관에서 만화책 들고 다니니까 사람들이 비웃더라구요. 만화책으로 공인중개사를 공부한다고
미친 사람처럼 보더라구요. 근데 그거 디 감수 히고 했던 네가 자랑스럽습니다.
어떻게 감사의 말을 해야 할지… 정말 감사합니다.
부디 행복하세요. 제 나이 41살에 좋은 스승을 만난 것 같습니다.
엎드려 감사드립니다.

－본사 홈페이지에 독자분이 올린 메일 中 에서 발췌－